Megan Cooley Peterson
Lügentochter

MEGAN COOLEY PETERSON

Aus dem Englischen von
Sandra Knuffinke und Jessika Komina

Für meine Tochter,
die Landkarte meines Herzens,
und für alle, die jemals verloren waren
und jemanden brauchten,
der sie findet

1.

DANACH

Ein Bett.

Ein Fenstersitz.

Ein zerkratzter Schreibtisch mit Blümchenstickern auf den Schubladen.

Das sei alles meins, sagen DIE.

Die Frau kommt mich holen und führt mich einen Flur runter, der so eng ist, dass die Wände mich fast zu erdrücken scheinen. Sie trägt von oben bis unten Beige und ist komplett ungeschminkt. Meine Blase ist kurz vor dem Platzen; ich kann mich nicht erinnern, wann ich das letzte Mal auf dem Klo war. Die Schuhsohlen der Frau quietschen beim Gehen, ihr Rock raschelt. Alles ist ohrenbetäubend laut.

Die Frau stößt mit dem Ellenbogen eine Tür auf. Weiße Wände und weißer Boden blenden mich, und ich kneife die Augen zusammen, bis sie sich an die Helligkeit gewöhnt haben. Es riecht schwach nach Bleichmittel. »Im Schrank sind saubere Handtücher und Seife. Nimm dir einfach, was du brauchst. Du hast das Badezimmer für dich. Hier stört dich niemand.«

Sie guckt so erwartungsvoll. Ich sage nichts.

Endlich macht sie die Tür hinter sich zu und das Klicken hallt von den Fliesen wider. Urin durchtränkt meine Hose, bevor ich es zur Toilette schaffe.

Trotzig schiebe ich das Kinn vor und sorge dafür, dass wer auch immer mir vielleicht zusieht, nichts verpasst.

Vater und Mutter haben oft davon geredet, dass so was irgendwann passieren könnte. »Die Welt ist schlecht«, hat Mutter uns gewarnt. »Ihr dürft niemandem trauen! Nur mir und eurem Vater. Vergesst das nicht!«

Kaltes Wasser rauscht aus dem Duschkopf auf den Wannenboden. Ich drehe den Hebel nach links, dann nach rechts, aber es wird einfach nicht warm. Mein Spiegelbild in der Metalloberfläche wirkt verzerrt, kaum menschlich.

DIE haben den Hahn mit Absicht manipuliert, damit ich mich mit kaltem Wasser waschen muss. Für so schwach halten sie mich also. Denken, dass sie so meinen Widerstand brechen können.

Meine nasse Hose klebt mir an den Beinen, als ich sie ausziehe. Ich nehme die Halskette mit dem grünen Anhänger ab, die ich von meiner Mutter habe, und deponiere sie auf der Ablage. Doch als ich den Stein im Licht aufblitzen sehe, lege ich die Kette lieber wieder um und lausche weiter argwöhnisch auf Geräusche von außerhalb des Zimmers.

Beim Blick in den Spiegel erkenne ich das Mädchen, das mir daraus entgegenstarrt, kaum wieder. Meine Schlüsselbeine stehen so weit vor, dass sie Schatten werfen. Meine Brüste sind kleiner geworden, mein Bauch wölbt sich nach innen. Als ich mir ins Haar fasse, fällt es strähnenweise aus.

Hier sei ich in Sicherheit, sagen DIE. Dies sei jetzt meine Familie.

Dabei kenne ich diese Leute überhaupt nicht. Und das hier ist nicht mein Zuhause.

Hinter mir ertönen Stimmen, verzerrt, wie eine rückwärts abgespielte Tonbandaufnahme. Als ich mich zur Tür umdrehe, verstummen sie.

»Die Welt ist schlecht.«

Ich konzentriere mich auf die Stimme meiner Mutter. Das beruhigt mich. Bald werden wir wieder zusammen sein, genau wie sie es versprochen hat.

Das Wasser verbrüht mir den Fuß – es ist so eisig, dass es sich heiß anfühlt.

Die kleinen sechseckigen Bodenkacheln, die unter der Badewanne verschwinden, sind voller Sprünge. Auf dem Wannenrand stehen reihenweise Flaschen, die für schöneres Haar und weichere Haut werben. Mutters gute Seife roch nach Lavendel.

Ich rubbele mich mit einem Handtuch ab, hin und her, bis meine Haut dunkelrosa ist.

Es ist die leuchtendste Farbe im ganzen Raum.

2.

DAVOR

In der ganzen Küche stinkt es nach Bleichmittel.

Ich lächele Beverly Jean an, die auf einem Hocker neben der Spüle sitzt, und lege mir dann den Zeigefinger auf die Lippen.

Die Tanten haben ihr ein Handtuch um die schmalen Schultern geschlungen und es vorne mit einer Sicherheitsnadel befestigt. Tante Barb kämmt ihr das Haar, während Tante Joan die Blondierung mischt.

Sie beginnt, die Flasche zu schütteln, und Beverly Jeans Augen folgen der Bewegung wie einem Pendel.

»Darf ich sie ein bisschen trösten?«, frage ich. Als älteste Tochter ist es meine Aufgabe, den Erwachsenen mit meinen jüngeren Geschwistern zu helfen. Tante Barb und Tante Joan sind nicht gerade mütterlich veranlagt, also muss ich einen Ausgleich dazu schaffen.

Tante Joan knallt die Flasche entnervt auf den Tisch. Ihr langes ergrauendes Haar ist zu einem strengen Knoten gebunden, der ihre krepppapierartige Gesichtshaut straff zieht.

»Tu, was du nicht lassen kannst.« Sie seufzt. »Hauptsache, sie ist still. Du weißt ja, was dein Vater von plärrenden Kindern hält.«

Ich hocke mich neben Beverly Jean und greife nach ihrer Hand. »Ist bald vorbei«, flüstere ich. »Mach einfach die Augen zu und drück meine Hand, dann hast du es ganz schnell hinter dir.«

Beverly Jean tut wie geheißen, während Tante Joan ihr die

ätzende Flüssigkeit ins Haar spritzt. Sofort verfärbt sich die Kopfhaut darunter krebsrot. Ich habe schon so oft darum gebeten, ob wir nicht ein weniger aggressives Färbemittel benutzen können, aber die beiden behaupten, es gebe keins.

Beverly Jean wimmert. Ich drücke ihre Hand noch fester und fange an, ein Wiegenlied zu summen, das ich ihr immer vorgesungen habe, als sie noch ein Baby war.

Sobald Tante Joan fertig ist, zieht Tante Barb meiner Schwester eine Plastikduschhaube über den Kopf und stellt die Eieruhr. Tante Barb trägt ein langes Jeanskleid und Kompressionsstrümpfe, wie jeden Tag, immer dasselbe. »Fünfzehn Minuten«, verkündet sie. »Und keine Sekunde weniger.«

Dann verschwinden die Tanten im Flur und Beverly Jean öffnet die Augen. »Wenn das Zeug ausgespült ist, reibe ich dir den Kopf mit Eiswürfeln ein, ja?«, versuche ich, sie aufzumuntern. »Das hilft doch immer.«

Als die Eieruhr endlich klingelt, tauche ich die Finger in die Spüle und benetze Beverly Jeans Arm mit dem Wasser. »Ist die Temperatur in Ordnung so?« Ich habe es schon vor einer Stunde in einem Topf auf dem Holzofen erhitzt und hoffe, dass es inzwischen nicht zu kalt geworden ist. Fließendes Wasser haben wir nicht, aber immerhin funktionieren die Abwasserleitungen noch.

»Ja, fühlt sich gut an. Danke, Pip.« Als Beverly Jean noch klein war, konnte sie meinen Namen nicht richtig aussprechen. Also hat sie mich Pip genannt und ist dabei geblieben.

Jetzt legt sie den Kopf in den Nacken, damit ich ihr die Duschhaube abnehmen und das Bleichmittel aus den Haaren spülen kann. Ihr zuvor noch dunkler Ansatz leuchtet so gelb wie das Gefieder der Goldzeisige, die immer die Samen aus

Mutters Sonnenblumen picken. Ich massiere ihr eine Creme zur Abmattierung ein und kurz darauf ist sie wieder makellos blond. Genau wie Mutter.

Nachdem ich ihr die Haare vorsichtig mit einem Handtuch ausgedrückt habe, hole ich einen Eiswürfel aus dem Gefrierfach und reibe damit über ihre immer noch böse gerötete Kopfhaut. »Jetzt hast du dir auf jeden Fall ein Wassereis verdient«, erkläre ich. »Welche Sorte willst du?«

»Traube!«

Ich drücke ihr eins aus der Form. »In ein paar Stunden sind Vater und Mutter da«, sage ich dann. »Die werden sich freuen, dass du dich für sie so hübsch gemacht hast.«

Beverly Jean runzelt die Stirn. »Henry und du müsst euch nie die Haare färben. Das ist so was von unfair.«

Ich lasse meinen langen Pferdeschwanz durch die Finger gleiten. »Wir sind ja auch von Natur aus blond. Mutter hat es eben gern, wenn man sofort sieht, dass wir eine Familie sind. Damit sich keiner von uns ausgeschlossen fühlt.«

»Und was ist mit Caspian und Thomas?«

»Die hat Vater zwar hier aufgenommen, aber sie sind nicht unsere richtigen Brüder. Darum müssen sie auch nicht blond sein. Verstehst du?«

»Denke schon.« Beverly Jean beißt in ihr Wassereis.

Ich gebe ihr einen Kuss auf die Wange. »Gut. Dann gehe ich mich jetzt um Samuels Haare kümmern.«

Nachdem wir mit dem Haarefärben durch sind, mache ich mich auf die Suche nach Caspian.

Der See schwappt träge ans Ufer und auf der Wasseroberfläche dümpeln Algenfetzen. Ein paar der Kleinen haben sich einen Eimer geschnappt und versuchen, einen Frosch darin zu fangen. Ihr Lachen lässt mich den Gestank des Bleichmittels vergessen.

Über den Bäumen ragt die alte Achterbahn auf. Unser Haus befindet sich auf dem Gelände eines ehemaligen Vergnügungsparks, der vor vierzig oder fünfzig Jahren stillgelegt wurde. Vater hat die meisten der Fahrgeschäfte von seinen Männern abreißen lassen, aber ein paar stehen noch. Er fand, das hier wäre das perfekte Zuhause für seine Kinder, fernab von jeglicher Zivilisation.

In unserem Haus hat früher der Parkverwalter gewohnt. Es hat zwei Stockwerke, viele Fenster und schöne Holzfußböden. Das Dach über dem Zimmer der Jungs müsste dringend abgedichtet werden und ist derzeit mit einer großen blauen Plane abgedeckt. Vater legt Wert darauf, dass wir autark bleiben, darum gibt es weder Strom noch fließendes Wasser, dafür aber einen Brunnen mit Pumpe, Generatoren und Kerzen. Wir haben alles, was wir brauchen.

Die Tanten sind nirgends zu sehen. Vermutlich wollen sie sich vor dem Mittagessen noch ein bisschen ausruhen; zumindest weisen sie uns ständig darauf hin, wie furchtbar anstrengend wir seien.

Bei der alten Eiche bleibe ich stehen. An ihren Stamm ist ein Schild genagelt, das Vater aus einem Stück Holz geschnitzt hat.

Die Gemeinschaft ist Wahrheit.
Die Gemeinschaft ist Treue.
Die Gemeinschaft bietet uns Schutz.

Das ist unser Glaubensbekenntnis, alles, wofür unsere Gemeinschaft steht und lebt. Immer wenn ich traurig oder frustriert bin, komme ich hierher und sehe mir das Schild an. Und jedes Mal erfüllt es mich mit Licht und neuer Hoffnung.

Als ich es vorsichtig berühre, durchzuckt mich ein kleiner magischer Funke.

Im Maisfeld finde ich schließlich Cas, der dort mit einer Hacke dem Unkraut zu Leibe rückt. Unser Gemüsebeet ist ziemlich groß, gute sechs Meter lang, und am hinteren Ende wächst der Mais. Wir bauen alles Mögliche an: Artischocken, Salat, Tomaten, Blumenkohl. Am liebsten mag ich aber das Wurzelgemüse: Karotten, Rote Bete und Radieschen, die sich so lange unter der Erde verstecken, bis sie bereit sind, sich der Welt zu zeigen.

Cas trägt ein weißes T-Shirt, das bei jeder Bewegung um seine breiten Schultern spannt. Ich schnappe ihm die Hacke weg.

»Hey!«, beschwert er sich und versucht, sie sich zurückzuholen. »Die brauche ich noch.«

Ich weiche ihm aus, sodass die Hacke immer gerade außerhalb seiner Reichweite ist. »Du hast für heute genug gearbeitet. Außerdem musst du meine Zeit stoppen.«

Vater hat dreißig Meter vom Ufer entfernt eine Boje in den See gesetzt, die ich beim Schwimmtraining als Markierung für meine Bahnen benutze. Wenn der Krieg ausbricht, muss ich schließlich fit sein. Und nach all den Liegestützen, die ich diese Woche zusätzlich gemacht habe, konnte ich mich bestimmt noch um eine Sekunde verbessern.

Cas guckt mich an, und seine Augen sind so blau wie das Kaspische Meer, nach dem er benannt wurde. Ich war noch nie an einem anderen Gewässer als unserem See, aber ich habe in einem Buch ein Foto vom Meer gesehen. Das hat sich mir ins Gedächtnis gebrannt, und irgendwann will ich mal in einem echten Ozean schwimmen. Außerdem hat Cas so dichte dunkle Wimpern, dass es wirkt, als hätte er sie getuscht. Er ist der dunkelste Typ von uns allen. Sein Bruder Thomas hat braunes Haar, aber das von Cas ist schwarz – genau wie das seines Vaters, sagt er immer. »Schneller kannst du doch wohl kaum noch werden«, wendet er ein.

»Ach komm«, bettele ich. »Meine letzte Zeit ist schon zwei Wochen alt. Seitdem hat sich bestimmt jede Menge getan. Das will ich Vater gern vorführen, wenn er das nächste Mal hier ist. Vielleicht beschließt er ja dann, dass ich bereit für meine Initiation bin.«

»Curtis ist so oder so stolz auf dich, Piper, das weißt du ganz genau. Du bist sein absolutes Lieblingskind.«

»Quatsch.«

Cas rempelt mich spielerisch an. »Und ob. Als ich zu euch gekommen bin, warst du so eifersüchtig auf mich, dass du zu mir gesagt hast, ich dürfte mir ruhig im Garten Erdbeeren pflücken. Mann, hab ich dafür einen Anpfiff kassiert.«

Vater hat Caspian und Thomas vor ein paar Jahren aufgenommen, nachdem er ihre Eltern der Gemeinschaft verweisen musste – sie hatten Drogen hereingeschmuggelt. Da die Jungs sonst völlig auf sich allein gestellt gewesen wären, hat er ihnen erlaubt zu bleiben. Es wäre ja schließlich grausam gewesen, sie raus in die Außenwelt zu jagen. Thomas, der vor Kurzem seine Initiation hatte, war die letzten paar Monate mit Mutter und Vater in der Kolonie, und ich kann es kaum erwarten, ihn darüber auszufragen.

»Ich hab nie behauptet, dass du die Erdbeeren essen dürftest! Also echt, wenn du schon solche Lügengeschichten erzählst, dann denk dir wenigstens was Interessantes aus.«

Wieder versetzt er mir einen Schubs und ich schubse zurück. In meinem Bauch fängt es an zu kribbeln, aber ich ignoriere das Gefühl.

Als Nächstes startet er einen Angriff auf meine absolute Schwachstelle – die Armbeuge – und fängt an, mich zu kitzeln. Quietschend renne ich los Richtung See und kicke dabei meine Sandalen von den Füßen. Die Kleinen stürmen uns lachend hinterher und kurz darauf planschen wir alle zusammen im flachen Wasser. Die Sonne scheint mir warm auf die Schultern, und die Kühle des Sees verscheucht die Gedanken an Beverly Jeans feuerrote Kopfhaut und an Vater und Mutter, die mir so sehr fehlen.

»Raus aus dem dreckigen Wasser, aber flott!«

Tante Joan steht plötzlich am Strand und stemmt die Hände in die Hüften. Folgsam trotten wir der Reihe nach – erst die Jüngsten, dann die Ältesten – ans Ufer und weiter Richtung Haus.

In puncto Gehorsam macht uns keiner was vor.

»Ihr könnt froh sein, dass ich euch nicht die Rute gebe«, schimpft Tante Joan. »Na los jetzt, waschen und umziehen.«

Als sie nicht hinsieht, drehe ich mich um und versetze Cas einen Klaps auf den Arm. Blitzschnell schnappt er sich meine Hand und drückt sie, nur für eine Sekunde, dann lässt er mich wieder los.

3.

DAVOR

Bei Vaters und Mutters letztem Besuch konnte Millie noch nicht laufen.

Das hatte die Dinge sehr vereinfacht.

Jetzt aber windet sie sich aus meinen Armen und flitzt splitternackt durch den Flur, ihr geliebtes Kuscheltier, eine Giraffe mit nur noch einem Ohr, dabei fest an sich gedrückt.

»Millie, komm sofort zurück!« Mit einer frisch gewaschenen Windel in der Hand nehme ich die Verfolgung auf und erwische sie schließlich vor dem großen Fenster mit Blick über den See. Dort wartet sie immer auf unsere Eltern, die jetzt jeden Moment hier sein müssten.

»Mensch, Millie, willst du dich denn gar nicht für Mommy und Daddy schick machen?«

Sie steckt sich den Daumen in den Mund. »Wo ist Mommy?«

»Sie und Daddy sind bald hier. Na komm, wir ziehen dir schnell was an, und dann dauert es bestimmt nicht mehr lange.«

Ich nehme sie mit zurück ins Mädchenschlafzimmer. Dort sitzt Beverly Jean auf dem Bett und zieht einer ihrer Papierpuppen ein violettes Ballkleid an. Sie selbst wirkt in ihrem burgunderroten Kleid samt weißer Schärpe wie aus dem Ei gepellt.

Carla hängt am Schreibtisch und malt in ihrem Skizzenbuch. Auch sie trägt schon ihr Kleid, aber die Schärpe fehlt noch. Sie ist ein paar Jahre jünger als ich und hat vor Kurzem beschlossen, dass Kleider der Inbegriff des Bösen sind.

»Carla, wo ist denn deine Schärpe?« Ich spähe ihr neugierig über die Schulter, aber sie schirmt ihre Zeichnung mit beiden Armen vor mir ab.

»Weiß nicht.«

»Lass dich von den Tanten ja nicht ohne erwischen. An deiner Stelle würde ich lieber noch mal suchen.«

Mit einem unwilligen Brummen schlägt Carla ihr Buch zu und geht zum Einbauschrank. Sie kickt einen Korb mit Schmutzwäsche beiseite, der drinnen auf dem Boden steht. »Hier ist sie nicht.«

Millie hat sich mittlerweile brav hingelegt, und ich hebe ihren Po an, um die Windel darunterzuschieben. Nachdem ich sie mit Sicherheitsnadeln verschlossen habe, manövriere ich erst eins ihrer speckigen Beinchen in die Strumpfhose, dann das andere. Die Hose sitzt so eng, dass ich fürchte, sie wird bald reißen. Wer auch immer Strumpfhosen für Kleinkinder erfunden hat, gehört eingesperrt. »Du hast ja überhaupt nicht richtig geguckt. Komm schon, Carla, gib dir mal ein bisschen mehr Mühe.«

»Spiel dich nicht so auf, hältst du dich für Mutter, oder was?«, faucht sie mich an, dann aber entdeckt sie die Schärpe oben auf einem Regal und bindet sie sich endlich um.

»Und, war das jetzt so schlimm?«, frage ich. Carla würdigt mich keiner Antwort.

»Sieht toll aus«, lobt Beverly Jean.

»Gar nicht, ich sehe schrecklich aus.« Carla lässt sich auf ihr Bett plumpsen, das meinem gegenübersteht. »Wie ein Streuselkuchen.«

»Ihr seid alle beide sehr hübsch«, sage ich. Nachdem ich Millie fertig angezogen habe, reiche ich sie an Carla weiter. »Halt sie davon ab, sich wieder alles vom Leib zu reißen, ja?«, weise ich sie an, während ich aus meiner Schlaghose und dem Häkeltop schlüpfe und mein eigenes Kleid überstreife. Tante Barb hat sie uns allen vor ein paar Monaten genäht und meins ist mir inzwischen ein bisschen zu weit. Durch das viele Schwimmen bin ich drahtiger geworden, mein Körper stromlinienförmiger. Nicht dass ich mich beschweren wollte. Mutter freut sich immer so, wenn wir uns schick machen. Vater heißt derlei Eitelkeiten eigentlich nicht gut, aber ihr zuliebe nimmt er es hin.

Jetzt steckt Tante Barb den Kopf ins Zimmer. »Na los, Beeilung. Kommt raus und stellt euch auf.«

Als sie weg ist, nehme ich Carla Millie wieder ab. »Ich hoffe, du hast dein Pensum gelesen«, sage ich zu ihr. Sie verdreht die Augen, nimmt Vaters Buch vom Tisch und hält es demonstrativ hoch. Vaters Lehrschriften sind alle mit der Schreibmaschine getippt und in Leder gebunden. Er merkt es sofort, wenn wir mit unserer Lektüre im Rückstand sind.

Ausnahmsweise sind die Jungs schon vor uns unten. Wie die Orgelpfeifen stehen sie nebeneinander auf dem Rasen. Caspian schiebt seine burgunderrote Krawatte zurecht und fährt sich übers Haar. Eine Strähne fällt ihm zurück in die Stirn, und am liebsten würde ich sie nach hinten streichen, einfach nur, um ihn zu berühren, aber der wachsame Blick der Tanten hält mich davon ab. Seit einiger Zeit scheinen die beiden etwas dagegen zu haben, dass wir uns zu nahekommen. Neben Cas stehen Samuel, elf, und Henry, acht. Sie sehen zum Anbeißen aus in ihren zueinanderpassenden Cordhosen und Krawatten, und ich kann es mir nicht verkneifen, ihnen das auch zu sagen.

Samuel streckt mir die Zunge raus.

»Na, na«, rügt Tante Joan.

Sobald wir Mädchen uns neben den Jungs aufgereiht haben, folgt die große Inspektion. Tante Barb bearbeitet Samuels Jackett mit einer Fusselrolle und macht direkt danach mit Caspians weiter. Tante Joan fordert Henry auf, seinen Cowboyhut abzunehmen.

»Hunger«, quengelt Millie und kaut wie zur Bekräftigung auf dem Vorderbein ihrer Giraffe herum.

»Bald gibt's Essen«, tröste ich sie. »Aber jetzt musst du schön still sein, ja?«

Reifen knirschen über Kies und kurz darauf rollt eine elegante schwarze Limousine die Auffahrt hoch und bleibt vor uns stehen. Der Fahrer steigt aus, eilt nach hinten und öffnet die Tür.

Mutter setzt einen Fuß aus dem Wagen. Silberne High Heels – ich kann es kaum erwarten, die später anzuprobieren! Zarter blauer Stoff fällt wie ein Schleier über ihr Bein, als sie sich vom Fahrer hochhelfen lässt und hinaus in die Sonne tritt. Sie trägt einen Strohhut und eine große Sonnenbrille. Ihr blondes Haar fließt ihr in offenen Wellen über den Rücken.

Mutter ist die glamouröseste Frau, die ich je gesehen habe. Neben ihr verblassen sogar Hollywoodstars. Wir haben schon alle möglichen Filme mit ihr zusammen geguckt, zum Beispiel »Casablanca« und »Heimweh nach St. Louis«, mit wunderschönen Schauspielerinnen. Aber sie überstrahlt sie allesamt.

Als sie uns sieht, breitet sie die Arme aus. »Meine Lieblinge!«

Samuel und Henry stürmen auf sie zu, dicht gefolgt von Millie. Beverly Jean späht zu mir hoch, als wäre sie nicht ganz sicher, ob ein großes Mädchen wie sie sich noch zu solchen Gefühlsbekundungen hinreißen lassen darf – sie ist gerade sieben geworden.

»Na lauf«, flüstere ich ihr zu, und sie hüpft los.

Mutter geht trotz ihres vornehmen Kleids in die Hocke und die Kinder stürzen sich in ihre Arme. Sie bedeckt ihre Gesichter mit Küssen und ihr Lachen umhüllt uns wie eine Schicht Honig.

Wenn sie kommt, ist sofort alles besser. Sogar der Himmel erscheint mir blauer.

Caspian, Carla und ich halten uns zusammen mit den Tanten im Hintergrund. Auch wir werden unsere Chance bekommen, Mutter zu begrüßen. Aber jetzt brauchen die Kleinen sie erst mal dringender.

Mutter schreitet mit Millie auf dem Arm auf uns zu, während die anderen hinter ihr herwackeln wie eine Schar Entenküken. »Was habt ihr mir gefehlt!« Sie nimmt ihre Sonnenbrille ab und küsst nun auch uns Ältere auf die Wangen. Ich rieche ein neues Parfüm. Später muss ich sie unbedingt fragen, was für eins es ist – vielleicht darf ich es ja mal ausprobieren.

»Ich hab euch allen Geschenke mitgebracht«, verkündet Mutter, und Henry und Samuel hüpfen vor Freude auf der Stelle.

»Krieg ich ein Schießgewehr?«, fragt Henry. Sein rundes Gesicht wird von blonden Locken eingerahmt und seine Augen sind genauso groß und braun wie Vaters.

Mutter lässt sich auf ein Knie sinken. »Ein Schießgewehr? Was willst du denn damit?«

»Die bösen Leute totschießen.«

Sie lächelt. »Ach, mein kleiner Held. Vielleicht wenn du älter bist.« Dann wendet sie sich Samuel zu. Seine breite Nase ist mit Sommersprossen gesprenkelt und ihm fehlen die oberen beiden Schneidezähne. »Und du, Sam? Was hättest du gern?«

»Neue Spiele. ›Pac-Man‹! Oder ›Super Mario Brothers‹!« Seine Stimme überschlägt sich vor Aufregung und Carla verdreht die Augen.

»Wir wollen uns doch in Nachsicht üben, oder, Carla?«, ermahnt Mutter sie.

Jetzt tritt Tante Joan vor. »Wir haben im Wohnzimmer gedeckt.«

»Lasst mir noch einen Moment Zeit mit meinen Kindern«, erwidert Mutter. Sie nimmt meine Hände in ihre und zieht mich an sich. »Ich glaube, dich habe ich am allermeisten vermisst«, flüstert sie mir ins Ohr.

Eine Träne läuft mir über die Wange und sie wischt sie weg. »Ich freue mich so, dass du hier bist, Mutter.«

»Ich mich auch, mein Schatz. Ich hab dir einen Beutel neue Wolle für deine Häkelarbeiten mitgebracht. Erinnere mich daran, ihn dir später zu geben. Ich konnte ganz herrliche Gelb- und Grüntöne ergattern.«

Dann umarmt sie Carla und als Letztes Caspian. Ich komme mir selbstsüchtig vor, weil mir so deutlich anzumerken war, wie sehr sie mir gefehlt hat. Schließlich muss Mutter Vater dabei helfen, die Gemeinschaft zu leiten. Sie führt mehrere Unternehmen und engagiert sich außerdem für jede Menge wohltätige Zwecke. Von morgens bis abends ist sie auf den Beinen und bekommt kaum Schlaf. Wir alle wissen, dass sie gern mehr Zeit mit uns verbringen würde, aber dazu ist sie einfach zu unentbehrlich.

Aber ich habe mir fest vorgenommen, keine Sekunde ihres Besuchs mit Traurigsein zu verschwenden.

Nachdem Mutter uns alle umarmt hat, stellt sie sich zu uns in die Reihe. Sie nickt dem Fahrer zu, der daraufhin um die Limousine herumgeht und die Tür auf der anderen Seite öffnet. Kurz darauf erhebt sich Vaters Kopf über das glänzend schwarze Wagendach.

Die Sonne fällt durch die Bäume auf sein halblanges braunes Haar. In seiner Leinenhose mit passendem Hemd, aber wie gewohnt ohne Schuhe, kommt er auf uns zu, mehr schwebend als gehend. Seine Haltung ist so lässig-entspannt, dass ich ihn sofort glühend um sein Auftreten beneide. Ich wünschte, ich würde nur halb so viel Selbstsicherheit ausstrahlen wie er.

Ein paar Schritte vor uns bleibt er stehen, und wir straffen die Schultern, ein Ablauf, der uns über die Jahre in Fleisch und Blut übergegangen ist. Vater studiert unsere Mienen, und ich bin mir bis heute nicht ganz sicher, was er darin zu erkennen hofft.

»Kinder«, sagt er nach einer Weile. Niemand antwortet und sogar Millie ist ausnahmsweise still. »Wie ich sehe, ist es euch in meiner Abwesenheit wohlergangen. Ich vertraue darauf, dass ihr Joan und Barb keinen Ärger gemacht habt. Wenn ich nachher mit ihnen spreche, möchte ich keine Klagen über euch hören. Habt ihr verstanden?«

»Ja, Sir«, antworten wir im Chor.

Sein strenger Blick wird ein wenig milder. »Gut. Ich habe eine anstrengende Reise hinter mir.« Vater tritt auf mich zu. »Wie geht es dir, Piper? Hast du fleißig trainiert?«

»Jeden Tag. Und ich habe eine neue Decke gehäkelt, die wir spenden können.« Auch Vater legt viel Wert auf Wohltätigkeit, weshalb die Gemeinschaft regelmäßig Decken und Selbstgenähtes an Obdachlosenheime spendet. Ich versuche, mindestens ein oder zwei Stücke pro Monat fertig zu bekommen. Die Vorstellung, dass die Leute in der Außenwelt sich so wenig um ihre Nächsten kümmern, dass dort überhaupt solche Einrichtungen nötig sind, stimmt mich traurig.

Er gibt mir einen Kuss auf den Scheitel. »Das freut mich. Bevor ich wieder fahre, machen wir beide mal einen Spaziergang zusammen, dann kannst du mir genauer erzählen, was du in letzter Zeit so getrieben hast.«

Damit wendet Vater sich ab und marschiert zum Haus, wie ein König, der nach langer Reise in sein Schloss zurückkehrt.

Es dauert eine Sekunde, bis Mom aus der Trance erwacht, in die Vater seine Zuhörer oft versetzt. »Na, dann kommt. Mommy braucht einen kleinen Drink.«

Während die anderen ihr schon ins Haus folgen, steigt Thomas aus der Limousine. Cas und ich bleiben draußen, um ihn zu begrüßen. Er ist komplett schwarz gekleidet und hat dunkle Ringe unter den Augen. Seine braunen Haare sind lang geworden. Er ist gut aussehend, genau wie Caspian, wirkt aber irgendwie schroffer.

»Schön, dass du wieder da bist«, sagt Caspian und umarmt seinen Bruder. »Ohne dich fehlt hier einfach was.«

»Und? Wie ist es in der Kolonie?« Ich kann mich kaum halten vor lauter Neugier. »Los, ich will alles wissen! Wehe, du lässt was aus! Wir sind so stolz auf dich!«

Doch Thomas' gewohntes Lächeln bleibt aus. »Gut«, sagt er schließlich schlicht. »Lasst uns reingehen.«

Ich zupfe an seinem Ärmel. »Ach komm, Thomas. Jetzt erzähl doch mal!«

»Später. Gerade bin ich zu müde.«

Ich werfe Caspian einen verwirrten Blick zu und er greift nach meiner Hand. Das macht er oft, wenn er nervös ist, so wie ich in solchen Momenten anfange, an den Fingernägeln zu kauen. Bloß ein Reflex, ganz einfach. Doch als sein Daumen über meinen streicht, fühlt es sich kurz an, als könnte doch mehr dahinterstecken. Meine Haut prickelt, und ich weiß nicht, ob ich seine Hand fester drücken oder loslassen soll.

Ich lasse los.

Das wäre auch in Vaters Sinne.

Thomas gähnt. »Ich hab dir was mitgebracht, Piper.« Ich muss ein ziemlich erstauntes Gesicht machen, denn jetzt lächelt er schließlich doch. »Ich geb's dir heute Abend nach dem Lichterlöschen, okay?«

Ich falle ihm stürmisch um den Hals und er erwidert meine Umarmung. »Danke, Thomas. Ich freue mich so, dass du wieder da bist.«

»Und was ist mit mir? Kriege ich etwa kein Geschenk?« Cas schiebt gespielt eingeschnappt die Unterlippe vor. Thomas verdreht die Augen.

Wir gehen ins Wohnzimmer, wo die Tanten Kaffee, Tee und Kuchen servieren. Mutter bekommt gerade von Tante Joan einen Martini mit drei Oliven überreicht, ihren Lieblingsdrink.

Sie lässt sich in einen Plüschsessel sinken und zieht sich den Hut vom Kopf. »Genau das habe ich jetzt gebraucht. Danke.« Sie hebt das Glas an die Nase, schließt die Augen und nimmt einen tiefen Atemzug. Dann gibt sie den Drink Tante Joan zurück, die damit nach draußen geht und ihn ins Gras schüttet. Mutter hatte ein Alkoholproblem, bevor sie der Gemeinschaft beigetreten ist, und Vater gestattet ihr hin und wieder dieses kleine Ritual, um ihre Standhaftigkeit auf die Probe zu stellen. Trinken darf sie den Alkohol nicht. Vater sagt, Alkohol betäubt die Sinne und schwächt unsere Körper, wodurch wir anfällig für Krankheiten werden.

Die Tanten dirigieren uns zum Sofa und wir setzen uns. Millie versucht, auf Mutters Schoß zu klettern, doch da nimmt Vater sie auf den Arm. »Mutter braucht jetzt ein bisschen Ruhe«, erklärt er streng, aber Millie schreit und fängt unwillig an zu strampeln, sodass ihre Schärpe sich löst. Vater legt ihr die Hand auf die Stirn und schließt die Augen, um seine Ruhe auf sie zu übertragen, was allerdings nicht funktioniert. Am Ende hebt Mutter sie doch auf ihren Schoß und bindet die Schärpe wieder fest.

»Gut«, sagt sie, als Millie sich zufrieden an sie kuschelt, »dann erzählt mal, was ihr in der Zwischenzeit alles erlebt hat.«

Vater lässt sich im Sessel neben Mutter nieder. Sein Kiefer wirkt angespannt, er lässt den Kopf kreisen und rutscht andauernd hin und her, als fände er keine bequeme Sitzposition. Ich versuche, ihn nicht allzu offensichtlich anzustarren, aber wie immer achte ich auf jede noch so winzige seiner Regungen. Auch Cas und Thomas beobachten ihn; nur die Kleinen bekommen nichts mit.

Henry und Samuel berichten von dem Frosch, den sie heute am See gefangen haben und der jetzt in einem Terrarium in ihrem Zimmer untergebracht ist. »Wir haben ihn Captain John Wayne getauft!«, sagt Henry. Beverly Jean verkündet, dass sie neuerdings ganz ohne Rezept Apfelkuchen backen kann, den es heute Abend zum Nachtisch geben wird. Außerdem hat sie einen Makramee-Blumentopfhalter geknüpft. Carla hat Perlenketten gebastelt.

Mutter strahlt. »Ich bin so stolz auf euch alle. Was haben wir doch für wunderbare Kinder!« Sie sieht Thomas an. »Und unser Thomas ist zum ersten Mal seit seiner Initiation wieder zu Hause! Ich bin so glücklich, dass ich glatt weinen könnte.«

Vater nickt. Dann steht er auf, um Thomas auf die Schulter zu klopfen. »Thomas hat sich als wahre Bereicherung für die Gemeinschaft erwiesen. Und er ist wegen eines ganz besonderen Projekts mit uns hergekommen, aber davon erzähle ich euch später.«

»Danke, Curtis«, murmelt Thomas, ohne den Blick vom Boden zu heben.

»Ich hoffe, die Tanten waren nicht zu streng mit euch«, sagt Mutter.

Caspian und ich wechseln einen verstohlenen Blick. Die Tanten sind immer zu streng mit uns. Aber darüber dürfen wir uns nicht beklagen, schon gar nicht Vater gegenüber. Die beiden würden es uns büßen lassen, sobald Vater und Mutter wieder weg sind.

»Ach was, gar nicht«, antworte ich mit einem Lächeln in Tante Barbs Richtung. Sie wendet sich ab.

Vater massiert sich die Schläfen. »Es war eine lange Reise, Kinder. Eure Mutter und ich müssen uns jetzt erst mal ein bisschen ausruhen.«

Er nimmt Mutter beim Ellenbogen und führt sie nach oben, wo ihr Schlafzimmer ist.

Tante Joan fängt an, den Kuchen abzuräumen, bevor irgendwer von uns Kindern sich ein Stück nehmen kann. »So,

Abendessen gibt es erst in ein paar Stunden. Seht zu, dass eure Kleider bis dahin sauber bleiben.«

»Aber die Kleinen müssten dringend mal nach draußen und sich ein bisschen austoben«, wende ich ein. »Können sie sich dafür nicht kurz umziehen?«

»Du weißt genau, dass das eurer Mutter nicht recht wäre.«

»Aber dürfen sie wenigstens nach draußen? Ich passe auch auf, dass sie sich nicht schmutzig machen.«

»Gut, aber wehe, ich entdecke nachher auch nur den kleinsten Fleck, dann ziehe ich dich dafür zur Verantwortung.«

Ich stehe auf. »Abgemacht.«

Niemand rührt sich, bis die Tanten aus dem Zimmer sind.

4.

DANACH

Die Frau lauert vor der Badezimmertür, man kann sie reden hören. Ich liege in ein Handtuch gewickelt auf der Badematte und würde am liebsten am Daumen nuckeln wie ein kleines Kind, um mich Mutter und Vater und meinen Geschwistern näher zu fühlen.

Ein kurzes Klopfen und schon steht sie wieder im Raum und raubt mir jeglichen Sauerstoff zum Atmen. Hinter ihr sehe ich einen Mann weggehen.

»Entschuldige, dass ich so reinplatze«, sagt sie. »Aber du bist jetzt seit mehr als einer Stunde hier drin.«

Ich antworte nicht und versuche, mir die Tränen abzuwischen, ohne dass sie es mitbekommt.

Die Frau legt ein Bündel neben mich auf den Boden.

»Frische Kleidung.« Sie tätschelt den Stoff. »Wenn du fertig bist, komm runter in die Küche, dann können wir frühstücken. Es gibt Blaubeerpfannkuchen und Toast mit Erdbeermarmelade.«

Ich erwidere ihr Lächeln nicht.

Als sie weg ist, ziehe ich mich an. Die Shorts hängen mir tief auf den Hüften und der Kragen des T-Shirts rutscht mir ständig von der Schulter. Vorne drauf prangt in widerlich grellem Pink der Schriftzug *NO LIMITS*.

Sie hat sich nicht mal die Mühe gemacht, meine Größe in Erfahrung zu bringen und mir was Passendes zu besorgen. Vielleicht haben diese Sachen aber vorher auch jemand anderem gehört.

Meine Hand liegt auf dem Türknauf, doch ich wage mich nicht nach draußen. Der Bleichmittelgeruch ist zurück, noch stärker als zuvor. Sternchen und Lichtblitze tanzen mir vor den Augen.

Wie bin ich überhaupt hier gelandet?

Durch die Gedächtnislücken fühle ich mich so dumm und schwach. Wissen ist Macht, sagt Vater. Ich habe weder das eine noch das andere.

Schließlich wage ich mich raus in den Flur, der sich wie ein dunkler Tunnel vor mir erstreckt. Ich taste mich voran, unsicher, in welche Richtung ich muss. Rechts und links sind Türen, alle zu. Ich probiere, eine zu öffnen, aber sie ist abgeschlossen.

Genau wie alle anderen.

Ich wanke die Treppe hinunter und gelange in einen weitläufigen Raum, sehe noch mehr weiße Wände, noch mehr weiße Möbel. Wie in einem Krankenhaus.

In einem Panoramafenster hängt ein rotes Prisma, dessen Reflexion eine klaffende Wunde an die gegenüberliegende Wand zeichnet. Dieser Ort ist so anders als mein Zuhause, in dem leere Colaflaschen mit Wildblumen auf den Fensterbänken standen.

»Hast du Hunger?«, ertönt links von mir die Stimme der Frau. Sie steht in einer Küche, die durch einen bogenförmigen Durchgang von dem großen Raum abgetrennt ist, und klappt gerade die Kühlschranktür zu.

Mein Magen knurrt wie ein Bär und ich folge dem Frühstücksduft zu einem großen Holztisch. Dort ist ein einziger Platz gedeckt, mit zwei weißen Pillen neben dem Teller.

Ich schiebe sie beiseite.

Aber bei Toast und Erdbeermarmelade bin ich schon immer schwach geworden. Mutter macht die beste Erdbeermarmelade der Welt. Als ich noch klein war, hat sie sogar mal irgendeinen Preis dafür gewonnen. Ihr Lächeln an dem Tag damals werde ich nie vergessen. Wie sie mit mir auf dem Arm vor Vaters Fotoapparat posiert hat und alle uns beneidet haben.

Ich habe so lange nichts in den Magen bekommen, dass mir schon schlecht ist. Am liebsten würde ich die Frau fragen, ob das Obst bio ist oder mit Pestiziden verseucht.

Ich esse trotzdem. Die Kraft werde ich bald bitter nötig haben.

Auch wenn es noch niemand ahnt – ich habe nicht vor, lange hierzubleiben.

Nach dem Essen fordert die Frau mich auf, mit ins Wohnzimmer zu kommen. Sie sagt, dort warte ein Arzt, der mir helfen wolle.

Ein paar gerahmte Fotos stehen auf dem Kaminsims. Auf einem ist ein Mädchen beim Fahrradfahren zu sehen, auf einem anderen drückt es eine Puppe an sich. Ihm fehlt ein Schneidezahn.

Das dritte Bild, vergilbt und leicht unscharf, zeigt ein anderes Mädchen in einem Planschbecken …

Die Frau tritt neben mich. Ihr Atem und das Ticken der Uhr scheinen die einzigen Geräusche im Raum zu sein.

Mit einem Räuspern deutet sie auf einen Mann, der auf dem Sofa sitzt. »Bist du so weit, Piper?«

Der Mann leckt sich über die schnurrbartgekrönten Lippen. »Hallo, Piper. Ich bin Dr. Lundhagen, aber du kannst mich gern Oscar nennen.« Er trägt einen Rollkragenpullover unter einem dunkelgrauen Blazer und schiebt eine wuchtige goldene Armbanduhr an seinem Handgelenk zurecht.

Vater sagt, nach Reichtum streben nur Dummköpfe.

Die Frau rückt zögernd ein Stück näher. »Oscar ist hier, um sich ein bisschen mit dir zu unterhalten, Piper. Unter vier Augen. Darüber, wie es dir geht.«

»Wärst du damit einverstanden?«, fragt der Mann. Ein paar dunkle Nasenhaare ragen in seinen Schnurrbart.

Ich zucke mit den Schultern.

Der Mann wirft der Frau einen Blick zu. Sie verlässt das Zimmer. Im Flur öffnet und schließt sich eine Tür.

Und wieder bin ich allein mit einem Fremden.

Er hüstelt. »Möchtest du dich nicht setzen?« Einladend weist er ans andere Ende der Couch. Die Wand daneben verschwindet fast komplett hinter einem Regal voller Porzellanfiguren, die mich alle aus toten Augen anstarren.

Ich ziehe einen Stuhl mit hoher Lehne quer durchs Zimmer und positioniere ihn dem Mann gegenüber. Selbst im Sitzen mache ich mich noch so groß, wie ich kann, halte mich kerzengerade. Der Mann hockt mit krummem Rücken auf dem Sofa, niedriger als ich. Schwächer.

»Danke, dass du dich bereit erklärt hast, mit mir zu reden, Piper. Das fällt dir sicher nicht leicht.«

Zur Antwort mustere ich ihn nur schweigend, so gern ich ihn auch auf die Tatsache hingewiesen hätte, dass ich noch kein einziges Wort mit ihm geredet habe. Ich greife nach meiner Halskette und streiche mit dem Daumen über den grünen Anhänger. Mutter hat mir erklärt, dass das ein Amazonit ist, der für Gelassenheit und Stabilität steht. Er fühlt sich so kühl an wie immer.

Der Mann verschränkt die Hände. Auch auf seinen dicken Fingerknöcheln wuchern lange schwarze Haare. Mir kommen die Pfannkuchen hoch, aber ich schlucke alles wieder runter, ohne mir etwas anmerken zu lassen. Wahrscheinlich waren die Dinger voller Konservierungsstoffe, die mir jetzt sämtliche Nährstoffe aus den Körperzellen saugen und mich langsam, aber sicher vergiften.

»Wie kommst du denn zurecht mit dieser neuen Situation?« Der Mann hebt übertrieben besorgt die Augenbrauen. »Du bist ja jetzt schon seit über einer Woche hier.«

Seit über einer Woche? Im Ernst?

Er kratzt sich am Hinterkopf. »Jeannie hat gesagt, du würdest kaum was essen.«

Jeannie. Die Frau. Ich hasse den Klang ihres Namens, diesen herausgewürgten Brocken aus Konsonanten, Vokalen und Lügen.

»Na, du wirst deinen Appetit schon wiederfinden. Immerhin hast du eine Menge durchgemacht, Piper. Da ist es ganz normal, dass du dich erst mal orientierungslos fühlst. Hier ist alles anders, als du es gewohnt bist, das muss dir große Angst machen. Deine ganze Welt ist aus den Fugen geraten.«

Er starrt mich an, wartet darauf, dass ich etwas erwidere. Irgendwann seufzt er. »Wahrscheinlich macht es dir auch Angst, hier mit mir zu sitzen. Vielleicht unterhalten wir uns lieber ein andermal, wenn es dir schon ein bisschen besser geht. Ich würde dir wirklich gern helfen, Piper. Alles, was du mir erzählst, bleibt unter uns.«

Im Flur knarzt der Holzfußboden. Von wegen.

5.

DAVOR

Ein Goldzeisig flattert durchs Gestrüpp, sein gelbes Gefieder leuchtet in der Sonne. An einen alten Autoscooterwagen gelehnt sehe ich zu, wie der Vogel auf dem Boden herumpickt. Als wir hierhergezogen sind, standen die kleinen Fahrzeuge noch auf einer Metallplattform, aber auch die hat Vater von seinen Männern nach einem Blitzeinschlag abreißen lassen. Jetzt rosten sie im Gras vor sich hin.

Hierher kommen wir gern, wenn wir lesen oder uns ungestört unterhalten wollen. Für Henry und Samuel sind die Wagen Weltraumraketen und Beverly Jean nutzt sie als Häuschen für ihre Papierpuppen.

Ich schlendere ein Stück über die Lichtung und suche dabei den Boden ab. Mutter wirkt irgendwie erschöpfter als sonst, darum dachte ich mir, dass sie vielleicht ein Strauß Wildblumen aufheitern kann.

Eine Mohnblüte hebt sich knallorange von all dem Grün ab, und ich arrangiere sie in der Handvoll blauer Hainblümchen und gelbem Hahnenfuß, die ich bisher gepflückt habe. Als ich mir die Erde von den Händen klopfe, kommt Cas dazu.

»Sind die für Angela?« Er hat sein Jackett ausgezogen und seine hochgekrempelten weißen Hemdsärmel geben den Blick auf seine muskulösen Unterarme frei.

Ich muss mich zwingen wegzusehen. »Woher wusstest du, dass ich hier draußen bin?«

»Weil ich dich nun mal kenne.« In seiner Stimme liegt ein

Lächeln. Er klettert in einen limettengrünen Wagen und lehnt sich zurück. »Kann ich dir was verraten? Aber du darfst dich nicht aufregen.«

»Na, das kann ich dir ja wohl kaum versprechen, aber schieß los.« Ich rutsche auf den Sitz neben ihm, achte jedoch sorgsam darauf, eine Lücke zwischen uns zu lassen.

Die Luft knistert vor Elektrizität, vielleicht liegt das an Vaters Rückkehr. Heute ist so ein Tag, an dem einfach alles möglich scheint.

Caspian wendet sich mir zu, die Stirn gerunzelt. »Ich hatte gedacht, ich würde mich mehr darüber freuen, dass Curtis und Angela zurück sind.«

Er sucht in meinem Blick vermutlich nach einem Hinweis darauf, ob ich ihm zustimme oder anderer Meinung bin, und in letzterem Fall, warum. Als hinge sein Seelenheil davon ab, was ich jetzt sage.

Ich habe Caspian noch nie belogen und fange heute sicher nicht damit an.

»Cas.« Ich gebe mir Mühe, meine Stimme ruhig zu halten. »Es ist für uns alle schwer, so lange ohne die beiden auskommen zu müssen, aber Vater und Mutter arbeiten so hart dafür, uns ein glückliches und sicheres Leben zu verschaffen. Da ist es doch wohl das Mindeste, ihnen ein bisschen Dankbarkeit entgegenzubringen. Und ein dankbares Herz speist sich aus positiven Gedanken. Die negativen Gedanken müssen wir ausmerzen wie das Unkraut in deinem Gemüsegarten, sonst breiten sie sich unkontrolliert aus.«

Er nickt und guckt weg. »Schon klar. Du hast ja recht.«

»Du weißt trotzdem, dass du mir alles erzählen kannst, oder?«

Wieder streckt er reflexartig die Hand aus, um nach meiner zu greifen, aber dann lässt er es doch bleiben. »Ja.«

Fast scheint er Funken zu sprühen vor angestauter Energie. Er ist wie der Blitz, der den Autoscooter getroffen hat. Wie gern würde ich ihn berühren, nur um zu sehen, ob ein Lichtbogen zwischen uns aufleuchtet.

»Ich muss dir was Verrücktes gestehen«, fährt er unsicher fort. »Als Thomas und ich zu euch gezogen sind, war ich bis über beide Ohren in dich verknallt.«

Mein Herz gerät ins Stolpern. »Im Ernst?«

Er guckt mich an. »So schlimm, dass ich mich nicht mal getraut hab, mit dir zu reden. Jedes Mal, wenn ich's versucht habe, war es, als hätte ich meine Zunge verschluckt. Mann, hat Thomas sich damals über mich lustig gemacht.«

»Und ich dachte, du könntest mich nicht leiden!«

»Tja, falsch gedacht. Und jetzt hast du mich für immer und ewig am Hals.« Er nimmt mir den Blumenstrauß aus der Hand. »Sieht noch ein bisschen mickrig aus. Irgendwas fehlt da.« Er steht auf und zieht mich mit hoch. »Komm, lass uns eine kleine Runde drehen.«

Wir gehen tiefer in den Wald. Cas führt mich zwischen Bäumen hindurch, über moosbedeckte Steine und Wurzeln, immer auf der Suche nach einem Farbklecks auf dem Boden. Hier draußen ist es wie verzaubert, und ich bin Vater unendlich dankbar dafür, dass er uns dieses Zuhause gegeben hat.

»Was ist das denn für eine Blume?« Ich knie mich neben ein erdbeerrotes Gewächs auf den Boden.

»Nicht anfassen!«, warnt Cas. »Das ist eine Distel, die hat fiese Stacheln.«

»Aber diese Farbe! Hast du so was Leuchtendes schon mal

gesehen?« Vorsichtig strecke ich die Hand nach dem Stängel aus und es pikst nicht. »Die würde Mutter gefallen.«

»Lass mich mal, du zerstichst dir nur die Finger.« Er hockt sich neben mich, rupft die Distel aus und steckt sie genau in die Mitte meines Sträußchens.

»Jetzt ist es perfekt, Cas. Danke.«

Er schenkt mir ein schiefes Lächeln.

Wir schlendern immer tiefer in den schattigen Wald. Am Rand des Pfads wachsen Farne und jede Menge anderes Grünzeug und über uns wiegen sich die Kiefernkronen im Wind. Cas bleibt stehen und hebt einen riesigen Zapfen auf. Eine Weile betrachtet er ihn. »Ich glaube, der ist von einer Coulter-Kiefer. Guck, die Form erinnert an eine Ananas.«

»Du weißt mehr über Bäume, als gesund sein kann.«

Er wirft mit der freien Hand den Zapfen in die Luft und fängt ihn wieder auf. »Gibt ja auch nicht viel zu tun hier, außer lesen und das Maisfeld pflügen.«

Als er den Zapfen das nächste Mal hochwirft, versuche ich, ihn ihm wegzuschnappen, aber das Ding landet auf dem Boden und rollt noch ein Stück weiter. Wir laufen beide hinterher und unser Gelächter vermischt sich mit dem Zirpen der Zikaden.

Cas ist mir ein paar Schritte voraus, und als ich neben ihm anlange und mir das wirre Haar aus den Augen streiche, bleibe ich wie angewurzelt stehen.

Vor uns erhebt sich der Maschendrahtzaun, der unser gesamtes Grundstück umgibt, gekrönt von einer langen Spirale aus Stacheldraht.

»Cas«, flüstere ich. »Kehren wir lieber um.«

Aber Cas tritt nach vorn, greift in die Maschen und rüttelt

kräftig daran. »Ist doch nur ein Zaun«, sagt er. In seiner anderen Hand zittert Mutters Blumensträußchen.

»Die Außenwelt ist gefährlich. Schnell, wir gehen zurück zum Haus.«

Er dreht sich zu mir um. »Hast du noch nie mit dem Gedanken gespielt, einfach mal rüberzuklettern? Bloß um zu sehen, wie es da drüben ist?«

Schockiert weiche ich zurück. »Nein, nie. Komm schon, lass uns gehen. Du machst mir Angst.«

Cas legt vorsichtig die Blumen auf den Boden. »Ich frage mich, ob irgendwer es schon mal versucht hat.«

»Cas, hör auf! Der Zaun steht da nicht ohne Grund. Und außerdem sollten wir sowieso langsam zurück. Ich muss schließlich aufpassen, dass die Kleinen sich nicht schmutzig machen.«

»Ja gleich«, entgegnet er. »Ich will's nur mal kurz probieren.« Und damit zieht er sich mit beiden Händen am Zaun hoch und benutzt die Maschen wie Leitersprossen.

»Cas, nicht! Was machst du denn da? Lass das!«

»Entspann dich, da passiert doch nichts!«, versucht er, mich zu beruhigen, während er gefährlich nah ans obere Ende klettert. Gefährlich nah an die Grenze zur Außenwelt.

Meine Handflächen sind ganz feucht geworden und ich wische sie an meinem Kleid ab. Irgendetwas raschelt im Gebüsch auf der anderen Seite des Zauns und die Bäume scheinen sich auf uns zuzubewegen.

»Jetzt reicht's, Cas! Wenn du nicht runterkommst, komme ich rauf!« Und im nächsten Moment hänge ich ebenfalls am Zaun und ziehe mich hoch, den Blick fest auf die Maschen gerichtet, um mich von den dahinter lauernden Bedrohungen abzulenken. Ich schwitze und meine Armmuskeln brennen. Kurz bevor ich bei Cas anlange, strecke ich die Hand nach ihm aus, aber in dem Moment rutscht mein Fuß ab.

Ich lande mit solcher Wucht auf dem Steißbein, dass meine Zähne aufeinanderkrachen.

»Piper!« Caspian springt zu mir runter. »Alles in Ordnung?« Er ergreift meine Hand und zieht mich auf die Füße. Sein Blick ist besorgt. »Tut mir leid, Piper. War doch nur Spaß, ehrlich.«

Ich kralle die Finger ineinander, um sie vom Zittern abzuhalten. »Bitte mach so was nie wieder.« Hastig klopfe ich den Schmutz von meinem Kleid – zum Glück bleiben keine Flecken zurück – und hebe Mutters Sträußchen wieder auf. Ein Hahnenfußstängel ist abgeknickt und ich ziehe die Blüte heraus. Wahrscheinlich bin ich darauf gelandet. »Die hier ist hin.«

Cas nimmt sie und steckt sie mir hinters Ohr. »Gar nicht, siehst du? Sie ist immer noch wunderschön.«

Lächelnd taste ich danach. Mein Herz hämmert wie wild.

Hier drinnen kann die Außenwelt uns nichts anhaben. Hinter dem Zaun sind wir sicher.

Wir müssen bloß auf der richtigen Seite bleiben.

6.

DAVOR

Vater sagt, die Menschen glauben weder mit dem Verstand noch mit dem Herzen.

Sie glauben mit den Augen und wir helfen ihnen dabei zu sehen.

Eine Stunde vor dem Abendessen kommen Vater und Mutter aus dem Schlafzimmer. »Lasst uns einen neuen Film machen!«, schlägt Mutter vor.

Sie liebt es, Heimvideos von uns allen zu drehen. Die guckt sie sich fast jeden Tag in der Kolonie an und zeigt sie auch den anderen aus der Gemeinschaft. Wie sie mir erzählt hat, nutzt Vater die Filme sogar dafür, neue Mitglieder anzuwerben.

»Jeder liebt schließlich glückliche Familien«, sagt sie immer.

Ich vergewissere mich, ob die Kleinen sauber geblieben sind. Henry und Samuel haben ganz vorsichtig im Sand mit Zweigen gespielt. Nach kurzer Prüfung stelle ich erleichtert fest, dass ihre Kleidung nach wie vor fleckenfrei ist. Millie habe ich ein Leibchen übergezogen, sobald unsere Eltern sich schlafen gelegt haben. Es ist komplett verdreckt, aber wenigstens ist ihr Kleid verschont geblieben. Alle wirken vorzeigbar.

Auch Thomas trägt nun seinen Anzug. Schon seit seiner Ankunft versuche ich, ihn allein zu erwischen, um ihn über die Kolonie auszufragen, aber Samuel und Henry weichen ihm keine Sekunde von der Seite.

Vater balanciert die Videokamera auf der Schulter, während Mutter uns auf dem Rasen positioniert wie Puppen. »Tut mal so, als würdet ihr fröhlich Fangen spielen«, sagt sie mit einem Blick zu Vater. Er nickt zufrieden. »Und vergesst dabei nicht, zu lachen und zu lächeln, was das Zeug hält. Ich will jede Menge positive Energie sehen!«

Mutter kämpft noch mit Carlas Haar, das vom Färben völlig spröde geworden ist. Was in Kombination mit der feuchten Luft heute dazu führt, dass ihr Kopf aussieht wie in eine riesige Flaumwolke gehüllt.

»Piper!«, ruft sie. »Geh mal ein Band für Carla holen. Ihre Haare sind ja eine Katastrophe.«

Drinnen durchsuche ich unser Schlafzimmer nach einem weißen Haarband. Mutter legt bestimmt Wert darauf, dass es zu Carlas Schärpe passt. Mein Blick fällt auf Carlas Skizzenbuch auf dem Schreibtisch, und ich schlage es auf, obwohl mir klar ist, dass sie mich umbringen würde, wenn sie davon wüsste. So schweigsam und brummig, wie sie in letzter Zeit gewesen ist, befürchte ich, dass auch ihre Zeichnungen nicht gerade von Heiterkeit zeugen. Aber ich habe mich geirrt. Eins ihrer Bilder ist schöner als das andere – Millie im Profil, tanzende Silhouetten am Seeufer. Mein Lieblingsmotiv aber ist eine einzelne Lilie. Ich bin beeindruckt davon, wie gut Carla die Schattierungen hinbekommen hat, und strecke unwillkürlich die Hand aus, als würde eine echte Blüte vor mir aus der Buchseite sprießen. Als Carla noch klein war, hat sie oft Kieselsteine mit Blumen bemalt und sie überall im Garten für uns versteckt. Vorsichtig klappe ich das Buch wieder zu, glücklich darüber, dass in ihr offenbar noch immer dieses liebe, verträumte Mädchen schlummert. Also habe ich sie doch noch nicht ganz verloren.

Auf dem Weg zurück nach unten höre ich die Tanten in

der Küche tratschen. Es ist sicher nicht leicht, sich um die Kinder anderer Leute zu kümmern; zumal die zwei nicht mal unsere echten Tanten sind, sondern bloß Mitglieder der Gemeinschaft. Vaters Anhänger leben größtenteils bei ihm und Mutter in der Kolonie, die viele Stunden von hier entfernt ist. Ich habe mich schon oft gefragt, ob Tante Joan und Tante Barb sich wohl freiwillig dazu entschieden haben, unsere Ziehmütter zu spielen, oder ob ihnen die Aufgabe einfach zugeteilt wurde.

»Er hat schon wieder ein neues aufgegabelt«, flüstert Tante Joan.

»Wo denn diesmal?«

»Keine Ahnung, aber hier ist jedenfalls kein Platz mehr.«

Als ich reinkomme, fahren die Tanten wie ertappt zu mir herum. »Du hast hier drinnen nichts zu suchen, Piper. Draußen wird gefilmt.« Tante Barb drückt hastig ihre Zigarette aus.

Rauchen ist bei uns streng verboten. Sie dürfte diese Zigaretten gar nicht haben. Ich werde das nachher Vater gegenüber zur Sprache bringen müssen.

»Mutter schickt mich. Carlas Haare gefallen ihr nicht.« Ich halte das Band hoch.

»Und was stehst du dann noch hier rum?« Tante Joan scheucht mich zurück in den Garten.

Draußen in der sengenden Sonne streiche ich sorgfältig Carlas Haare glatt und binde sie zurück. »Das solltest du öfter so tragen«, merke ich an. »So sieht man viel mehr von deinem hübschen Gesicht.«

Sie zeigt auf einen Pickel an ihrem Kinn. »Erzähl mir doch nichts, Piper. Ich weiß selber, wie ich aussehe.«

»Hübsch, das sag ich doch.«

»Gegen Mutter und dich bin ich ein hässliches Entlein, das weißt du genau.«

Ich wünschte, sie könnte sich mit meinen Augen sehen.

In dem Moment ruft Vater »Action!« und wir legen gehorsam los. Mutter greift nach Millie und tut so, als würde sie ihr entwischen, sodass sie nur ihre Stoffgiraffe zu fassen bekommt. Woraufhin Millie in übermütiges Gekicher ausbricht. Das Fangspiel ist schnell vorbei und danach scharen wir uns um Mutter. Die Kleinen schmiegen sich an sie und bedecken sie mit Küsschen. Mutters Lächeln überstrahlt alles.

Cas rückt dicht neben mich und legt mir wie so oft den Arm um die Schultern. Erneut bekomme ich dieses seltsame Kribbeln im Bauch. Sein Gesicht ist meinem so nah, und jedes Mal, wenn ich mich zu ihm umdrehe, guckt er mich bereits an. Ich lächele und versuche, mich wieder auf Mutter zu konzentrieren, aber in Wirklichkeit nehme ich nichts wahr außer der Wärme seiner Haut.

Eigentlich sollte ich ihn abschütteln und all diese seltsamen neuen Empfindungen verdrängen. Vater sagt, Romanzen, Selbstbefriedigung und Sex lenken uns nur von unseren Zielen ab. In der Gemeinschaft ist er derjenige, der die Eheschließungen arrangiert, und Liebe spielt dabei selten eine Rolle. Darum weiß ich, diese Gefühle sind falsch, wie auch immer man sie nennen will.

Verschämt sehe ich zu Vater hinüber, als könne er meine Gedanken lesen, aber er beugt sich gerade über Henry.

»Moment mal.« Vater schaltet die Kamera aus und zupft an Henrys Hemd. Ein kleiner Fleck verunstaltet den weißen Stoff. »Was ist das denn hier?«, verlangt er zu wissen.

»Ich hab bloß mit Sammy gespielt«, erklärt Henry mit zittriger Stimme. »Unten am Strand.«

»Piper, wie konnte das passieren?«, fährt Vater mich an.

Mein Magen krampft sich zusammen und ich löse mich rasch von Caspian. »Tut mir leid, Vater. Ich habe ihnen gesagt, dass sie sich nicht schmutzig machen sollen.« Ich hätte Carla nicht aufbürden dürfen, ein Auge auf die beiden zu haben, nur damit ich Mutters Blumenstrauß pflücken gehen konnte. Mir war schließlich klar, wie schnell so was passiert.

Doch da tritt Thomas vor. »Es ist meine Schuld«, sagt er laut. »Piper hat mich gebeten, kurz auf die beiden aufzupassen, aber ich war wohl nicht ganz bei der Sache.«

»Thomas«, murmele ich, doch er schüttelt den Kopf.

Mutter legt mir die Hand auf den Arm. »Curtis, so einen kleinen Fleck wird doch niemand sehen.«

Vater holt tief Luft. »Diese Filme müssen absolut perfekt sein, Angela. Das weißt du ganz genau.«

Mutter fährt sich mit den Fingern durchs Haar. »Die beiden haben es sicher nicht mit Absicht gemacht.« Vater wirft ihr einen so stechenden Blick zu, dass sie rote Flecken am Hals bekommt. »Ich habe Kopfschmerzen«, sagt sie unvermittelt und eilt schwankend zurück Richtung Haus. Selbst als Millie zu weinen anfängt und nach ihr ruft, bleibt sie nicht stehen.

Ich hebe Millie auf den Arm. »Böse Piper«, brummelt sie und drückt ihre Schniefnase an meine Schulter.

Vater öffnet das Kamerafach und zieht die Kassette heraus. »Thomas, du musst wirklich lernen, deine Verantwortung ernster zu nehmen. Besonders bei unseren Besuchen hier. Dir ist doch klar, wie wichtig das alles ist, für mich, für deine Zukunft, für unsere Ziele. Da muss ich mich bedingungslos auf dich verlassen können. Wenn du da auch nur eine Minute – eine *Sekunde* – lang unaufmerksam bist, könnte das alles zunichtemachen.«

Thomas nickt und strafft die Schultern. »Es wird nicht wieder vorkommen.«

»Das will ich dir auch geraten haben«, entgegnet Vater. »Zur Strafe gräbst du heute Abend Löcher, um dir die Konsequenzen deines Verhaltens am eigenen Leib zu vergegenwärtigen. Ein Loch für jedes der Kinder und eins für dich selbst. Du hast Zeit bis morgen bei Sonnenaufgang.«

»Ja, Sir.«

Ich sage nichts. Die Gemeinschaft tut so viel Gutes, indem sie Bedürftigen hilft, nachhaltige Anbaumethoden entwickelt und Vaters Lehren verbreitet. Vater hat sogar eine Meditationstechnik erfunden, die psychischen Leiden vorbeugen soll.

Er macht die Welt zu einem besseren Ort und dabei würde ich ihn so gern unterstützen.

Ich bin jetzt siebzehneinhalb und Cas wird in zwei Monaten achtzehn. Vater hat noch kein Wort über seine oder meine Initiation verloren, aber ich kann kaum noch an etwas anderes denken. Wenn ich Vater jetzt nicht davon überzeuge, dass ich bereit bin, wird er mich vielleicht niemals ganz in die Gemeinschaft aufnehmen.

Erst recht nicht, wenn er denkt, dass dieser Fleck meine Schuld war …

Vater wendet sich wortlos ab und geht ins Haus. Ich reiche Millie an Carla weiter, die sie und Beverly Jean ebenfalls nach drinnen bringt. Caspian nimmt Samuel und Henry bei den Händen und folgt ihnen. Thomas bleibt allein am Seeufer stehen.

»Das hättest du wirklich nicht tun müssen«, sage ich zu ihm, obwohl ich in Wahrheit froh darüber bin.

»Doch.« Er starrt hinaus auf den See. Seit er wieder hier ist, habe ich ihn kaum einmal lächeln sehen.

»Thomas, ist alles in Ordnung?«, frage ich leise.

Sein Kopf ruckt zu mir herum. »Natürlich, wieso?«

Ich schlucke. »Du wirkst irgendwie so … schwermütig. Oder als wärst du sauer. Das eben tut mir wirklich leid. Kannst du mir noch mal verzeihen? Ich würde es nicht aushalten, wenn du böse auf mich wärst.«

Er seufzt. »Ich bin nicht böse auf dich, Piper. Das könnte ich gar nicht.«

»Puh, dann bin ich ja froh.« Ich atme auf. »Was sollen wir heute Abend schauen? Ist schließlich Sonntag. Wir könnten noch mal ›Mork vom Ork‹ von vorne anfangen, wenn du magst.«

Als Thomas noch hier wohnte, hatten wir ein festes Sonntagabendritual. Nachdem wir die Kleinen ins Bett gebracht hatten, sahen wir immer eine Stunde zusammen fern. Vater hat jede Menge Serien auf Video – »Hart aber herzlich«, »Die Waltons«, »Unsere kleine Farm« –, aus denen wir uns aussuchen konnten, was wir wollten. Nur die Zeit durften wir dabei nicht aus den Augen verlieren, um den Stromgenerator nicht zu überlasten. Cas hätte auch gern mitgeschaut, aber aus irgendeinem Grund verdonnerten die Tanten ihn jedes Mal zur Gartenarbeit oder schickten ihn zum Gemüseeinmachen in den Keller.

Als Thomas in die Kolonie ziehen durfte, waren wir gerade mit »Ein Grieche erobert Chicago« durch. Caspian hat versucht, die Tradition mit mir weiterzuführen, aber irgendwie war es mit ihm einfach nicht dasselbe. Er stellte zu viele Fragen und mit Robin Williams' Späßen konnte er auch nicht viel anfangen. Außerdem fand ich es schön, dass Thomas und ich etwas hatten, was nur uns beiden gehörte. Thomas ist wie ein echter Bruder für mich – bei ihm fühle ich mich rundum geborgen.

Er massiert sich die Nasenwurzel. »Ehrlich gesagt bin ich ziemlich müde. Lass uns das auf nächsten Sonntag verschieben, okay? Bis dahin bin ich auf jeden Fall noch hier.«

Ich ringe mir ein Lächeln ab. »Klar. Ich bin einfach nur froh, dass du wieder zu Hause bist.« Dann nehme ich ihn in den Arm. Er drückt mich fest an sich und lässt mich lange nicht los.

7.

DAVOR

Mutter verschläft den restlichen Abend und wir essen schweigend. Der gedeckte Tisch erinnert an ein strahlendes Lächeln, dem ein Zahn fehlt.

Für Mutter ist der ganze Besuch verdorben und das ist allein meine Schuld. Warum habe ich bloß nicht besser auf Henry aufgepasst?

Caspian schaufelt mir eine Extraportion Bohnen auf den Teller. »Die hab ich heute frisch geerntet. Probier mal.«

Ich schiebe mir eine Gabel voll von dem warmen, knackigen Gemüse in den Mund. »Wow, die schmecken echt astrein, Cas. Du hast wirklich einen grünen Daumen.«

»Wenn du Lust hast, könntest du mir morgen im Garten helfen. Da gibt's noch jede Menge Bohnen zu ernten.«

»Bist du sicher? Ich muss eine Pflanze nur angucken, damit sie eingeht, das weißt du doch.«

Ein Grübchen erscheint in seiner Wange, als er grinst, und ich streiche unwillkürlich mit dem Finger darüber. Früher habe ich ihn manchmal damit aufgezogen, dass er einen Bauchnabel im Gesicht hat.

Plötzlich jedoch kommt mir die Geste irgendwie unanständig vor. Ich werde rot und lege meine Hand zurück in den Schoß.

Vater schlürft seinen Tee. »Jetzt wird gegessen, nicht geredet«, befiehlt er. »Die Regeln wurden hier ja ganz schön schleifen gelassen.«

Millie beginnt zu weinen und Thomas gibt ihr das Fläschchen. Als er meinen Blick auffängt, lächelt er mir zu. Aber seine Augen leuchten dabei nicht so wie früher.

Vater legt die Gabel weg. »Morgen solltet ihr dem Haus einen zusätzlichen Schutzanstrich verpassen, Kinder. Die Handystrahlung ist in letzter Zeit schon wieder stärker geworden. Wahrscheinlich hat die Regierung irgendwo in der Nähe einen von diesen sogenannten Mobilfunkmasten aufgestellt.«

Ich habe noch nie ein Handy gesehen und hoffe, ich werde es auch nie. Die senden nämlich schädliche elektromagnetische Strahlung aus, aber zum Glück weiß Vater, wie wir uns davor abschirmen können. Erst letztes Jahr haben wir die Innenwände des Hauses mit einem speziellen Stoff ausgekleidet, damit die Strahlen nicht zu uns durchdringen.

»Das ist eine gute Idee, Vater«, entgegne ich, was ihm ein Lächeln entlockt. Dann fällt mir auf, dass Samuel sein Essen kaum angerührt hat. »Was macht dein Zahn?«, frage ich ihn. »Immer noch so schlimm?«

Samuel hebt die Hand an die Wange. »Hat den ganzen Tag wehgetan.«

»Wir geben gleich noch mal ein bisschen Nelkenöl drauf. Ich hab letzte Woche neues angesetzt, das müsste inzwischen fertig sein.«

Während Cas und Carla nach dem Essen den Tisch abräumen, betupfe ich Samuels Zahn mit dem Öl. Das betäubt die Schmerzen etwas. »Danke, Piper«, nuschelt er, dann geht er nach draußen, um mit den anderen Federball oder Krocket auf dem Rasen zu spielen.

Ich pumpe einen Zinneimer voll mit Wasser und erhitze es auf dem Holzofen. Cas steckt den Stöpsel in den Abfluss, gießt das kochende Wasser in die Spüle und fügt Seife hinzu. Ein Riesenhaufen Geschirr wartet darauf, abgewaschen zu werden.

»Hat Angela sich über die Blumen gefreut?«, fragt er.

»Ich hab sie ihr auf den Nachttisch gestellt, aber ich glaube, sie war so müde, dass sie sie noch gar nicht gesehen hat. War wahrscheinlich sowieso eine dumme Idee.«

Cas nimmt meine Hand. »Blödsinn, das war nett und aufmerksam. Eben typisch du, Piper.«

Wieder werde ich rot. Was Cas mir heute Nachmittag erzählt hat – dass er am Anfang in mich verliebt war –, geht mir einfach nicht aus dem Kopf.

Bevor ich antworten kann, tippt Tante Joan mir auf die Schulter. »Komm mal kurz mit, ich muss dich sprechen.«

Cas lässt mich hastig los, und ich folge ihr in den Keller, wo die Tanten ihre Betten und außerdem eine kleine Sitzecke und ein Nähzimmer haben. Hier unten ist es zu jeder Tageszeit düster und es riecht muffig.

Vor dem Beistelltisch in ihrem Wohnbereich bleibt Tante Joan stehen. »Du hattest versprochen, auf die Kinder aufzupassen, damit sie sich nicht schmutzig machen.«

Ich schlucke. »Ja.«

»Und ich habe dir gesagt, dass ich dich dafür zur Verantwortung ziehen werde, wenn es doch passiert. Erinnerst du dich?« Sie nimmt einen Gürtel vom Tisch. »Heb dein Kleid hoch und dreh dich um.«

»Bitte, Tante Joan, das kann doch nicht dein Ernst sein. Ich bin schließlich kein Kind mehr. Und außerdem war es Thomas' Schuld, nicht meine.«

Kaum dass die Lüge über meine Lippen ist, wird mir klar, dass ich die Schläge verdient habe. Meine Zunge fährt über den Sprung in meinem Zahn, den mir der letzte Besuch hier unten im Keller eingebracht hat.

Tante Joan mustert mich nachdenklich. Dann seufzt sie und legt den Gürtel langsam wieder weg. »Falls irgendwer fragt: Ich habe dich hart bestraft. Und jetzt ab mit dir, bevor ich es mir doch noch anders überlege.«

Oben finde ich Mutter, die allein im Esszimmer sitzt, vor sich einen Teller kaltes Hühnchen. Beverly Jeans Apfelkuchen steht unangeschnitten auf dem Tisch.

»Wie geht es dir?«, frage ich.

Ihr Make-up ist verschmiert und sie hat Knitterspuren von ihrem Kopfkissen im Gesicht. »Schon ein bisschen besser. Die Reise war diesmal die reinste Tortur. Es ist so anstrengend, Arbeit und Familie unter einen Hut zu bringen und deinem Vater dann auch noch mit der Gemeinschaft zu helfen. Ich fürchte, bald bin ich mit meinen Kräften am Ende.«

Ich setze mich neben sie und nehme ihre Hand. »Sag doch so was nicht. Du tust, was du kannst.«

Sie lächelt. »Was würde ich bloß ohne dich machen?«

Ich hole tief Luft und halte sie eine Sekunde lang an.

»Hast du eigentlich mal darüber nachgedacht, ganz zu uns zu ziehen? Oder wenigstens öfter zu Besuch zu kommen? Hier ist es so friedlich. Das würde dir bestimmt guttun. Und Vater auch.«

»Piper, Schatz, du weißt doch, dass das nicht geht. Ich habe meine Unternehmen zu führen und dein Vater ist mit der Gemeinschaft beschäftigt. Was meinst du denn, woher das Geld für all das hier kommt?« Sie deutet um sich.

»Von Vater und dir.«

Sie entzieht mir ihre Hand und schneidet ihr Hühnchen in kleinere und immer kleinere Stücke. »Mir ist klar, dass das schwer zu verstehen ist, aber vorerst muss alles so bleiben, wie es ist. Wir können nicht ständig hin und her reisen, nur weil uns vielleicht gerade der Sinn danach steht. Unsere Besuche hier erfordern wochenlange Planung. Wir müssen unheimlich vorsichtig sein, damit uns niemand hierher folgt. Schließlich können wir nicht riskieren, jemanden aus der Außenwelt zu unseren Kindern zu führen.«

»Und wenn wir zu euch in die Kolonie ziehen? Das fänden die Kleinen sicher toll. Millie weint so oft im Schlaf und ruft nach dir.«

»Jetzt versuchst du, mir ein schlechtes Gewissen einzujagen.« Sie trinkt einen Schluck Wasser. »Unsere Kinder können nicht in der Kolonie leben; dann würde die Regierung uns zu schnell auf die Schliche kommen. Hier habt ihr Sonne und den See und eure Ruhe und die besten Lehrer, die mit Geld zu haben sind. Alles, was ihr euch je wünschen oder brauchen könntet.«

»Ich würde dir auch mit den Kleinen helfen. Dann fallen sie dir nicht so zur Last.«

»So denkst du also über mich, Piper? Hältst du mich für eine Mutter, die ihre Kinder als Last empfindet?«

»Ihr fehlt uns einfach nur. Das ist alles.«

Sie streicht mir über die Wange. »Und genau darum müssen wir das Beste aus der kostbaren Zeit machen, die wir miteinander haben, anstatt uns den Kopf über Dinge zu zerbrechen, die sowieso nicht zu ändern sind. Wir sollten jeden Moment davon genießen. Meinst du nicht auch?«

Ich nicke, dann zögere ich. »Mutter, hat Vater eigentlich irgendetwas über mich gesagt? Ich hab das Gefühl, dass er nicht sonderlich zufrieden mit mir ist.«

Sie lässt ihr Messer sinken und es landet klappernd auf dem Teller. »Wie kommst du denn darauf?«

»Na, heute habe ich ihm immerhin den Film verdorben. Es ist … als würde ich ihn andauernd enttäuschen.« Ich kaue auf meinem Daumennagel. »Und meine Initiation hat er auch noch mit keinem Wort erwähnt.«

Sie tätschelt mir die Hand. »Dein Vater ist einfach ein ganz besonderer Mensch, Piper. Ich wünschte, du könntest ihn mal mit seinen Anhängern erleben. Sie vertrauen sich ihm an wie unschuldige Kinder und er gibt ihnen Rat und Hoffnung und Sicherheit. Ich weiß, hier draußen bekommt ihr nicht viel davon mit, aber die Außenwelt ist das reinste Chaos. Und dass ihr hier leben dürft, so geschützt vor alldem, ist der beste Beweis dafür, wie sehr euer Vater euch liebt. Wenn du das nicht begreifst, dann tust du mir wirklich leid.«

8.

Dieses Haus lebt.

Es lauert.

Die Zimmer sind ständig woanders. Türen erscheinen wie aus dem Nichts, und Treppen tauchen an Stellen auf, wo vorher Wände waren. Manchmal wenn ich mich ganz fest darauf konzentriere, kann ich seinen Herzschlag hören.

Jedes Mal, nachdem sich wieder etwas verschoben hat, sagt die Frau, das Haus sei eben groß und es habe sich schon so mancher darin verlaufen. »Du gewöhnst dich sicher bald daran«, verspricht sie mir. »Und bis dahin bin ich ja da, um dir zu helfen.«

Meistens bleibe ich einfach in dem Zimmer, das sie mir zugeteilt hat, und verlasse es nur, wenn sie mich zum Essen ruft. Ich stelle mir vor, die Blümchensticker auf den Schreibtischschubladen kämen von Mutter, eine geheime Botschaft an mich. Seit dem Tag, an dem DIE uns Kinder von zu Hause fortgeholt haben, habe ich sie nicht mehr gesehen.

Noch immer höre ich Millies verzweifeltes Weinen, wünsche mir so sehr, ich könnte es einfach vergessen.

Gedankenverloren streiche ich mit dem Finger über einen der Sticker und wische mir die Tränen ab. Man kann nie wissen, wann die Frau das nächste Mal kommt, und sie soll mich auf keinen Fall weinen sehen.

In der obersten Schublade finde ich Papier und Stifte und fange an, eine Karte des Hauses anzulegen. Wenn ich es nur schaffe, einen klaren Kopf zu bewahren, werde ich schon irgendwann einen Weg hier rausfinden.

So viel weiß ich bisher:

Ich heiße Piper Blackwell.

Ich bin siebzehn Jahre alt.

Meine Eltern sind Curtis und Angela Blackwell.

Vor drei Wochen hat die Regierung meine Geschwister, meine Mutter und mich aus unserem Zuhause entführt.

Seither habe ich nichts mehr von meiner Familie gehört.

Ich bin bei einer Frau namens Jeannie in Kalifornien eingesperrt. Zumindest glaube ich, dass das hier Kalifornien ist; es stand jedenfalls auf ihrer Zeitung.

Manchmal wache ich an den verrücktesten Orten auf. Entweder gehe ich selbst dorthin oder jemand bringt mich.

Ich trete ans Fenster. Irgendwo da draußen ist meine Familie.

Die sanft geschwungenen Hügel erinnern mich an grüne Meereswogen. Der Horizont ist von Kiefern gesäumt. Die meisten anderen Häuser sind weit weg, jenseits eines Tors am Ende einer langen Zufahrt. Ich bin mir sicher, dass es verschlossen ist – immer –, genau wie dieses Fenster.

Das Haus nebenan ist weiß mit schwarzen Fensterläden. Ein Zaun trennt die beiden Grundstücke, aber ich habe noch nie Leute dort drüben gesehen. Nicht im Garten, nicht hinter den Fenstern und auch nicht in der Auffahrt. Vielleicht steht es ja leer.

Jemand nähert sich meiner Tür. Es sind die leisen, gleichmäßigen Schritte der Frau.

Sie klopft. »Ich gehe kurz einkaufen. In einer Stunde bin ich wieder da. Du bleibst bitte drinnen, ja?«

Als sie weg ist, rüttele ich wieder am Fenstergriff, doch vergeblich.

Aus einem vergitterten Wandschacht wird eisige Luft ins Zimmer geblasen, und ich gehe zu dem Schrank voller Klamotten, die mir nicht passen. Es gibt Jeansröcke, T-Shirts, Strickkleider – alles wirkt komplett neu und ungetragen, regelrecht steril. Ich schlüpfe in ein Sweatshirt, das mir zu kurz ist. Es endet knapp über dem Bund meiner Shorts und ist mit dem Schriftzug *STRANGER THINGS* bedruckt. Ich frage mich, ob das der Markenname sein soll. Nach einem Moment ziehe ich es wieder aus und probiere ein anderes. Auch das ist zu kurz, aber ich gebe mich geschlagen und lasse es einfach an.

Dann setze ich mich zurück ans Fenster und sehe, wie ein geradezu unwirklich glänzendes schwarzes Auto die Auffahrt hinunter Richtung Tor rollt. Die Frau fährt ihr Fenster runter, fummelt an einem kleinen Kästchen herum und wartet kurz, während das Tor aufgeht. Bevor sie sich auf den Weg macht, wirft sie noch einen Blick zu mir hoch, dann schließt sich das Tor hinter ihr.

Meine Zimmertür öffnet sich quietschend, als ich mit Zettel und Stift bewaffnet hinaus in den Flur trete.

Die Tür gegenüber ist abgeschlossen, die daneben genauso.

Die Treppe scheint sich abermals umpositioniert zu haben und wartet am Ende eines neuen Flurs auf mich. Mit einem dicken Kloß im Hals zeichne ich die Änderung auf meinem Plan ein. Dann husche ich die Treppe hinunter und lande auf der Vorderseite des Hauses. Dort ist eine Tür, deren Buntglaseinsatz förmlich in der Sonne glüht. Auch dieser Knauf lässt sich nicht drehen und der Riegel sitzt bombenfest. Ich bücke mich und spähe durchs Schlüsselloch. Die Frau hat mich eingeschlossen.

Oder vielleicht ist es auch das Haus selbst, das mich gefangen hält.

Auf dem Boden entdecke ich ein Paar Männerschuhe, einer davon liegt auf dem Kopf, und die Schnürsenkel sind offen. Sie erinnern mich an Cas' Schuhe und ich kicke sie aus dem Weg.

Die Küche sieht genauso aus wie beim letzten Mal, als ich hier unten war. Ich stöbere in den Schubladen, finde jedoch keinen Generalschlüssel, wie ich gehofft hatte. Nur ein paar stumpfe Messer, mit denen ich zurück zur Tür laufe. Das erste passt nicht ins Schlüsselloch, also probiere ich sie der Reihe nach durch. Alle zu groß.

Ich beschließe, eins davon unter meiner Matratze zu verstecken, nur für alle Fälle.

Auch das Fenster über der Spüle ist abgeschlossen. Genau wie die im Wohnzimmer. Ich husche von Zimmer zu Zimmer, rüttele an Riegeln, stemme mich gegen Fensterrahmen und sehe mich alle paar Sekunden gehetzt um, aus Angst, dass jemand kommen könnte.

Als ich zurück nach oben gehe und wieder systematisch alle Türen im Flur durchprobiere, ist die gegenüber von meinem Zimmer plötzlich offen. Der Raum ist vollgestopft mit Krempel: Ich sehe eine Nähmaschine, Stoffreste, alte Brettspiele, Fotoalben.

Und ein Telefon. Ein schwarzes, mit Wählscheibe, ganz oben auf einem Regal. So eins hatten wir zu Hause auch, obwohl Vater den Anschluss schon vor Jahren hat abklemmen lassen. Aufgeregt greife ich nach dem Hörer und halte ihn mir ans Ohr.

Kein Wählton.

Ich lege auf und versuche es noch mal.

Nichts.

Wütend knalle ich den Hörer zurück auf die Gabel.

Mein Magen knurrt, also renne ich zurück in die Küche und reiße den Kühlschrank auf. Drinnen liegt, säuberlich arrangiert, Gemüse in einer Plastikschublade, Milchflaschen stehen stramm wie Soldaten und schirmen einen angebissenen Apfelkuchen ab. Mit den Fingern breche ich mir ein Stück davon ab und esse es über der Spüle. Klebrig-süße Glasur tropft mir aufs Kinn.

Ich habe solchen Hunger. Diese verdammten Schwindelanfälle vereiteln jeden Versuch eines Hungerstreiks. Damit habe ich schon mein Leben lang zu kämpfen, sobald ich mal ein paar Stunden nichts esse. Kein Grund zur Sorge, meinten die Tanten immer.

Aber heute schon.

Ich wasche mir den Mund ab und werfe einen Blick nach draußen.

In einem Fenster im oberen Stock des Nachbarhauses ist ein Mädchen aufgetaucht.

Mein erster Impuls ist es, in Deckung zu gehen, aber dann lasse ich es sein. Sie steht einfach bloß da, reglos wie eine Statue.

Vielleicht kann sie mir ja helfen. Ich wedele wie wild mit den Armen.

»Hilfe!«, schreie ich. »Bitte, hilf mir!«

Sie reagiert nicht, und nach einem Moment frage ich mich,

ob ich sie mir vielleicht nur einbilde. Als ich anfange, an die Fensterscheibe zu klopfen, zieht sie die Vorhänge zu.

Und weg ist sie.

»Mutter«, flüstere ich erstickt. »Wo bist du?« Es fällt mir immer schwerer, mir den Klang ihrer Stimme ins Gedächtnis zu rufen, die Wärme ihrer Umarmungen.

Am anderen Ende der Küche ist ein Flur aufgetaucht, an den ich mich nicht erinnere. Ich füge ihn meiner Karte hinzu, bleibe jedoch sorgsam auf Abstand, als könnte er mich sonst verschlingen. Jeder Türknauf in diesem Haus ist genauso unbeweglich wie der der Tür mit dem Buntglasfenster.

Die sich in diesem Moment öffnet.

Die Frau kommt herein, eine Papiertüte im Arm. »Ach, du bist ja auf, wie schön«, sagt sie. Sie schließt die Tür hinter sich ab, steckt sich den Schlüssel in die Hosentasche, klopft zweimal darauf. »Hast du Hunger?«

Sie lächelt zu breit. Gibt sich zu viel Mühe.

In der Küche beginnt sie, die Einkäufe auszupacken. Es liegen noch Kuchenkrümel im Abfluss. Ich hätte daran denken sollen, sie wegzuspülen.

»Heute Abend gibt es Hamburger und gegrillte Maiskolben.« Ich antworte nicht. »Schau mal, das hier hat mir meine Schwester geschickt.« Sie nimmt eine braune Schachtel aus dem Schrank und holt eine neue Porzellanfigur hervor, mit Flügeln und einem Heiligenschein. »Was meinst du, wo passt sie am besten hin?«, fragt sie und nickt in Richtung des Regals mit den anderen Figuren.

Ich zucke mit den Schultern. Schweigen ist meine einzige Waffe, neben dem stumpfen Messer in meiner Hosentasche. Ich klopfe zweimal darauf.

Die Frau legt die Figur zurück in den Karton. »Schon elf Uhr«, fällt ihr dann auf. »Gleich fängt ›Schatten der Leidenschaft‹ an. Wollen wir vor dem Mittagessen ein bisschen zusammen fernsehen?« Als ich noch immer nichts sage, holt sie zwei Dosen Cola aus dem Kühlschrank und reicht mir eine davon. »Ein Nein lasse ich nicht gelten. Na komm, das ist total spannend.«

Sie setzt sich aufs Sofa, aber ich bleibe stehen. Ohne den Blick vom Bildschirm zu wenden, erklärt sie mir, wer wer ist, wer mit wem verheiratet, wer gestorben und wiederauferstanden und dann erneut gestorben ist.

Aber ich bin die Tochter meiner Eltern.

So leicht gebe ich mich nicht geschlagen. Wortlos gehe ich zurück in mein Zimmer.

Das mit der einzigen unverschlossenen Tür.

Ein paar Minuten lang warte ich ab, ob das Mädchen im Nachbarhaus zurück ans Fenster kommt, und als sie es nicht tut, ziehe ich ebenfalls meine Vorhänge zu. Dann knülle ich meinen nutzlosen Fluchtplan zusammen und werfe ihn in den Papierkorb.

9.

DAVOR

Vater hat uns für eine außerplanmäßige Lektion kurz vor dem Lichterlöschen zur alten Eiche bestellt.

Dort gruppieren sich mehrere Sitzbänke aus quer über Zementblöcke gelegten Holzplanken im Halbkreis um den Baum. Thomas schleppt Vaters Podest heran und platziert es uns gegenüber. Ich sitze mit Millie auf dem Schoß neben Caspian. Cas trägt ein T-Shirt mit abgeschnittenen Ärmeln, und mein Blick wandert über die Wölbung seiner Schultern, die scharfe Kontur seiner Wangenknochen, seine weich geschwungenen Lippen. Manchmal frage ich mich, ob er mich wohl jemals auf dieselbe Weise ansieht wie ich ihn. Ich wippe unruhig mit dem Knie und kaue an den Fingernägeln, bis Mutter mir die Hand vom Mund wegzieht, wie schon so oft.

»Das wolltest du dir doch abgewöhnen«, raunt sie mir zu.

Jetzt betritt Vater das Podest. »Ich segne euch, meine kühnen Träumer, mein himmlischer Engelschor.«

»Dein sei die Herrlichkeit.«

»Freiheit und gute Gaben wurden uns zuteil und unser Dank ist unermesslich.«

»Dein sei die Herrlichkeit.«

»Das Ende aller Tage. Armageddon. Die Apokalypse. Das alles sind Synonyme für ein und dasselbe: die Selbstzerstörung der Menschheit. Auf euch, meine Kinder, ruht unsere letzte Hoffnung – auf euch und der Gemeinschaft.«

Ich straffe den Rücken. Beverly Jean schiebt ihre Hand in

meine und ich drücke sie zur Beruhigung. Vaters Lektionen jagen den Kleinen oft Angst ein.

»Unsere Körper sind rein, frei von Pestiziden und schädlicher Strahlung. Wir haben bis hierher ohne die Hilfe dieser verseuchten Gesellschaft überlebt und wir werden es weiterhin tun.« Seine Augen blitzen. »In der Außenwelt prasselt Verzweiflung auf die Menschen ein wie stetiger Regen. Die Macht des Konsums verwandelt die Bevölkerung in hirnlose Drohnen. Scheidungen reißen Familien entzwei. Frauen verleugnen ihre natürliche Weiblichkeit und geben sich dem Irrglauben hin, Kinder aufzuziehen und ihrem Ehemann zu dienen, sei ein Zeichen von Schwäche, ja, sie seien erst dann wirklich von Wert, wenn sie ihr Frausein ablegten. Die Kraft des Mannes, seine natürlichen Triebe, die ihm ureigene Berufung zur Herrschaft – das alles wird ihm aberkannt, unterdrückt und mit Scham und Schuldgefühlen belegt. Männer werden entweder schwach und machtlos oder dafür verurteilt, wenn sie ihre Familien mit strenger Hand führen. Die Menschen injizieren sich wissentlich Gift, lassen ihre Gesichter nach dem Diktat oberflächlicher Schönheitsideale formen und lähmen ihren Geist mit stumpfsinniger Technologie. Dieser Ort, den ich für euch geschaffen habe, ist frei von alldem. Ich bin der Einzige, der für eure Sicherheit garantieren kann. Aber das erfordert harte Arbeit und Disziplin, denn im Leben gibt es nun mal nichts umsonst. Die Außenwelt ist verdorben, dem Untergang geweiht. Seid ihr bereit zu tun, was nötig ist, um die Menschheit zu retten?«

»Ja, Sir«, sagen wir im Chor.

»Wisst ihr, was das hier ist?« Vater hält einen mit weißem Pulver gefüllten Plastikbeutel hoch.

Millie fängt an zu weinen, und ich summe ihr leise etwas vor, damit sie sich wieder beruhigt.

»Das ist DDT, ein hochgiftiges chemisches Insektizid. Die Regierung hat dieses Mittel erstmals während des Zweiten Weltkriegs eingesetzt, als die Soldaten an der Front sich über Ungeziefer mit Krankheiten infiziert haben. Also präparierten sie ihre Schlafsäcke mit dem Gift. Zerstäubten es dort, wo sie schliefen und träumten. Als Nächstes erlaubte man den Bauern, ihre Felder damit zu behandeln. Flugzeuge verteilten es über ganzen Wohngebieten, um der Insektenpopulation Herr zu werden.«

Vater öffnet den Beutel. »Unsere Regierung hat zugelassen, dass Millionen von Menschen das DDT mit der Nahrung aufnahmen, hat ihnen eingeredet, es sei ungefährlich, und als die Opfer dann tumorzerfressen auf dem Totenbett lagen, hat sie jede Schuld von sich gewiesen. Genauso hat es sich abgespielt. Selbst die Wissenschaftler haben sich von den Politikern und den Chemiekonzernen kaufen lassen und der Bevölkerung versichert, DDT sei vollkommen harmlos. Aber das war es nicht. Begreift ihr, Kinder? Wir leben in keiner Demokratie, in der das Wohl der Bevölkerung an erster Stelle steht. Das hat es noch nie. Und ich bin der einzige Mann, der die finsteren Machenschaften der Obrigkeit durchschaut hat und sich nicht scheut, sie anzusprechen.«

Jetzt reicht Tante Joan Vater eine Scheibe Brot. Er nimmt eine Prise DDT aus dem Beutel und streut sie auf die Scheibe wie Salz.

»Ich kann euch vor all dem Gift, das diese Welt verseucht, schützen, aber dafür müsst ihr mir vertrauen. Patzer wie heute bei unserem Videodreh können wir uns nicht erlauben.

Euch kam das sicher vor wie eine Kleinigkeit, aber wer kleine Fehler nicht vermeidet, macht sich schnell größerer schuldig. Ich würde es nicht ertragen, euch zu verlieren. Und darum müsst ihr alle euer Bestes geben. Henry, dein junges Alter entschuldigt deine Unachtsamkeit nicht. Du hattest strikte Anweisung, dich nicht schmutzig zu machen, und du hast dich nicht daran gehalten.«

Henry fängt an zu schniefen und Mutter nimmt ihn in den Arm.

»Was ihr braucht, um zu überleben, ist ein fester Glaube. Der Glaube an mich, an meine Fähigkeiten.« Er schlägt sich mit der Faust vor die Brust. »Es fällt schwer, sich jemandem ganz anzuvertrauen, besonders wenn man die Gefahr, die einem droht, weder sieht noch riecht noch fühlt, aber das ist notwendig, damit ich euch Orientierung geben und euch beschützen kann. Und ich werde euch immer beschützen.« Jetzt hebt Vater das Brot und betrachtet es. »Wenn *ich* dieses Brot esse, wird mir nichts geschehen. Das weiß ich, weil ich mich meiner Fähigkeiten schon zu unzähligen Gelegenheiten versichern konnte. Genau wie viele Mitglieder unserer Gemeinschaft. Ihr jedoch, meine Kinder, hattet diese Möglichkeit nicht.«

»Curtis«, entfährt es Mutter, aber sie verstummt sofort wieder.

»Und darum frage ich nun euch, meine Kinder: Wer von euch glaubt so bedingungslos an mich, dass er dennoch einen Bissen von diesem Brot essen würde?«

»Ich!«, rufe ich, ohne darüber nachzudenken. Caspian starrt mich an, aber mein Blick ist unverwandt auf Vater gerichtet.

»Bist du dir auch ganz sicher, Piper?«, fragt Vater. »Reicht dein Glaube aus, um diesen Weg gemeinsam mit mir zu beschreiten? Er wird steinig sein.«

Ich spanne sämtliche Muskeln an, richte mich so kerzengerade auf, dass meine Wirbelsäule knackt. »Ich vertraue dir, Vater. Das habe ich schon immer getan.«

Er nickt. Ich reiche Millie an Carla weiter und stehe auf, um die Scheibe Brot von ihm entgegenzunehmen.

»Hab keine Angst«, flüstert er mir zu.

Ich presse nervös die Lippen zusammen und kämpfe gegen den Impuls an, mich nach Cas umzusehen. Vater hat noch nie ein Versprechen gebrochen. In seiner Obhut bin ich sicher.

Er wird uns immer beschützen.

Mir wird nichts passieren.

Ich mache mich darauf gefasst, dass das Pulver auf der Zunge brennt oder zumindest prickelt, aber das tut es nicht. Das Brot schmeckt ganz normal, ein wenig süßer vielleicht. Jeder Bissen bringt mich Vater näher, der Gemeinschaft, dem Tag meiner Initiation, meinem großen Ziel.

Als ich aufgegessen habe, tritt Vater von seinem Podest und umarmt mich. »Habt ihr gesehen, Kinder, wie fest Piper an mich glaubt, wie sehr sie mir vertraut? So erwarte ich es von euch allen. Habt ihr verstanden?«

Während die anderen nicken, flüstert Vater mir ins Ohr: »Das war bloß Puderzucker, Piper. Aber du hast die Prüfung bestanden. Gut gemacht.«

»Danke, Vater«, erwidere ich atemlos.

Menschen, die nichts haben, woran sie glauben, tun mir leid.

10.

DAVOR

Gegen Mitternacht schlage ich schweißgebadet meine Decke zurück.

Im Haus ist alles still, auch im Schlafzimmer meiner Eltern regt sich nichts, als ich daran vorbeischleiche. Die Luft ist so stickig, dass es sich anfühlt, als würde ich hindurchwaten.

Draußen pumpe ich ein großes Glas voll mit Wasser und pflücke im Garten ein paar Erdbeeren, die ich vorsichtig in eine Serviette wickele. Wie ich Caspian kenne, wird er auf den ersten Blick sehen, dass welche fehlen. Aber sie sind schließlich für seinen Bruder gedacht, darum wird er bestimmt Verständnis haben.

Der Himmel ist schwarz und die Sterne scheinen einander überstrahlen zu wollen. Ich lege den Kopf in den Nacken und versuche, sie zu zählen.

Es gibt so viel Schönheit auf der Welt.

Ich gehe in den Wald. Die Achterbahn verschmilzt in der Dunkelheit mit den Bäumen. Irgendwo vor mir flackert eine Campinglaterne, und als ich dem Schein folge, höre ich schließlich Thomas' Keuchen, untermalt vom Gezirpe der Grillen.

Thomas wirkt wie halbiert; er ist bis zur Hüfte in einem Loch verschwunden und nur sein Oberkörper ist zu sehen. Sein Spaten hebt und senkt sich, als er gehorsam Vaters Strafarbeit verrichtet. Die bereits ausgehobene Erde umgibt ihn wie eine Festungsmauer.

Und alles nur, weil ich zu feige war, selbst für meinen Fehler einzustehen.

Als er mich kommen hört, zuckt er erschrocken zusammen und blinzelt in die Dunkelheit. »Wer ist da?«

»Ich bin's nur«, flüstere ich und trete ins Licht seiner Laterne.

Er wischt sich über die schweißglänzende Stirn. »Was machst du denn hier, Piper? Du weißt doch genau, was das für einen Ärger geben könnte.«

Ich halte ihm das Glas und die Serviette hin. »Hier, ich hab dir was mitgebracht. Ich dachte mir, du hast vielleicht Hunger und Durst.«

Beim Anblick des Glases leckt er sich über die Lippen. »Geht nicht. Curtis hat gesagt, ich darf nichts essen oder trinken, bis ich hier fertig bin.«

»So ein Quatsch. Vater bekommt es doch nicht mit.«

»Doch. Ihm entgeht nichts.« Er stützt sich auf seinen Spaten und stößt einen Seufzer aus.

In der Nähe quakt eine Kröte, und ich schrecke zusammen, sodass ein paar Erdbeeren aus meiner Serviette auf die Erde plumpsen. Ich bücke mich danach. Thomas klettert aus seinem Loch, nimmt mir die Serviette ab und isst eine Erdbeere.

»Tut mir echt leid, Thomas. Eigentlich sollte jetzt ich hier draußen schuften, nicht du.«

»Ich wusste ja, was mich erwartet.« Er hockt sich auf den Boden, greift nach dem Wasserglas und leert es in wenigen Zügen.

Eine Weile sitzen wir schweigend da.

»Erzähl mir von der Kolonie«, bitte ich. »War es dort genauso, wie Vater es immer beschreibt?«

Thomas stellt das Glas ab. »Kein bisschen.«

Mein Herz fängt an zu klopfen. »Noch besser?«

»Nein, Piper. Nicht besser.«

Er klingt so müde. Resigniert. Mein Traum von einem perfekten Leben in der Kolonie scheint plötzlich in Gefahr. »Thomas, du machst mir Angst.«

Die Kolonie ist doch der Ort, der bis in den letzten Winkel durchdrungen von Vaters Liebe ist, der Ort, an dem es gesundes, unbelastetes Essen in Hülle und Fülle gibt, an dem wir von Vater lernen und uns für die Zukunft wappnen können. Es ist der Ort, an dem Menschen wertgeschätzt werden, an dem das Leben selbst wertgeschätzt wird. An dem alle zusammenarbeiten, um eine bessere Welt zu schaffen und den Fortbestand der Menschheit zu sichern.

In der Kolonie unglücklich zu sein, ist schlicht nicht möglich. Aber warum wirkt Thomas dann so bedrückt?

Er steht wieder auf und klopft sich die Erde von den Händen. »Geh lieber wieder ins Bett, bevor sie dich erwischen. Um mich brauchst du dir keine Sorgen zu machen, mir geht's gut. Ich bin sowieso fast fertig hier.«

»Warum willst du mir nicht erzählen, was los ist?«

Schweigen.

»Curtis hat ein Handy«, sagt er schließlich.

Die Grillen hören auf zu zirpen.

Ich schüttele den Kopf, bis ich sie wieder hören kann. »Quatsch. Denk doch mal an die Strahlung.«

»Er hat trotzdem eins. Ich hab ihn damit gesehen.«

»Das glaub ich dir nicht. Hör auf mit den dummen Witzen.«

»Ich hab ihn gesehen, Piper«, beharrt er und betont dabei

jedes Wort. »Mit eigenen Augen. Meine Eltern hatten auch Handys, bevor ich zu euch gezogen bin, darum weiß ich, wovon ich rede.«

»Dann wird er wohl seine Gründe dafür haben. Vater weiß, was er tut. Wahrscheinlich hat er nur eins, damit er besser einschätzen kann, mit welcher Bedrohung wir es zu tun haben. Und dir steht es nicht zu, seine Entscheidungen infrage zu stellen.«

Er starrt mich an. »Manchmal gibt es nicht genug zu essen für alle.«

Meine Muskeln verkrampfen sich. »Das kann gar nicht sein. Die Kolonie besitzt doch hektarweise Ackerflächen.«

»Das erzählt er gern, aber es stimmt nicht. Es gibt ein paar Felder, ja, aber das Grundstück ist insgesamt viel kleiner, als er es immer darstellt. Manchmal haben wir nur einmal am Tag etwas zu essen bekommen. Und selbst dann nicht viel. Reis und Maisbrei und ein paar Mandeln. Piper, einmal mussten wir uralte Cracker essen, die schon voller Käfer waren.« Er schluckt. »Aber Curtis hat immer genug gekriegt. Und zwar *richtiges* Essen.«

Auf meiner Oberlippe bildet sich Schweiß. »Er ist unser Anführer, Thomas. Da muss er bei Kräften bleiben, sonst kann er doch nicht mehr für uns sorgen.«

»Glaubst du das im Ernst?«

Ich stehe auf. »Natürlich! Wieso bist du denn auf einmal so komisch?«

Thomas schüttelt den Kopf. »Ich will mich nicht mit dir streiten.«

»Dann solltest du vielleicht nicht solche Sachen über Vater sagen. Das ist ja regelrechte Verleumdung!«

»Und ich dachte, mit dir könnte ich reden«, murmelt er. »Tja, da hab ich mich wohl getäuscht.«

Ich balle die Fäuste. »Du kannst jederzeit mit mir reden, Thomas. Aber nicht, wenn du solche Geschichten erfindest. Wie kannst du nur behaupten, dass Vater uns dermaßen anlügt? Du klingst ja schon genauso wie jemand aus der Außenwelt!«

»Wenn du meinst.«

»Ich versteh dich wirklich nicht! Gerade du kennst Vaters Pläne doch besser als jeder andere. Wie oft hab ich von dir gehört, dass dein Leben viel schöner ist, seit er dich aufgenommen hat. Dass du ihm unendlich dankbar bist. Du hast gesagt, er wäre der Vater, den du nie hattest. Und du wärst froh, deine leiblichen Eltern los zu sein!«

»Und damals hab ich das auch alles ernst gemeint.«

Ich seufze. »Weißt du, was? Mir reicht's jetzt, ich will nichts mehr hören.« Und damit mache ich auf dem Absatz kehrt.

»Erzähl Cas nichts von der Kolonie, okay?«, ruft er mir hinterher. »Besser, er erfährt nichts davon.«

Kurz bevor ich außerhalb des Lichtkreises seiner Laterne bin, bleibe ich noch einmal stehen und drehe mich um. Thomas klettert zurück in sein Loch, und in dem Moment wird mir klar, was er da aushebt.

Gräber.

11.

DANACH

Es sind die Geräusche, durch die sich dieser Ort am meisten von meinem Zuhause unterscheidet. Und ich kann sie einfach nicht aussperren.

Ein bellender Hund.

Vorbeifahrende Autos.

Eine elektrische Kaffeemühle, die klingt, als würde die Frau Knochen mahlen, um sich anschließend die pulverisierten Reste aufzubrühen.

Jetzt steht sie in meiner Tür. »Wie wär's, hilfst du mir ein bisschen im Garten? Ist so schönes Wetter heute.« Als ich nicht antworte, verblasst ihr Lächeln. »Na, ich bin dann jedenfalls draußen, falls du doch noch Lust bekommst.«

Sie geht und kurz darauf knallt eine Tür zu.

Zu Hause haben wir niemals Türen zugeknallt.

Oder abgeschlossen.

Ich schlüpfe in eine Jeansshorts und ein weißes T-Shirt mit Löchern an den Schultern, durch die man meine nackte Haut sieht. Mutter wäre entsetzt über die Kleidung, die die Frau mir gegeben hat.

Als ich unten ins Wohnzimmer komme, steht die Haustür offen, und die Buntglasscheibe schimmert in der Sonne.

Gut möglich, dass das ein Trick ist, irgendein kranker Vertrauenstest.

Egal.

Ich schleiche auf Zehenspitzen weiter und trete hinaus in die Sonne.

Dies ist das erste Mal, dass ich das Haus verlasse, seit DIE mich hierhergebracht haben. Ich schließe die Augen und höre die Vögel zwitschern, die Heuschrecken singen. Beinahe könnte ich mir einbilden, ich wäre wieder zu Hause und würde mit Mutter Wildblumen pflücken gehen oder im Garten mit Caspian plaudern.

Schnell reiße ich die Augen wieder auf.

Daran darf ich nicht denken.

Ich muss mich auf das konzentrieren, was vor mir liegt.

Die Veranda erstreckt sich über die gesamte Vorderseite des Hauses. Der schmiedeeiserne Zaun, der den Garten umschließt, stößt nahtlos an das große Tor am Ende der Zufahrt. Ich werfe einen Blick zu dem weißen Haus mit den schwarzen Fensterläden hinüber, in dem ich das Mädchen entdeckt habe.

Auf der Straße jenseits des Tors ist kein Auto zu sehen. Ich gehe die Verandastufen hinunter und auf die Frau zu. Sie kniet in einem Beet und wirkt irgendwie kleiner als sonst. Schwächer, verletzlicher. Als könnte ich sie einfach niederschlagen und über den Zaun klettern. Ich denke an das Messer unter meiner Matratze.

Sie lässt sich auf die Fersen zurücksinken und hält mir eine kleine Schaufel hin. »Heute werden die Setzlinge für das Wintergemüse gepflanzt. Hilf mir doch ein bisschen beim Erdeauflockern.«

Vorsichtig, um ja nicht ihre Hand zu berühren, nehme ich die Schaufel und hocke mich ein paar Meter weiter auf den Boden.

»Magst du Brokkoli?«, fragt sie.

Ich taste nach meiner Halskette.

»Hier haben wir Brokkoli- und Kohlsaat. Ich find's schön,

auch im Winter frisches Gemüse ernten zu können. Das ist einer der Vorteile, wenn man in Kalifornien wohnt.«

Dann rammt sie ihre eigene Schaufel in die Erde und scharrt und stochert darin herum. Mutter und ich haben Caspian immer gern im Garten mit dem Obst und Gemüse geholfen. Jeden Sommer, wenn die Erdbeeren und Tomaten reif waren, haben wir uns mit unserer Ernte auf die Verandatreppe gesetzt und etwas davon genascht. Der Rest wurde eingemacht.

»Erdbeeren will ich auch noch pflanzen«, fährt sie fort. »Die kann ich dann pünktlich für meine Weihnachtsmarmeladen und -kuchen ernten. Dabei kannst du mir auch helfen, wenn du magst. Ich bringe dir gern alles bei.«

Erdbeeren sind eine Sache zwischen Mutter und mir. Ich pfeffere meine Schaufel auf den Boden.

»Ist Gartenarbeit doch nicht so dein Fall?«, vermutet die Frau. Als ich den Kopf schüttele, zieht sie ein enttäuschtes Gesicht. »Na schön. Aber bleib in der Nähe, ja? Die Straße kann ziemlich gefährlich sein. Hier nehmen die Autofahrer nicht sonderlich viel Rücksicht.«

Als würde ich überhaupt so weit kommen.

Ziellos schlendere ich umher. Auf der einen Seite des Hauses stehen ein paar Ahornbäume am Zaun wie Wächter. In ihrem Schatten entdecke ich eine Vogeltränke. Eine Wanderdrossel sitzt auf dem moosbewachsenen Rand und zwitschert, die leuchtend orangerote Brust aufgeplustert. Eine Weile lässt sie mich zuhören, dann fliegt sie davon.

Ein Stück weiter befindet sich ein kleiner Schuppen, der im selben Blauton gestrichen ist wie das Haus. Vor der Tür hängt ein Zahlenschloss. Ich rüttele daran, aber es geht nicht auf. Plötzlich habe ich das Gefühl, beobachtet zu werden, aber als ich mich umdrehe, buddelt die Frau noch immer in ihrem Beet.

Ich gehe am Zaun entlang. Die Pfosten stehen jeweils ungefähr drei Meter auseinander, und dort, wo sie im Boden stecken, wirkt die Erde frisch aufgewühlt. Überall liegen entwurzelte Grasbüschel, braun und verdorrt.

Er ist ganz neu.

In einer Ecke des Gartens stoße ich auf einen Zaunabschnitt, der offenbar zum Nachbarhaus gehört. Das Holz ist alt und verwittert, riecht jedoch noch immer nach Zedern, und der Geruch erinnert mich an zu Hause. Ich sehe Cas' lächelndes Gesicht vor mir. Er greift nach meiner Hand und wir klettern zusammen auf die verfallene Achterbahn.

Paff.

Cas löst sich in Luft auf und ich bin wieder hier. Gefangen.

Mein Blick huscht von Fenster zu Fenster, auf der Suche nach einer flatternden Gardine oder einer menschlichen Silhouette. Wo ist das Mädchen hin? Ich weiß genau, dass ich sie mir nicht eingebildet habe, doch das Fenster im oberen Stockwerk bleibt leer. Das Haus liegt da wie ausgestorben.

Ich gehe näher an den Zaun. In einer der Querlatten ist ein Stückchen verrottetes Holz herausgebrochen und hat ein Guckloch zurückgelassen.

Neugierig luge ich hindurch.

Der Nachbarsgarten ist karg und verlassen.

Dann, plötzlich, blitzt etwas Buntes auf.

Hinter dem Loch erscheint das Gesicht eines Mädchens. »Hi«, sagt es.

Mein Herz macht einen Satz. »Hallo«, krächze ich.

»Du bist die neue Nachbarin, stimmt's?«

»J-ja. Wie heißt du?« Tausend Überlegungen schwirren mir durch den Kopf. Vielleicht hat sie ja ein Auto oder Geld. Vielleicht kann sie mir helfen, zurück nach Hause zu kommen.

Doch das Mädchen wendet sich ab. »Mist. Meine Eltern sind wieder da. Ich muss los.«

»Warte!«, rufe ich und presse die Hände auf das raue Holz.

Aber sie ist schon weg.

Da spüre ich einen weiteren Blick im Nacken.

Ein Grollen ertönt, und als ich mich umdrehe, sehe ich mich einem schwarzen Muskelpaket gegenüber. Es ist der Hund. Der Hund, den ich immer von meinem Zimmer aus höre.

Er fletscht die Zähne, weiß und spitz, und zerrt an seiner Kette, doch sie hält. Mit triefenden Lefzen beobachtet er mich.

Der Wind trägt meinen geflüsterten Hilferuf davon.

Dann fängt der Hund an zu bellen und die Frau dreht sich um. Sie steht auf, wirft verärgert ihre Handschuhe auf den Boden und kommt durch den Garten auf uns zugestapft.

»Aus, Daisy!«, schimpft sie. »Es wird nicht gebellt. Schluss jetzt!«

Der Hund legt den Kopf schief. Dann setzt er sich hin und seine Miene entspannt sich.

»Entschuldige. Daisy hat einen ziemlich ausgeprägten Beschützerinstinkt. Wir haben sie uns geholt, nachdem … ach, nicht so wichtig. Momentan wohnt sie jedenfalls hier draußen.« Die Frau tätschelt den Kopf der Hündin. »Daisy, das ist Piper. Sie gehört jetzt zu uns.« Dann tritt sie neben mich und legt mir demonstrativ den Arm um die Schultern.

Das Gefühl ist fremd und vertraut zugleich. Plötzlich meine ich, einen Hauch von Mutters Parfüm zu riechen, und gucke die Frau verwirrt an. Doch als ich das nächste Mal einatme, hat sich der Duft verflüchtigt.

»Siehst du, Daisy?«, sagt sie. »Piper ist ein ganz nettes Mädchen.«

Daisy lässt die Zunge aus dem Maul hängen und fängt an zu hecheln.

»Willst du sie vielleicht mal streicheln?«, fragt die Frau.

Ich zucke mit den Schultern.

Wenn ich die Frau dazu bekomme, dass sie mir vertraut, lässt sie mich vielleicht irgendwann unbeaufsichtigt nach draußen. Über den Zaun schaffe ich es schon irgendwie. Also sollte ich ihrem Vorschlag wohl lieber folgen.

»Schön langsam. Lass sie erst mal schnüffeln.«

Vorsichtig strecke ich die Hand aus, und noch während ich mich gedanklich schon von ein, zwei Fingern verabschiede, fängt Daisy an, sie mir abzulecken.

»Guck, sie mag dich!«, ruft die Frau. »Nicht dass mich das erstaunt, Daisy hat nämlich eine sehr gute Menschenkenntnis.«

Daisy schiebt ihren Kopf in meine Ellenbeuge, und ich gehe in die Hocke, woraufhin sie mir prompt durchs Gesicht schlabbert. Unwillkürlich muss ich lächeln und schmiege mich an sie – es ist ewig her, seit ich zum letzten Mal jemanden umarmt habe. Doch in dem Moment löst sich meine Halskette und rutscht mitsamt dem Anhänger ins Gras. Rasch hebe ich sie wieder auf und drücke sie an die Brust.

»Oh, deine Kette«, sagt die Frau. »Soll ich sie zum Juwelier bringen und den Verschluss reparieren lassen?«

Ich schüttele den Kopf und wende mich ab, den grünen Stein so fest umklammert, dass ich beinahe fürchte, er könnte in meiner Faust zerbröseln.

12.

DAVOR

Meine Schwestern machen Geräusche im Schlaf. Jedes lässt sich einer von ihnen zuordnen, einzigartig wie ein Fingerabdruck.

Carla schnarcht und schmatzt.

Beverly Jean redet, wenn sie träumt, aber fast ausschließlich in Fantasiesprache, die man nicht versteht.

Millie strampelt in ihrem Gitterbettchen und erzeugt wilde Rhythmen, wenn sie dabei die Stäbe trifft.

Und ich? Mein Hirn will einfach keine Ruhe geben, und so dümpele ich zwischen Schlafen und Wachen und denke darüber nach, was wohl mein typisches Geräusch ist.

Vielleicht ja komplette Stille.

Ich spüre, dass Vater im Zimmer ist, noch bevor er im Dunkeln meinen Namen flüstert.

»Sollen wir spazieren gehen?«, raunt er. Sein Atem riecht nach Kaffee und Zahncreme.

Ich blinzele. »Wie spät ist es denn?«

»Es wird bald hell. Wir könnten uns zusammen den Sonnenaufgang ansehen. Na los, ich warte draußen auf dich.«

Ich kann mich nicht erinnern, wann ich den letzten Sonnenaufgang erlebt habe. Aber dass Vater auf so eine Idee kommt, wundert mich kein bisschen. Er hat eben einen Sinn für Schönes, für die Dinge, die den meisten Leuten nicht auffallen oder schlicht egal sind.

Als ich meinen braunen Wildlederrock und ein Paar Kniestrümpfe aus dem Einbauschrank hole, stoße ich mit dem Fuß gegen einen kleinen Pappkarton auf dem Boden. Darauf klebt ein Zettel, den ich jetzt auseinanderfalte:

Die sind aus der Kolonie. Ein paar von den Frauen da konnten welche entbehren. – Thomas

In der Schachtel sind Tampons. Die habe ich seit fast einem Jahr nicht mehr gehabt – Vater ist es lieber, wenn wir keine benutzen, weil sie nicht biologisch abbaubar sind. Zwar behelfe ich mich mit Binden aus Stoffresten, aber das gibt immer eine ziemliche Sauerei, und außerdem werden sie nie richtig sauber.

»Danke, Thomas«, flüstere ich und verstecke die Schachtel unter meinem Bett. Die Tanten würden wahrscheinlich schimpfen, wenn sie davon wüssten, aber ich behalte sein Mitbringsel trotzdem.

Als ich rauskomme, ist Vater schon am See und lässt Steinchen springen.

Der Himmel schimmert in diesem typischen Graublau, das er immer kurz vor Tagesanbruch annimmt, und die Kiefern am anderen Ufer sehen aus wie gemalt, ihre Konturen verwischt.

Ich folge Vaters Spuren im Sand, setze die Füße sorgsam in die Vertiefungen. Eigentlich wollte ich ihn überraschen, aber er dreht sich um, bevor ich bei ihm anlange.

»Na, du Schlafmütze, da bist du ja.«

»Geht es Mutter wieder besser?«

Er nickt. »Viel besser. Das Zusammensein mit euch tut ihr gut. Sie hatte die ganze Woche über immer wieder Kopfschmerzattacken, aber sobald wir hier ankamen, spürte sie gleich Linderung.« Er wirft noch einen letzten Stein. »Ich habe gestern Abend beim Zähneputzen Beverly Jeans Kopfhaut gesehen.«

Ich bin nicht ganz sicher, ob er meine Meinung dazu hören will oder nicht, aber ich sage sie ihm trotzdem. »Es wird von Mal zu Mal schlimmer.«

»Das dachte ich mir. Vielleicht ist es an der Zeit, dass wir diese Tradition aufgeben. Ihr wisst schließlich, dass ihr eine Familie seid, und ich sehe, wie sehr ihr einander liebt. Dabei spielt etwas wie eine Haarfarbe keine Rolle. Am besten rede ich mal mit eurer Mutter darüber. Sie legt manchmal zu viel Wert auf solche Äußerlichkeiten, und ich glaube, was das angeht, war ich wirklich zu nachgiebig.«

Ich schlinge die Arme um ihn und drücke ihn ungestüm an mich. »Danke, Vater. Alle werden froh sein, dass du so entschieden hast.«

»Wollen wir spazieren gehen?«, fragt er.

Wir schlendern ein Stück am Strand entlang, vorbei an dem Kreis aus Steinen, wo wir manchmal Lagerfeuer machen und Marshmallows rösten, und weiter in den Wald auf der anderen Seite der Zufahrt.

»Deine Mutter und ich haben uns gestern noch lange unterhalten«, fährt er dann fort. »Sie hat mir erzählt, dass du gerne bei uns in der Kolonie wohnen würdest. Und dass du bereit für deine Initiation bist.«

Ich spüre ein Ziehen im Brustkorb. »Ja?«

Er bleibt stehen und mustert mich. »Ich habe dich und die anderen zu eurer eigenen Sicherheit hierhergebracht. In der Außenwelt lauern alle möglichen Gefahren. Weißt du noch, als Thomas und Caspian zu uns gezogen sind? Damals wollte ich vor euch Kindern nicht schlecht über ihre Eltern reden, aber die beiden hatten große Probleme. Sie waren drogenabhängig und lebten zusammen mit ihren Kindern im Auto. Ich hatte die Hoffnung, die Gemeinschaft würde sie zurück auf den rechten Weg bringen, aber leider hat das nicht funktioniert. Die Drogen waren ihnen wichtiger als ihre eigenen Söhne, kannst du dir das vorstellen? Das ist die Welt, vor der ich euch bewahren will.« Sein Blick bohrt sich in meinen. »Die Initiation ist weder etwas für Kinder noch für Menschen, die sich ihrer Sache nicht sicher sind. Denn danach kämpft man direkt an vorderster Front. Aber vielleicht bist du ja inzwischen bereit, dem Bösen ins Auge zu blicken?«

»Das bin ich ganz sicher, Vater. Du sollst stolz auf mich sein können.«

Er gibt mir einen Kuss auf die Wange. »Du und ich, wir haben eine besondere Verbindung. Du warst ein ziemliches Schreibaby, wusstest du das eigentlich? Du hast geweint und geweint, Tag und Nacht. Das Einzige, was geholfen hat, war, wenn ich dich durchs Haus getragen und dir Geschichten erzählt habe.«

»Ein Schreibaby? Echt?«

»Oh ja. In dieser Hinsicht kamst du wohl nach mir. Meine Mutter, deine Großmutter, hat mir damals Whiskey in mein Fläschchen gemischt, um mich zu beruhigen. Tja, das waren noch andere Zeiten. Und wenn du erst Mutter wirst, werden sie wieder ganz anders sein.«

Wir gehen weiter und folgen dem ausgetretenen Pfad zwischen den Bäumen hindurch. »Das ist ja auch noch lange hin«, entgegne ich, denn momentan kann ich mir noch gar nicht vorstellen, dass ich irgendwann selbst Kinder haben soll.

»Nicht so lange, wie du vielleicht denkst. Du bist siebzehn, also mehr oder weniger erwachsen. Ich habe übrigens schon einen Ehemann für dich ausgesucht.«

Ich bleibe stehen. »Einen *Ehemann*?«

Er lässt meine Hand los. »Wir brauchen neue Mitglieder. Reines Blut, die Nachkommen wahrer Gläubiger. Deine Hochzeit wäre also ein freudiges Ereignis für die gesamte Gemeinschaft.«

Ich weiß nicht, ob ich mich geschmeichelt fühlen oder übergeben soll. Wenn Vater mich mit jemandem aus der Gemeinschaft verheiraten will, dann muss meine Initiation kurz bevorstehen. Dabei habe ich noch nicht mal einen Jungen geküsst. Natürlich war mir immer klar, dass Vater meinen Ehemann auswählen würde, aber jetzt, da es so weit ist, packt mich die Angst. Wie soll ich denn einen Mann heiraten, den ich überhaupt nicht kenne?

»Ein komisches Gefühl ist das schon«, gebe ich zu. Plötzlich wird mir schwummrig. Wahrscheinlich muss ich einfach nur dringend frühstücken.

»Du vertraust mir doch, nicht wahr?«

»Natürlich, aber –«

Mit einem Mal taumelt er gegen einen Baum, drückt sich die Finger an die Schläfen und kneift die Augen zu.

»Vater?« Ich versuche, ihn zu stützen. »Geht es dir gut?«

»Ich hatte gerade eine Vision«, keucht er. »Von dir und mir, wie wir Seite an Seite für die Gemeinschaft arbeiten.« Jetzt öffnet er die Augen wieder. »In meinen Meditationen habe ich oft darum gebeten und nun scheint es tatsächlich wahr zu werden. Nun weiß ich es ganz sicher.«

»Was weißt du ganz sicher, Vater?« Meine Eingeweide krampfen sich zusammen. Wenn er auch der Meinung ist, dass ich bereit für die Initiation bin, hätte mein Leben endlich einen Sinn.

Er streicht mir übers Haar. »Wir reden nach der Morgenlektion weiter. Jetzt lass uns einfach nur den Sonnenaufgang genießen.«

13.

DAVOR

Am Ende des Flurs im ersten Stock liegt eine Tür, die immer abgeschlossen ist. Noch nie habe ich jemanden hindurchgehen sehen, nicht mal die Tanten. Als ich noch klein war, habe ich manchmal durchs Schlüsselloch geguckt.

Doch der Raum dahinter hat mir nie seine Geheimnisse offenbart.

Bis heute.

Nach der Morgenlektion schließt Vater die Tür auf und zum ersten Mal betrete ich sein privates Arbeitszimmer.

Als er die Vorhänge öffnet, fällt Sonnenlicht über hellgrüne Wände. Staunend beuge ich mich über die alte Schreibmaschine auf dem hölzernen Schreibtisch, es ist eine Underwood Five. Mit schwarzen Tasten und mattgrauem Gehäuse.

»Du darfst sie gerne anfassen, wenn du möchtest«, sagt Vater.

Die Tasten sind glatt und kühl, und als ich eine runterdrücke –

Klack!

Das schnappende Geräusch hallt von den Wänden wider, verklingt und Stille tritt ein.

Die Kraft des Anschlags, die freigesetzte Energie, jagt mir ein Kribbeln über den Rücken.

»Einen Computer zu benutzen, kommt nicht infrage«, erklärt Vater, der neben mich getreten ist. »Darüber könnte die Regierung mich bespitzeln. Die haben ihre Augen und Ohren überall. Sie lassen mich sogar beschatten, da bin ich mir sicher.«

»Warum denn das? Ist das nicht illegal?«

»Ach, Piper, die machen doch, was sie wollen. Wir in der Gemeinschaft halten nun mal nichts von blindem Gehorsam der Obrigkeit gegenüber und so was ist der Regierung natürlich alles andere als recht.« Er atmet tief ein und stößt die Luft geräuschvoll wieder aus. »Jedenfalls hätte ich gern, dass du mir hilfst und dich mehr in die Gemeinschaft einbringst.«

»Du willst, dass *ich* dir helfe?«

»Die Zeit ist mehr als reif.« Er mustert mich. »Du bist wie ich, Piper, ständig auf der Suche nach dem, was anderen verborgen bleibt, nach der Wahrheit, so unbequem sie auch sein mag. Und du hast Geduld. Unendlich viel Geduld. Es gibt nicht viele Frauen, denen ich eine derartige Verantwortung übertragen würde. Die meisten sind einfach zu sehr Sklavinnen ihrer Emotionen, als dass sie rational denken und schwere Entscheidungen treffen könnten. Aber du bist anders. Etwas Besonderes.«

Ich strahle ihn an.

Vielleicht habe ich ja endlich meinen Platz in dieser Familie gefunden. Cas hat seinen Garten. Thomas arbeitet in der Kolonie als Tischler. Die Kleinen erkunden beim Spielen die Welt, und ich war bislang bloß dazu da, um hinter ihnen herzuräumen.

Nicht dass ich mich beklagen wollte, aber langsam hätte ich einfach gern eine eigene Aufgabe.

»Der Ehemann, den ich für dich ausgewählt habe, ist eines der wertvollsten Mitglieder unserer Gemeinschaft.«

Ich nicke und zwinge mich zu einem Lächeln, traue mich

kaum zu blinzeln. Meine Augen werden feucht, und als Vater kurz wegsieht, wische ich mir hastig darüber.

Werd erwachsen, Piper, weise ich mich im Stillen zurecht.

Vater wendet sich mir wieder zu. »Es ist Thomas.«

»Thomas?«

»Ja. Thomas und du seid ein perfektes Paar. Ihr ergänzt euch wunderbar. Du wirst ihm genau die Gefährtin sein, die er braucht.«

Mein ganzer Körper ist plötzlich in kalten Schweiß gebadet.

Ich kann Thomas nicht heiraten. Das wäre vollkommen absurd. Ein entsetzlicher Fehler. Wenn ich mir ausmale, jemals Ehefrau und Mutter zu werden, dann sehe ich immer nur ein Gesicht vor mir.

Aber ich sage nichts.

Ich muss auf Vaters Weisheit vertrauen. Ich *muss*. Ich hole tief Luft und halte sie an, wünschte, mein Herz würde endlich aufhören zu rasen. Ich sollte zufrieden sein mit dem, was Vater für mich vorgesehen hat.

Er hat jetzt angefangen, im Zimmer herumzulaufen, und bedeutet mir, mich an den Tisch mit der Schreibmaschine zu setzen. »Tipp bitte mit, Piper.« Gehorsam spanne ich mit zitternden Fingern ein Blatt Papier in die Maschine.

Vater bleibt abrupt stehen. »Wir müssen neue Mitglieder werben«, informiert er mich. »Ich hatte schon länger das Gefühl, dass es bald nötig sein wird, und jetzt ist es wohl so weit.«

Meine Finger schweben über den Tasten, jede ein winziges Sprungbrett, das mich ein Stück weiter in die richtige Richtung katapultiert. Ich glaube an Vater. »Ich bin bereit«, sage ich so ruhig, wie ich kann.

Er verschränkt die Hände und stützt nachdenklich das

Kinn darauf. »Der Titel lautet: ›Die Verfehlungen der Pharmakologie‹.«

Ich tippe schnell und jeder Finger trifft die richtige Taste.

Obwohl nichts weiter als der Titel auf der Seite steht, ist es, als würde sie unter einem Zauber erstrahlen.

Vaters Zauber.

»Absatz«, diktiert er weiter. »Die Entwicklung von Psychopharmaka hat sich für die Menschheit als katastrophal erwiesen. Seit Jahrhunderten, vielleicht sogar Jahrtausenden, grassieren psychische Erkrankungen innerhalb der Zivilisation. Bereits die alten Griechen waren sich dessen bewusst, und so war der Medizingelehrte Hippokrates einer der Ersten, die die These aufstellten, der Grund für derartige Störungen seien keine äußeren, sondern innere Faktoren. Genauer gesagt, ein Ungleichgewicht der sogenannten ›Körpersäfte‹.«

Er überlegt kurz und ich kann meine Hände kaum ruhig halten. Sein Scharfsinn macht mich immer wieder sprachlos.

»Okay«, flüstere ich. »Ich hab's.«

Wieder geht er ein paarmal auf und ab und bleibt schließlich in der schummrigsten Zimmerecke stehen. Als er weiterredet, scheint seine Stimme aus allen Richtungen gleichzeitig zu kommen.

»Absatz. Diese einseitige Betrachtung geistiger Leiden hat dazu geführt, dass immer mehr Psychopharmaka hergestellt und ärztlich verordnet wurden. Dabei können die meisten solcher Erkrankungen ganz problemlos durch Naturheilverfahren und eine Anpassung des Lebensstils geheilt werden. Dennoch werden heutzutage selbst zweijährigen Kindern Antidepressiva und andere antipsychotische Medikamente verabreicht. Was diese Drogen in jungen, noch längst nicht ausgereiften Gehirnen anrichten – ebenso wie in denen erwachsener Menschen –, darum scheren sich die Pharmakonzerne jedoch nicht. Stattdessen rechtfertigen sie ihre hemmungslose Profitgier noch durch Hippokrates' These. Wie sonst soll man sich erklären, dass ausgerechnet in den Industriestaaten, die all die vermeintlichen Vorzüge einer modernen Gesellschaft genießen, die meisten Antidepressiva verschrieben werden?«

Ich halte beim Tippen inne. »Stimmt das, Vater?«

Er macht einen Schritt ins Licht. Sein Gesicht ist tränenüberströmt. »Leider ja, Piper. Nicht alle Menschen können sich so glücklich schätzen wie wir.«

Ich stehe auf, um ihn zu trösten, aber er hebt die Hand. »Ist schon gut, Piper. Ich weiß, es ist nicht leicht, aber wir müssen stark bleiben.«

Also setze ich mich wieder hin, und als Nächstes erläutert Vater die Vorteile eines Lebens im Einklang mit der Natur, um psychischen Leiden vorzubeugen, eines Lebens, das dem unserer frühesten Vorfahren gleicht. Körperliche Arbeit, Meditation und eine Ernährung auf Basis von frischem Obst und Gemüse aus pestizidfreiem Anbau bildeten dessen Grundpfeiler sowie das Miteinander in Kleingruppen und Dörfern anstelle von überbevölkerten, abgasverseuchten Städten.

Ein Leben in Freiheit.

»Die Menschen betonen so oft, wie sehr sie sich nach Freiheit sehnen«, fährt er fort. »Aber gleichzeitig legen sie sich selbst immer wieder neue Fesseln an und sind *unfreier* denn je. Ein Haus, ein Auto, ständig die neueste Technologie – das alles will schließlich bezahlt werden, und dadurch schrumpft ihre Unabhängigkeit stetig weiter zusammen. Als Resultat fühlt man sich gefangen und sucht sein Heil in Drogen, im

Alkohol, im Glücksspiel oder in der Promiskuität, um dieses wachsende Unbehagen zu betäuben. Lieber geht man zum Arzt und lässt sich irgendwelche Pillen verschreiben, anstatt etwas an den Lebensumständen zu ändern, die einen überhaupt erst krank gemacht haben. Das Ganze wird zum Teufelskreis und die Gesellschaft versinkt tiefer und tiefer in ihrem selbst gewählten Elend.«

Er setzt sich im Schneidersitz auf den Boden und neigt nachdenklich den Kopf. Über ihm an der Wand hängt ein goldgerahmter Kunstdruck von da Vincis »Letztes Abendmahl«.

Ich überfliege die Seite vor mir und keuche auf – ich habe mich vertippt. Statt »versinkt« habe ich »verwinkt« geschrieben.

Vater guckt hoch. »Was ist los?«

Mein Kinn bebt und ich sehe meinen Traum von einer baldigen Initiation in unerreichbare Ferne rücken. »Ich hab's vermasselt«, flüstere ich. »Ich hab mich verschrieben.«

Er erhebt sich, wühlt einen Moment zwischen den losen Blättern auf dem Schreibtisch und reicht mir kurz darauf eine kleine Flasche. »Jeder macht mal Fehler, Piper. Worauf es ankommt, ist, wie man mit den Konsequenzen umgeht.«

Ich halte die Flasche ins Licht.

Tipp-Ex.

»Es gibt immer einen Weg, seine Fehler wiedergutzumachen«, fügt er dann hinzu. »Hast du das verstanden?«

»Ja, Vater.«

Er lächelt. »Kluges Mädchen.«

14.

DANACH

Die Frau vergiftet mein Essen.

Seit gestern ist es, als würde mir jemand tausend Nadeln in den Unterleib rammen, wenn ich aufs Klo muss. Und es wird immer schlimmer.

Heute habe ich das Mittagessen verweigert, nur für alle Fälle.

Auch jetzt hocke ich wieder zusammengekrümmt über der Schüssel, als die Frau klopft und dann einfach reinkommt. »Piper, was geht hier vor? Bitte sag mir doch, was los ist.«

Ich springe auf und versuche schnell, meine Hose hochzuziehen, doch in dem Moment bekomme ich einen weiteren Bauchkrampf. Schweiß steht mir auf der Stirn, aber ich wische ihn nicht weg. Nicht vor ihren Augen.

»Du musst zum Arzt, Piper. Langsam mache ich mir wirklich Sorgen.«

Ich antworte nicht.

»Mit dem Auto sind wir im Nullkommanichts da, und wenn wir erst mal wissen, was mit dir nicht stimmt, geht es dir sicher ganz schnell besser.«

Ich habe dieses Grundstück noch kein einziges Mal verlassen, seit DIE mich hergebracht haben. Das hier könnte meine Chance sein herauszufinden, wo ich eigentlich bin.

»Oder wenn du willst, können wir Dr. Anson auch hierherbestellen«, schlägt sie vor.

»Nein, ich möchte lieber hinfahren.« Meine Stimme klingt wie eingerostet, so lange habe ich sie nicht mehr benutzt.

Mein Schweigegelübde ist gebrochen; wieder ein Kampf, den ich verloren habe.

Die Frau schließt die Tür hinter sich, aber ich höre keine Schritte, nur ihren Atem auf der anderen Seite, während ich mich wieder richtig anziehe und mir die Hände wasche. Die Seife brennt auf der Haut. Ich nehme mir vor, sie nicht mehr zu benutzen.

Als ich rauskomme, steht die Frau schon bereit, ihre Handtasche über der Schulter und einen angespannten Ausdruck im Gesicht. Unten in der Küche schließt sie eine Tür auf, die, wie sich herausstellt, in eine Garage führt.

Sie bedeutet mir, mich anzuschnallen, und dann rollt die gesamte Vorderwand der Garage sich auf und verschwindet in der Decke. Während wir Richtung Tor fahren, scheint das Haus hinter uns immer größer und größer zu werden, sich regelrecht aufzuplustern, wie um mir seine Überlegenheit zu demonstrieren. Jede Oberfläche ist in einem anderen Blauton gestrichen, als hätte der Maler sich nicht für einen entscheiden können.

Das Nachbarhaus wirkt verlassen. Kein Mädchen am Fenster.

Wie immer hält die Frau vor dem Tor an und fährt ihr Fenster runter. Diesmal sehe ich, dass sich in dem kleinen schwarzen Kästchen ein Tastenfeld befindet. Ich beuge mich neugierig vor, aber die Frau dreht sich absichtlich so, dass ihr Körper den Code, den sie eingibt, abschirmt.

Und dann sind wir plötzlich draußen.

An der Straße entlang ziehen sich Felder und Weingärten, alles in herbstliche Gelb- und Orangetöne getaucht. Ich denke an Mutter, an Caspian und frage mich, ob sie wohl in diesem

Moment in denselben blauen Himmel schauen und an mich denken.

»Unsere Herzen sind für immer miteinander verbunden«, hat Mutter mal zu mir gesagt, und an diesen Worten klammere ich mich jetzt fest.

Die Straße führt in einen Vorort, lauter gepflegte Einfamilienhäuser auf leuchtend grünen Rasenflächen hinter sorgsam getrimmten Hecken. Dann weichen die Wohnhäuser allmählich höheren Gebäuden mit großen Schaufenstern. Leute mit Einkaufstüten und Kaffeebechern eilen über die Bürgersteige. Rechts und links von uns stehen Bäume, deren Kronen bis über die Fahrbahn ragen. Wir kommen an einem dreistöckigen Backsteinhaus vorbei, das wie eine Kulisse aus »Ist das Leben nicht schön?« wirkt.

Schließlich parkt die Frau den Wagen vor einem grau verputzten Gebäude. »Da sind wir«, sagt sie.

Eine Frau in einer Uniform aus blauem Hemd und dazu passender Hose führt mich durch ein Labyrinth aus Fluren. Ich werde gewogen, gemessen und von oben bis unten abgetastet und die Frau in Blau notiert sämtliche Ergebnisse auf einem Klemmbrett. Als ich einen Blick darauf werfen will, drückt sie das Brett an ihre Brust.

Nach einer Weile lassen sie mich in einem fensterlosen Zimmer mit apricotfarbener Tapete allein. Irgendwoher dudelt Musik. Von einer der Wände grinst mir ein Cartoonbär entgegen.

Mit einem Mal packt mich ein Gefühl, als wäre ich schon

mal hier gewesen – so unvermittelt, dass es mir richtiggehend Kopfschmerzen verursacht. Aber das kann schließlich nicht sein.

Auf einem kleinen Schreibtisch steht eine Art Fernseher, auf dem das Bild eines Stethoskops zu sehen ist, das langsam von einer Ecke des Monitors in die andere schwebt. Das muss dann wohl ein Computer sein. Daran ist etwas mit einem Kabel angeschlossen, das einer Schreibmaschinentastatur ähnelt. Als ich auf einen Buchstaben drücke, verlangt der Bildschirm nach einem Passwort.

Aus dem Telefon daneben kommt kein Wählton, aber nachdem ich eine der Tasten ausprobiert habe, meldet sich eine Frauenstimme: »Empfang, was kann ich für Sie tun?« Erschrocken lege ich den Hörer zurück auf die Gabel und versuche es dann mit einer anderen Taste. Diesmal lande ich im Labor. Anscheinend kann man von hier aus nur innerhalb des Gebäudes anrufen. Aber meine Eltern haben ja sowieso keinen Anschluss mehr. Frustriert knalle ich den Hörer auf den Schreibtisch, immer wieder, bis meine Schultermuskeln so verkrampft sind, dass es scheint, als könnten sie jeden Moment reißen.

Warum muss es denn so kochend heiß hier im Zimmer sein? Ich zerre mir mein Sweatshirt vom Leib und mein Blick fällt auf ein paar Prospekte in einem Ständer an der Wand. *Masern, Grippeimpfung, Ihr Kind hat Fieber – was tun?, Die weibliche Menstruation.*

Die helfen mir auch nicht weiter.

Über dem Mülleimer hängt eine rote Plastikbox mit der Aufschrift *Sondermüll*, und durch das winzige Fenster darin sehe ich gebrauchte Spritzen, aufgeschichtet wie Brennholz.

Ich könnte eine davon klauen und sie der Frau in den Arm rammen, damit sie sich mit irgendeiner Krankheit infiziert.

Es klopft und eine kurz gewachsene Frau in einem weißen Kittel kommt ins Zimmer. »Hallo, Piper«, begrüßt sie mich. »Ich bin Dr. Anson. Aber du kannst mich ruhig Debbie nennen.«

Debbie bedeutet mir, auf der Kante einer Liege Platz zu nehmen. Selbst setzt sie sich auf einen Drehstuhl und rollt damit so dicht an mich heran, dass ich entsetzt zurückweiche. Daraufhin hält sie ein wenig mehr Abstand.

»Jeannie hat erzählt, du hast Schmerzen beim Wasserlassen«, sagt sie. »Hast du auch Bauchkrämpfe?«

Ich nicke.

»Und dein Urin, wirkt der ein bisschen trübe?«

Ich nicke erneut.

»Als Erstes würde ich gern deinen Bauch abtasten. Leg dich doch bitte kurz hin.« Sie schiebt mein Shirt hoch und drückt an meinem Unterleib herum. Ein scharfer Schmerz durchzuckt mich und ich stöhne auf.

»Tut das weh?«

»Ja.«

»Das sind klassische Symptome einer Blasenentzündung. Du kannst dich wieder aufsetzen. Ich verschreibe dir mal ein Antibiotikum, damit sollte das Ganze innerhalb von einer Woche erledigt sein. Eine Besserung tritt vermutlich schon nach zwei, drei Tagen ein, und bis dahin kannst du Ibuprofen gegen die Schmerzen nehmen.«

Sie zieht einen Kugelschreiber aus der Kitteltasche und kritzelt etwas auf einen weißen Notizblock. »Ein paar Fragen hätte ich noch an dich, Piper. Bist du sexuell aktiv?«

Meine Gedanken schweifen zu Caspian. Ich schüttele den Kopf und merke, wie ich knallrot anlaufe.

»Manchmal kann Geschlechtsverkehr nämlich zu Blasenentzündungen führen. Und Sex zu haben, ist nichts, wofür man sich schämen muss, Piper.«

Ich hätte am liebsten gefragt, ob auch vergiftetes Essen zu so was führen kann, aber dafür kenne ich Debbie nicht gut genug. Nachher steckt sie noch mit DENEN unter einer Decke. Die Neonröhre über uns summt warnend.

Die Ärztin greift in ihre Tasche. »Da du schon mal hier bist, würde ich gern einen kurzen Allgemeincheck vornehmen, wäre das in Ordnung?«

Ich zucke mit den Schultern.

Debbie knipst eine kleine Taschenlampe an. »Hiermit schaue ich dir einmal in die Ohren. Tut nicht weh, keine Sorge.« Als sie näher kommt, rieche ich ihre Seife, ein sauberer, freundlicher Geruch. Sie hält den Atem an, während sie mir die Spitze vorsichtig erst in ein Ohr schiebt, dann in das andere. Danach horcht sie mein Herz und meine Lunge ab und bindet mir eine Manschette um den Oberarm, so stramm, dass sie mir das Blut abschnürt.

Mein Körper gehört nicht mehr mir.

Irgendwann legt sie ihre Instrumente weg. »Du bist kerngesund«, verkündet sie fröhlich. »Allerdings hast du etwas Untergewicht. Haben die Ärzte im Krankenhaus mit dir über deinen Nährstoffmangel gesprochen?«

Ich schüttele den Kopf. *Krankenhaus?*

»Chronische Mangelernährung kann zu Problemen mit dem Blutzuckerhaushalt führen. Jeannie hat gesagt, dass dir oft schwindlig ist. Gut möglich, dass dein Körper Schwierigkeiten hat, deinen Glukosespiegel zu regulieren. Du solltest darauf achten, alle paar Stunden eine kleine Mahlzeit oder einen Snack zu dir zu nehmen. Und am besten steckst du dir immer einen Keks oder eine andere kleine Süßigkeit in die Tasche, für den Fall, dass dir mal schwindlig wird, wenn du unterwegs bist.«

Sie mustert mich noch mal eingehend, dann steht sie auf und nimmt ein paar Prospekte aus dem Regal. »Wenn du magst, schau mal hier rein.«

In dem einen Heftchen geht es um psychische Gesundheit, in einem anderen um den ersten Besuch beim Frauenarzt.

»Wenn du einverstanden bist, würde ich gern noch eine gynäkologische Untersuchung bei dir durchführen. Ich habe dabei die ganze Zeit Handschuhe an. Wäre das für dich in Ordnung?«

Ich schüttele den Kopf. »Nein.«

»Das verstehe ich voll und ganz, Piper. Irgendwann in nächster Zeit wird das trotzdem mal gemacht werden müssen. Möchtest du mich sonst noch irgendwas fragen? Zu deiner Gesundheit oder auch etwas anderem?«

»Wann darf ich wieder nach Hause?«, flüstere ich und höre selbst, wie weinerlich ich klinge, wie ein kleines Kind. »Ich meine, in mein *richtiges* Zuhause.«

Sie versucht zu lächeln, aber es wirkt gequält.

Ihr Schweigen ist sowieso Antwort genug.

Kurz darauf im Wartezimmer übergibt Debbie der Frau ein Rezept. »War schön, dich wiederzusehen, Piper«, sagt sie zu mir, bevor sie geht.

Wiederzusehen?

Die Frau nimmt mich in den Arm, aber ich bleibe stocksteif. Auch sie ist angespannt, als wäre die Geste bloß für irgendwelche Leute gedacht, die uns möglicherweise zusehen.

Sobald wir wieder zu Hause sind, wird sie mir gegenüber genauso kalt sein wie vorher.

Aber wenigstens war ich kurz draußen, weit weg von all den verschlossenen Türen und Fenstern in ihrem Haus.

Und in dem Moment kommt mir eine Idee.

»Ich will noch mal mit diesem Arzt reden«, erkläre ich, als ich endlich meine Stimme wiederfinde. Als ich endlich wieder zu der Tochter werde, die meine Eltern großgezogen haben.

Sie macht große Augen. »Mit welchem Arzt?«

»Dr. Lundhagen«, sage ich. »In seiner Praxis.«

15.

Drei Tage lang warte ich auf meinen Termin.

Ich esse nicht, schlafe nicht und nehme zwei Kilo ab.

DANACH

16.

DANACH

Das Parfüm der Frau verpestet das ganze Wartezimmer, aber dann darf ich endlich rein zu Dr. Lundhagen.

Allein.

»Du wirkst ein bisschen abwesend.« Er sitzt auf einem Stuhl mit gedrechselter Rückenlehne und seine Hand schwebt über einem Notizbuch. Sein Schreibtisch ist ein extrem vornehmes Ungetüm aus dunklem Holz.

Da gibt sich aber jemand Mühe, wichtig zu sein.

Ich rutsche auf meinem Platz hin und her. Das Antibiotikum hat zwar schon angefangen zu wirken, aber leichte Schmerzen habe ich immer noch. Neugierig lasse ich den Blick durchs Sprechzimmer schweifen, von der Topfpflanze neben der geschlossenen Tür bis zu dem Regal voller ledergebundener Bücher, mithilfe derer er anscheinend einen belesenen Eindruck machen will.

»Worüber würdest du denn gern mit mir reden?«, fragt er.

Ich habe noch immer kein Wort gesprochen. Was sollte ich denn auch sagen?

Er schlägt die Beine übereinander.

Wir liefern uns ein Starrduell.

»Vielleicht erzähle ich dir erst mal ein bisschen was über mich«, gibt er schließlich klein bei. »Also, ich bin in Iowa aufgewachsen und zum Studieren hierhergezogen. Ich war an der UCLA und arbeite inzwischen seit fast zwanzig Jahren als Psychiater. Meine Frau Sheila und ich haben im Mai unseren achtzehnten Hochzeitstag gefeiert und wir haben zwei Töchter, Adrien und Molly. Adrien geht in die siebte Klasse und Molly in die neunte.«

Er guckt mich erwartungsvoll an.

Schweigend zwirbele ich eine Haarsträhne zwischen den Fingern, stelle mir vor, ich würde mit meinen Geschwistern im See schwimmen.

Aber ich muss mich kooperativ geben. Ich *muss* einfach. Sonst komme ich niemals aus dem Haus der Frau weg.

Es gibt nichts, was ich nicht kann, hat Cas immer gesagt.

»Ich bin nervös«, gebe ich leise zu.

Ich tauche unter.

»Das ist völlig normal. Aber ich hoffe, dass es dir leichter fällt, dich zu öffnen, wenn wir uns erst mal etwas länger kennen.«

»Manchmal muss man den Leuten einfach sagen, was sie hören wollen«, hat Vater uns oft eingeschärft.

»Ja, das hoffe ich auch«, lüge ich.

Das warme Wasser hüllt mich ein, schenkt mir Sicherheit.

»Gut.« Er lächelt und macht sich eine Notiz. »Bei unserem letzten Treffen hast du gesagt, du würdest nicht viel essen.«

»Das hat *sie* gesagt«, korrigiere ich.

Der See verschwindet.

Er rückt seine Armbanduhr zurecht. »Isst du denn mittlerweile mehr?«

Das Wasser auf meiner Haut verdunstet.

»Ja, ein bisschen.«

»Sehr schön. Und bekommst du auch genug Schlaf?«

Ich schäme mich jedes Mal, wenn ich schon wieder gut geschlafen habe und erfrischt aufwache. Die Matratze ist einfach zu bequem. Einmal habe ich mich deswegen sogar extra auf den Boden gelegt, aber als ich aufgewacht bin, war ich wieder im Bett.

»Ich glaube schon.«

»Vielleicht unterhalten wir uns mal über deine Beziehung zu Jeannie.«

Ich kralle die Hände in die Armlehnen meines Sessels. »Wir haben keine Beziehung.« Hinter meinen Schläfen erhebt sich ein schmerzhaftes Pochen.

Wieder kritzelt er etwas in sein Buch. »Beschreib doch einfach mal, wie ihr miteinander umgeht. Worüber redet ihr denn so?«

Wenn ich ganz knapp an ihm vorbeigucke und meinen Blick unscharf werden lasse, sieht er fast ein bisschen aus wie Vater.

Die Kopfschmerzen ebben ab.

»Darüber, was es zum Abendessen gibt … oder übers Fernsehen. Sie will ständig, dass ich so eine dämliche Serie mit ihr gucke. Eine ›Seifenoper‹, sagt sie.«

»Ach, welche denn?«

»›Schatten der Leidenschaft‹.« Nach einer kurzen Pause gestehe ich: »Ist eigentlich ganz nett.«

Er schmunzelt. »Die hab ich auch immer geschaut, als ich noch auf der Uni war.«

»Wirklich?« Ich unterdrücke ein Lächeln.

»Ja, kann richtig süchtig machen, oder? Und worüber redet ihr noch so?«

Ich zucke mit den Schultern. »Ich will eigentlich gar nicht mit ihr reden.«

»Warum denn nicht? Jeannie liegt sehr viel an dir.«

Wieder baut sich Druck in meinem Schädel auf, bis ich

fürchte, er droht zu platzen. »Können Sie bitte nicht ihren Namen benutzen?«

Dr. Lundhagen hört abrupt auf zu schreiben und blickt fragend zu mir hoch.

Ich bin aufgesprungen, ohne es auch nur gemerkt zu haben, und keuche aufgeregt.

Nachdem ich ein paarmal tief Luft geholt habe, setze ich mich wieder hin und ziehe die Beine in den Schneidersitz. Ich muss versuchen, entspannt zu wirken, dabei tun mir in dieser Haltung immer sofort die Knie weh. Aber auf keinen Fall darf ich jetzt Schwäche zeigen.

Er legt seinen Stift hin. »Piper, ich würde unsere Sitzungen gern dafür nutzen, deine Gefühle gegenüber Jeannie zu analysieren. Ich weiß, dass du Angst hast und verwirrt bist und ihr noch nicht so recht vertraust, aber daran könnten wir gemeinsam arbeiten. Ich verspreche auch, dass ich dich zu nichts dränge, was du nicht willst.«

Draußen fährt ein Auto vorbei. Aus dem hinteren Fenster guckt ein Hund und lässt die Zunge aus dem offenen Maul hängen.

»Wieso will mir keiner verraten, wofür ich eigentlich bestraft werde?«, beklage ich mich schließlich, und meine Stimme wird unwillkürlich lauter. »Ich habe überhaupt nichts falsch gemacht. Und trotzdem wurde mir einfach meine Familie weggenommen.«

»Erinnerst du dich an deinen Krankenhausaufenthalt?«

Nein.

Schluss.

Ab sofort sage ich kein Wort mehr. Erst muss ich mich wieder unter Kontrolle bekommen.

Ich kaue auf meinem Daumennagel. Wenn Mutter hier wäre, würde sie mich ermahnen, das sein zu lassen.

Zurück im Haus schlägt die Frau vor, ein bisschen raus in die Sonne zu gehen.

»Wäre doch schade, an einem so schönen Tag drinnen zu hocken.« Sie greift nach ihren Gartenhandschuhen und ihrem Strohhut. »Hast du Lust, mir zu helfen?«

»Nein.«

Sie nickt, senkt dann hastig den Blick und geht allein in den Garten.

Ich setze mich auf die Verandastufen. Hier kommen nie viele Autos vorbei, darum gucke ich erstaunt hoch, als plötzlich eins vor dem Tor hält. Ein Mann steigt aus und hebt einen Pflanzkübel aus dem Kofferraum.

Jetzt oder nie.

Meine Füße katapultieren mich die Zufahrt hinunter und ich fuchtele wild mit den Armen.

»Hilfe!«, brülle ich so laut, dass es mir in der Kehle wehtut. »Bitte helfen Sie mir!«

Die Frau erreicht den Mann vor mir und sagt irgendetwas zu ihm, woraufhin er hastig zurück ins Auto steigt.

Als ich am Tor ankomme, fährt der Wagen gerade wieder an und pustet mir einen Schwall Abgase ins Gesicht.

Der Motor hat eine Fehlzündung, es gibt einen scharfen Knall.

Und ich sehe einen Mann vor dem Haus am See auf dem Boden liegen.

»Warum tun Sie mir das an?«, schreie ich der Frau ins Gesicht.

»Piper, bitte«, wimmert sie und bricht plötzlich in Tränen aus.

Am liebsten würde ich sie schlagen, so lange auf sie einprügeln, bis sie genauso leidet wie ich. So lange, bis ich meine Fäuste nicht mehr spüre.

Ich renne zurück ins Haus. Die Porzellanfiguren im Wohnzimmer beobachten mich von ihrem Regal aus. Ihre starren, hinterlistigen Blicke scheinen mich zu verhöhnen.

Ich schnappe mir das Engelchen, das die Frau von ihrer Schwester bekommen hat.

Während ich es umklammere, denke ich an Mutter auf dem Rücksitz eines Streifenwagens, an die Panik in ihren Augen.

Meine Gedanken huschen weiter und plötzlich spüre ich Cas' Lippen auf meinen.

Die Figur zersplittert, bevor mir auch nur bewusst wird, dass ich sie zu Boden geschleudert habe.

Das Klirren hallt durch den Raum.

Es ist ein gutes Gefühl.

Mit einer einzigen Armbewegung fege ich die komplette Reihe vom Bord.

Ich hebe eine Figur auf, die in einer schaumgefüllten Badewanne sitzt, und denke an die Brause mit dem zu-kalten-zu-heißen Wasser – alles nur, um mich zu quälen.

So fest ich kann, pfeffere ich die Figur zu Boden.

Porzellansplitter fliegen in alle Richtungen. Ein herrliches glitzerndes Chaos.

»Piper!«

Die Frau steht in der Tür.

»Wie konntest du nur?« Ihre Stimme droht zu versagen.

Als Nächstes greife ich nach einem Elternpaar an einer Babywiege. Unten am Sockel steht der Name *Amy*.

Wer ist Amy?

Das Kinn der Frau fängt an zu zittern und sie räuspert sich. »Geh in dein Zimmer, Piper.«

Na, wie fühlt sich das an?, würde ich sie am liebsten anfauchen. *Wenn einem etwas genommen wird, das einem so viel bedeutet?*

Als würde sie das verstehen.

Monster empfinden kein Mitgefühl. Die wollen nichts, als ihre Klauen und Zähne in unschuldige Menschen schlagen und ihren Blutdurst stillen.

Ich stürze an ihr vorbei in mein Zimmer und knalle die Tür hinter mir zu, aber dadurch wird es auch nicht besser. Mein Atem geht flach, mein Herz wummert und ich lasse mich aufs Bett fallen. Etwas Rotes sickert durch meine Socke, und als ich sie ausziehe, sehe ich, dass in meinem Fußballen eine Scherbe steckt.

Ein paar Minuten später klopft es an der Tür.

»Piper, ich würde gern mit dir reden.«

Und schon steht sie im Zimmer, ohne dass ich es ihr erlaubt hätte.

In der Hand hält sie eine der Figuren.

Ich bekomme ein schlechtes Gewissen, obwohl ich überhaupt keinen Grund dazu habe. Schließlich hat sie sich alles selbst zuzuschreiben. Wenn man ein Tier in die Ecke drängt, darf man sich nicht wundern, wenn es irgendwann zum Angriff übergeht.

Sie starrt auf die Figur in ihren Händen.

Ihre Augen sind gerötet, als sie schließlich den Blick hebt.

»Das hat mich jetzt wirklich getroffen«, sagt sie. »Ich sammle diese Figuren seit Jahren. Jede davon hat eine besondere Bedeutung für mich. Diese hier hat mir meine Mom geschenkt, nachdem –« Sie unterbricht sich.

Es ist das Elternpaar mit der Wiege.

»Wahrscheinlich hätte ich dir erzählen sollen, wie wichtig sie mir sind.« Sie wischt sich über die Augen. »Ich wünschte, ich könnte irgendwas tun, Piper, damit du dich hier ein bisschen mehr zu Hause fühlst. Ich versuche ja wirklich, alles von deiner Warte aus zu betrachten und dir zu helfen, so gut ich kann. Und ich werde dich auf keinen Fall zwingen, mit mir über das zu reden, was passiert ist, solange du nicht dazu bereit bist. Aber ein paar Grenzen muss es einfach geben. Wir müssen aufeinander Rücksicht nehmen.«

»Grenzen? Rücksicht?«, wiederhole ich. »Ich wurde von zu Hause entführt, darf meine Familie nicht mehr sehen, und jetzt erwarten alle von mir, dass ich das einfach *vergesse*? Wo bleibt denn da die Rücksicht?«

Sie unterdrückt einen Schluchzer. »Es tut mir leid, Piper. Mir ist klar, dass du deine Familie vermisst.«

Mein ganzer Körper ist angespannt. »Warum bin ich dann überhaupt hier?«

»Das weißt du selbst, wenn du tief in dich hineinhorchst. Zumindest hoffe ich das.«

»Wann darf ich endlich nach Hause?«

Sie holt tief Luft, und plötzlich wünsche ich mir, ich könnte die Frage wieder zurücknehmen. »Das hier ist jetzt dein Zuhause.«

»Und wenn ich das nicht will?«

Sichtlich um Fassung bemüht nimmt sie eine weitere Figur aus der Tasche ihrer Strickjacke und stellt sie vor mir auf den Schreibtisch.

»Tut mir leid«, flüstert sie, dann dreht sie sich um und geht.

Ohne mir die Figur auch nur anzusehen, schiebe ich sie mit dem Ellenbogen vom Tisch, sodass sie in den Papierkorb plumpst. Dann knülle ich ein paar Taschentücher zusammen und lege sie obendrauf.

So leicht lasse ich mich nicht manipulieren.

Trost suchend taste ich nach meiner Halskette, doch sie ist nicht mehr auf dem Tisch, wo ich sie abgelegt hatte.

Die Schreibtischschubladen sind leer und auf dem Boden ist sie auch nicht. Nichts.

Mithilfe der Taschentücher hebe ich vorsichtig die Figur aus dem Müll, stelle sie beiseite und durchsuche den Eimer. Keine Kette. Kein grüner Stein.

Keine Verbindung nach Hause.

Die Frau sitzt allein im Wohnzimmer und starrt auf den ausgeschalteten Fernseher.

»Wo ist meine Kette?«

Sie blinzelt zu mir hoch. »Hm?«

»Meine Halskette mit dem grünen Stein. Sie lag auf dem Schreibtisch.«

Sie wischt sich die Augen. »Damit wollte ich dich eigentlich überraschen.« Sie geht in die Küche und kommt mit einem kleinen weißen Kästchen zurück. »Ich hab sie reparieren lassen.«

»Darum hab ich ja wohl nicht gebeten!«

Sie hält mir das Kästchen hin. »Ich wollte dir bloß eine Freude machen.«

Ich entreiße es ihr. »Finger weg von meinen Sachen!«, zische ich und renne zurück in mein Zimmer. Mit zitternden Händen stelle ich das Kästchen auf den Schreibtisch, klappe den Deckel auf und schlage das Seidenpapier zurück.

Der Stein leuchtet mir entgegen.

17.

DAVOR

Kurz vor Mittag fängt mein Magen an zu knurren, aber das ist nicht der Grund, warum Vater und ich so hastig das Arbeitszimmer verlassen.

Sondern Beverly Jean, die von unten schreit.

Wir poltern die Treppe hinunter, Vater nimmt immer gleich zwei Stufen auf einmal. »Was ist los?«, fragt er.

Beverly Jean klebt zusammen mit Cas und Samuel am Wohnzimmerfenster. Als sie mich sieht, wirft sie sich mir so stürmisch in die Arme, dass ich ein paar Schritte rückwärtsstolpere.

Cas dreht sich zu uns um. »Da ist ein Van mit lauter bewaffneten Männern vorgefahren!«

»Keine Panik«, sagt Vater. »Die sind zu meinem Schutz hier. Zu *unserem* Schutz. Die Gemeinschaft hat in letzter Zeit ein paar Drohungen erhalten. Ist eine reine Vorsichtsmaßnahme, aber bleibt trotzdem fürs Erste lieber im Haus.« Er jedoch geht nach draußen. Die Männer stehen regelrecht stramm, als sie ihn sehen. Sie tragen schwarze Hosen und T-Shirts und jeder von ihnen hält ein Sturmgewehr in den Händen.

Zum Glück bin ich eine Frau; so muss ich wenigstens nie eine Waffe anrühren.

Cas tritt neben mich, und sein Ellenbogen streift meinen, aber ich gehe einen Schritt zur Seite, um Vaters Vertrauen in mich nicht zu enttäuschen. Ich glaube nicht, dass er meine Gefühle für Cas gutheißen würde, erst recht nicht, nachdem er Thomas zu meinem zukünftigen Ehemann bestimmt hat.

Ehemann. Entschlossen schlucke ich meine Angst und meine Zweifel hinunter. Vater weiß schließlich immer, was das Beste für uns ist.

»Ich hab Angst, Pip«, jammert Beverly Jean. »Die sehen so böse aus.«

Ich lege ihr einen Arm um die Schultern und ziehe mit dem anderen Samuel an mich.

In diesem Moment kommt Henry vom Strand zurück. Als er die Gewehre entdeckt, hält er schnurstracks auf die Männer zu.

Cas und ich rennen los – wir sind schon auf dem Rasen, als die Haustür hinter uns zuknallt. Cas schnappt sich Henry, bevor er nach einer der Waffen grapschen kann. Henrys Cowboyhut rollt über den Boden.

»Lass mich runter«, quengelt er und windet sich in Cas' Armen. »Das ist mein Geschenk! Mommy hat uns Geschenke versprochen!«

»Das da sind echte Waffen. Die sind gefährlich und du lässt die Finger davon. Ist das klar?« Vater ist dunkelrot angelaufen und an seinem Hals treten mehrere Adern hervor.

Henry zieht einen Flunsch, und Cas und ich bugsieren ihn rasch ins Haus, wo er mir noch einen Tritt vors Schienbein versetzt und dann in sein Zimmer abdampft.

»Ich rede mal mit ihm«, schlägt Samuel vor.

»Meinst du, das hilft?«, frage ich.

»Ja, auf mich hört er.« Manchmal wirkt Samuel seinem Alter weit voraus. Eigentlich sollte er selbst einfach ein Kind sein dürfen, aber wir sind nun mal so viele, dass alle mithelfen und sich umeinander kümmern müssen. Die Hände in den Hosentaschen, steigt er die Treppe hoch.

»Wo sind denn die Tanten?«, zische ich durch zusammengebissene Zähne.

Cas zuckt mit den Schultern. »Die hab ich seit dem Frühstück nicht mehr gesehen. Nicht dass ich mich darüber beschweren wollte.«

»Die hätten auf Henry aufpassen müssen. Die Kleinen dürfen doch überhaupt nicht allein am Seeufer spielen. Und wo ist eigentlich Millie?« Panisch sehe ich mich um und bekomme sofort ein schlechtes Gewissen, weil sie mir erst jetzt einfällt.

»Die hält zusammen mit Angela ein Nickerchen.« Cas nimmt meine Hand. »Mach dir keine Sorgen.« Wieder jagt mir dieses lästige Kribbeln den Arm hoch.

Ich löse mich von ihm. »Wir sehen uns nachher, ja? Ich muss jetzt mit dem Mittagessen anfangen.«

Ich bahne mir einen Weg durch die Bäume und Sträucher am gegenüberliegenden Seeufer, bis ich an einer kleinen Lichtung anlange, die niemand außer mir kennt. Hierher komme ich manchmal, um zu schwimmen oder um in Ruhe nachzudenken. Es gibt sogar ein Stück Treibholz, das ich als Sonnenliege benutzen kann.

Ich ziehe mich aus. Besonders sauber ist der See zwar nicht, aber im Wasser zu sein, hat mich schon immer beruhigt. Hier habe ich keinerlei Sorgen, keinerlei Verpflichtungen.

Als ich noch klein war, hat Mutter mir eine rosa Badekappe gekauft und ist mit mir in so ein schickes Hallenbad zum Schwimmunterricht gefahren. Später bin ich dort sogar Wettkämpfe geschwommen. Manchmal haben wir uns anschließend ein Eis geholt und damit in den Park gesetzt. Diese Tage gehören zu meinen glücklichsten Erinnerungen aus der Zeit, bevor wir hierhergezogen sind.

Die Seeoberfläche kräuselt sich im Wind, als ich in das warme, trübe Wasser wate.

Ich wasche mir die Haare mit Mutters Lavendelseife. Die lässt sie sich direkt aus Paris schicken und vergisst nie, mir auch ein Stück mitzubringen. Danach lege ich mich rücklings ins Wasser, sodass meine sauberen Haare sich um meinen Kopf ausbreiten wie Ranken. Langsam lasse ich mich tiefer sinken.

Da ertönt ein lautes Platschen und ich rolle mich erschrocken zu einer Kugel zusammen.

Am Ufer steht Cas.

Er hat alles gesehen: meine Brüste, meine Schamhaare, die Narbe auf dem Bauch von meinem Blinddarmdurchbruch. Ich tauche unter und hoffe, dass er einfach wieder geht. Immerhin kann er kaum schwimmen.

Kurz darauf jedoch spüre ich ein Paar Hände. Sie schließen sich um meinen Arm und zerren mich an die Oberfläche. Mein Haar klebt mir im Gesicht wie nasses Herbstlaub auf dem Waldboden.

»Cas! Was soll denn das?«, pruste ich.

Er starrt mich an, als hätte er einen Geist gesehen, sagt aber kein Wort.

»Also ehrlich«, schimpfe ich und schwimme ans Ufer, bis ich Kies unter den Zehen spüre. Cas folgt mir raus an den Strand.

»Herzlichen Glückwunsch«, blaffe ich ihn an und versuche, meine Blöße mit den Armen zu bedecken. »Falls du vorhattest, mir einen Höllenschreck einzujagen, ist dir das gelungen.« Wasser rinnt mir über Schultern und Rücken.

»Ich dachte, du ertrinkst«, stößt er schließlich hervor. »Du bist einfach untergegangen.« Sein Blick schweift über meinen Körper, dann wird er rot und guckt schnell weg. »Du dachtest, *ich* ertrinke?« Ich fange an zu lachen. »Wer ist denn bitte der miese Schwimmer von uns beiden? Bist du mir etwa gefolgt?«

»N-nein«, stottert er. »Ich wollte mich bloß ein bisschen abkühlen.«

»Das hier ist mein Geheimplatz.«

»Meiner auch … oder zumindest dachte ich das bis jetzt.«

»Dreh dich mal kurz um, ja?« Er setzt sich auf den Boden und schließt die Augen, während ich hastig meinen BH vom Boden angele und mir die Unterhose über die nassen Beine streife.

»Caspian! Piper! Was um alles in der Welt macht ihr da?«, schallt plötzlich Mutters Stimme aus dem Wald.

Ein Prickeln läuft über meine Haut.

Caspian steht auf. »Ich wollte bloß ein bisschen allein sein. Ich wusste nicht, dass sie hier ist.«

Mutters Gesicht ist zu einer wütenden Grimasse verzerrt. Sie hebt die Hand, wie um Caspian zu ohrfeigen, doch dann lässt sie sie wieder sinken. »Ihr beide seid so gut wie Geschwister.«

Aber genau das sind wir eben nicht. Ich habe nur zwei richtige Brüder: Samuel und Henry. Warum behauptet sie plötzlich so was?

»Es ist ja nichts passiert«, entgegne ich flehend. »Bitte, Mutter, du kennst uns doch.«

»Zieh dich an«, kommandiert sie und mustert mich von

Kopf bis Fuß. »Du kannst hier nicht mehr halb nackt herumlaufen, Piper. Männer haben schließlich Bedürfnisse, das gibt früher oder später nur Ärger.«

»Mit mir nicht«, wendet Cas ein.

»Du hältst den Mund. Und jetzt verschwinde, ab ins Haus, dich knöpfe ich mir nachher noch vor.«

Cas beißt die Zähne zusammen. »Wir haben nichts falsch gemacht, Piper«, raunt er mir zu, bevor er losrennt.

Mutter und ich sehen einander an, und kurz ist es still, bis auf das Plätschern des Seewassers, das ans Ufer schwappt.

»Mutter, ich –«

Sie schneidet mir das Wort ab. »Du kannst von Glück reden, dass ich euch hier erwischt habe und nicht dein Vater. Wenn wir nicht da sind, trägst immerhin du die Verantwortung für deine Geschwister. Daher verlassen wir uns darauf, dass du vernünftig bist.« Sie reibt sich den Nacken. »Solche Liebeleien sind nichts als Zeitverschwendung.«

»Liebeleien? Du meinst, zwischen mir und *Cas*?« Meine Wangen fangen an zu glühen und ich gucke zu Boden.

»Stell dich nicht dumm, Piper. Ich habe genau gesehen, was ihr zwei euch für Blicke zuwerft. Pass lieber auf, sonst schickt dein Vater Caspian noch weg.«

»Weg? Wieso? Wo soll er denn hin?«

»Dein Vater hat nun mal Thomas für dich ausgesucht, mein Schatz. Und wenn Caspian sich dazwischendrängt …« Sie hält inne und schließt mich unvermittelt in die Arme. »Vergiss einfach diese Gefühle, die du zu haben glaubst. So was ist vollkommen bedeutungslos verglichen mit all den Kämpfen, die uns bevorstehen.«

18.

DANACH

Warum liege ich auf dem Boden? Meine Lippen kleben an meinen Schneidezähnen, und meine Zunge ist so trocken wie die Borke, die sich zu Hause vom Stamm der alten Eiche schält.

In der Ecke flackert eine Campinglaterne und erlischt dann.

Das Bett ist weg.

Genau wie das Fenster und der Schreibtisch.

Das hier ist nicht mein Zimmer.

Ich taste nach der Wand. Sie ist kalt. Und weiß, glaube ich. Es riecht nach Gewitter und nasser Erde.

Als ich mich auf die Zehenspitzen stelle, stoße ich mit den Fingern an die Decke. Durch ein paar Ritzen dringt Licht. Da oben muss eine Luke oder so was sein, aber sie ist verschlossen.

»Hilfe!«, schreie ich, doch meine Stimme prallt wirkungslos zu mir zurück. Meine Gedanken rasen, während ich versuche, mir zusammenzureimen, wohin DIE mich gebracht haben.

Vielleicht in den Gartenschuppen mit dem Zahlenschloss davor. Oder in den Keller, falls es in diesem Haus einen gibt.

Ich mache einen Schritt vor und lande mit dem Fuß in einer Wasserlache. Schnell weiche ich zurück an die gegenüberliegende Wand. Ich schlage und trete dagegen und schreie, bis meine Kehle brennt und ich mich in nichts auflöse.

Am Ende rolle ich mich wieder auf dem Boden zusammen und stecke den Daumen in den Mund.

Unkontrolliert zitternd rufe ich mir Mutters Stimme ins

Gedächtnis, eines der Schlaflieder, die sie mir früher so oft vorgesungen hat. Immer wieder murmele ich ihren Namen. Im Geiste sehe ich sie vor mir, höre sie sagen, ich solle mir keine Sorgen machen, spüre ihre Arme um mich. Ich stelle mir vor, wir wären zu Hause und würden im Sonnenschein Wildblumen pflücken.

Und dann, plötzlich, öffnet sich die Luke und Mutter steigt tatsächlich zu mir herunter.

»Ich bin ja hier, Kleines«, flüstert sie.

Sie hat mir eine Flasche Saft mitgebracht, die ich in einem Zug austrinke. Danach kuschele ich mich an ihren warmen, weichen Körper. Sie wiegt mich sanft hin und her, streicht mir mit dem Handrücken über Stirn und Wangen und summt dabei leise vor sich hin. Ihre Stimme schwebt durch den Raum, umhüllt mich. Schließlich schlafe ich in ihren Armen ein.

Als ich das nächste Mal aufwache, liege ich nicht mehr auf dem Boden. Sondern in meinem Bett, die Decke bis ans Kinn hochgezogen. Auf meinem Nachttisch wartet ein Glas Wasser, genau dort, wo ich es am Abend zuvor hingestellt habe.

Meine Fingerspitzen, die ich mir doch eigentlich an der Wand blutig geschürft haben müsste, sind unversehrt. Mutter ist fort.

Entschlossen kneife ich die Augen wieder zu. Ich will zurück, dorthin, wo es nur mich und Mutter gab. Wo ich bei ihr war. In Sicherheit.

Aber das geht nicht.

»Hat dieses Haus einen Keller?«, frage ich die Frau beim Frühstück.

Sie spült gerade ihre Kaffeetasse aus, und es dauert eine Weile, bis sie antwortet. »Nein. Warum?«

»Nur so«, sage ich rasch.

»Ich habe eine Idee. Was hältst du davon, wenn wir heute mal Eis zum Frühstück essen?« Sie öffnet den Kühlschrank. »Es gibt Schokolade und Vanille. Na, wie wär's, von beidem eine Portion?«

Keine Ahnung, was sie sich davon verspricht, aber zu Eis sage ich bestimmt nicht Nein.

Als sie zwei Schälchen aus dem Schrank nimmt, zupft ein Déjà-vu an meinem Gedächtnis wie ein Fisch an der Angelschnur. Das alles – wie die Frau mich fragt, ob ich Eis zum Frühstück möchte – habe ich schon mal erlebt. Nur dass ihr Haar länger ist.

Ich drehe den Kopf zur Seite, versuche, die Erinnerung festzuhalten, doch sie löst sich in Luft auf, zusammen mit meinem Appetit.

»Alles in Ordnung?« Die Frau stellt das Schälchen vor mir auf den Tisch. »Schau mich mal an, Piper.« Ihre Stirn ist sorgenvoll gerunzelt und sie legt mir die Hände auf die Schultern. »Wo warst du denn gerade in Gedanken?«

»Eigentlich hab ich doch keinen Hunger«, sage ich nur.

»Du musst aber was essen. Komm, ich mach dir eine Scheibe Toast mit Butter, wenigstens die bekommst du sicher runter.«

Ich überlege angestrengt, ob Mutter mir jemals Eis zum Frühstück erlaubt hat, und beschließe, dass es so gewesen sein muss.

Ich bin einfach bloß verwirrt. Meine Erinnerungen sind offenbar in irgendeiner Zeitschleife gefangen und purzeln jetzt durcheinander.

Und die Frau, Jeannie, hat darin nichts zu suchen.

19.

DAVOR

Vater steht barfuß neben mir am Seeufer und hat die Hosenbeine bis zu den Knien hochgekrempelt. In der Hand hält er eine Stoppuhr, den Daumen über dem Startknopf.

Er sieht zu mir rüber. »Fertig?«

Dieses Prozedere haben wir schon mindestens hundertmal durchgespielt. Vielleicht kann ich mich als Rettungsschwimmerin nützlich machen, wenn irgendwann der Krieg ausbricht.

»Fertig.«

Er drückt auf den Knopf, und ich renne los, dass der Sand nur so hinter mir aufwirbelt. Mit einem Kopfsprung hechte ich ins Wasser und tauche unter.

Zwanzig Kraulzüge bis zur Boje.

Neunzehn.

Achtzehn.

Siebzehn.

Atmen.

Im See bin ich stärker als an Land. Meine Arme gleiten durch die Wellen. Das Wasser schlägt über mir zusammen, hält mich an der Oberfläche und trägt mich Stück für Stück auf mein großes Ziel zu.

Die Initiation.

Diesmal kann ich es spüren: Vater ist zufrieden mit mir. Sein Stolz strahlt vom Ufer bis zu mir raus und treibt mich an.

Dann bin ich an der Boje und überschlage im Kopf die Sekunden. Doch beim Richtungswechsel streife ich mit dem

Fuß die Verankerung, verliere an Schwung, und das bringt mich plötzlich aus dem Konzept.

Ich zögere.

Nur einen winzigen Moment.

Meine Arm- und Beinbewegungen stimmen nicht mehr überein. Ich schlucke Wasser. Meine Konzentration gerät ins Wanken.

Versagerin.

Ich strampele auf Vater zu. Mit gesenktem Kopf steige ich aus dem Wasser. Ich will seine Enttäuschung nicht sehen.

»Eine Sekunde langsamer«, merkt er an, als ich an ihm vorbeigehe und mich auf alle viere sinken lasse. »Schon wieder.«

Er lässt mich erneut schwimmen, noch mal und noch mal, bis mir sämtliche Muskeln wehtun, bis meine Arme und Beine sich in Blei verwandeln und mich unter Wasser zu ziehen drohen. Und jedes Mal bin ich langsamer.

Zwei Sekunden.

Zehn Sekunden.

Dreißig Sekunden.

Ich hocke im Sand und würge.

»Tut mir leid«, japse ich.

Er geht wortlos weg.

20.

Mitten in der Nacht wache ich auf. Mein Bettzeug ist schweißnass und mein Herz klopft wie wild.

DANACH

Durch die Wand dringt das Lachen eines kleinen Mädchens.

Es klingt wie Beverly Jean.

Sofort sitze ich kerzengerade im Bett und will aufstehen, aber Daisy hat sich auf meinen Knien zusammengerollt; sie schläft jetzt die meisten Nächte bei mir. Das Lachen scheint ganz aus der Nähe zu kommen.

Daisy blinzelt, als ich unter ihr hervorkrabbele. »Bleib liegen«, sage ich. Sie guckt mich fragend an und legt den Kopf schief, erst auf die eine, dann auf die andere Seite. »Schlaf weiter.«

Die Schubladen des Waschbeckenschränkchens im Badezimmer auf dem Flur sind überwiegend leer, aber in einem rosa Täschchen entdecke ich Wimperntusche und kleine quadratische Dosen mit Rouge. Eine silberne Pinzette schimmert im Licht. Die Enden laufen spitz zu und eignen sich damit perfekt zum Schlösserknacken. Ich schließe die Faust darum und tappe weiter durch den Flur.

Die Treppe hat sich jetzt schon seit ein paar Tagen nicht mehr bewegt. Das Haus scheint den Atem anzuhalten, darauf zu warten, dass ich einen Fehler mache.

Am unteren Ende der Stufen lauert schummriges Nichts.

Schnell drehe ich mich um und taste mich vor in die andere Richtung, ins Unbekannte.

So leicht kriegen DIE mich nicht klein.

Beverly Jeans Lachen wird lauter.

Ganz langsam gehe ich zu einer der Türen auf der anderen Seite des Flurs. Durch den Spalt darunter dringt etwas Licht. Ich lege mein Ohr an das Holz – wieder ein leises Kichern. Mir schwirrt der Kopf, und ich muss mich an der Wand festhalten, aus Angst, in Ohnmacht zu fallen.

Tief atmen, ein und aus.

Diesmal leistet der Knauf keinerlei Widerstand; die Tür ist nicht abgeschlossen.

Ein kleines Mädchen sitzt auf einem Bett, eine Taschenlampe in der Hand, auf dem Schoß ein Buch. Sie lacht. Ich versuche, mich zu erinnern, wann ich selbst das letzte Mal so unbeschwert gelacht habe.

Aber es ist nicht Beverly Jean. Meine Hoffnung erstirbt.

Dann läuft mir ein eisiger Schauer über die Kopfhaut, als ich begreife – Beverly Jean oder nicht, ich bin ganz offensichtlich nicht die Einzige, die hier festgehalten wird. Wahrscheinlich ist das da die Tochter von einem von Vaters Anhängern, die genau wie ich entführt wurde.

Wie oft hat Vater uns davor gewarnt? Fast hätte ich nach Caspian gerufen, bevor mir wieder einfällt, dass er nicht hier ist und mir nicht helfen kann.

Ich muss dieses Mädchen retten, auch wenn sie nicht meine Schwester ist.

Als ich das Zimmer betrete, zuckt sie zusammen.

»Tut mir leid, ich wollte dich nicht erschrecken«, erkläre ich und verberge die Pinzette hinter dem Rücken. »Ich bin Piper.«

Das Mädchen steckt sich den Daumen in den Mund, zieht ihn jedoch sofort wieder raus.

»Du brauchst keine Angst vor mir zu haben. Mein Zimmer ist gleich da den Flur runter.«

»Mama hat mir von dir erzählt«, sagt sie mit zittriger Stimme.

Ich setze mich neben sie. Sie riecht nach Waschmittel und Erdbeeren.

Schlimm genug, dass ich selbst hier gefangen bin. Aber jetzt muss ich mir auch noch um jemand anderen Sorgen machen.

»Ich bringe dich hier weg. Versprochen.«

Sie zieht die Stirn kraus. »Aber ich bin doch gerade erst gekommen.«

»Wann denn?« Ich bemühe mich, ruhig mit ihr zu sprechen, aber meine Stimme hat trotzdem einen schrillen Ton angenommen.

»Als du geschlafen hast. Eigentlich sollte ich dich erst morgen kennenlernen.«

Also müssen DIE sie sich gestern geholt haben. Hinter meinen Schläfen erhebt sich ein Stechen und ich stehe auf.

»Wie heißt du?«, frage ich.

»Amy.«

»Amy«, wiederhole ich. Irgendwie fühlt es sich seltsam an, diesen Namen auszusprechen. »Geht es dir gut?«

»Du bist hübsch«, sagt sie, anstatt zu antworten. »Ich will auch so lange Haare wie du.«

»Deine Haare sind doch auch schön«, entgegne ich. Amy hat typisches Kinderhaar, fein und flaumig.

Warum sind wir hier?

Weil DIE es so wollten. Die Regierung. Haufenweise Formulare mussten ausgefüllt werden, hat die Frau mir erzählt. Jede Menge Papierkram, Akten, Protokolle. So was kann man leicht fälschen, aber keiner hat mir geglaubt. Keiner hat mir auch nur zugehört. Die Polizei hat mich einfach hier abgesetzt und meinem Schicksal überlassen.

»Was ist denn mit deinen Eltern, Amy? Sind die noch in der Kolonie?«

»Mama schläft wahrscheinlich gerade.«

»Meine auch«, erwidere ich, obwohl ich mir da nicht so sicher bin. Mutter hatte schon immer einen seltsamen Schlafrhythmus. Nachdem sie jahrelang rund um die Uhr gearbeitet habe, seien die natürlichen Abläufe in ihrem Körper ganz durcheinandergeraten, hat sie mal gesagt. Meistens war sie morgens schon vor Sonnenaufgang wach und hat Kaffee und Frühstück gemacht. Also, wenn sie mal bei uns war.

»Und dein Dad?«, frage ich weiter. Ich will nicht, dass sie sich aufregt, aber ich muss es einfach wissen.

»Daddy wohnt woanders«, antwortet sie. »Aber Mama hat gesagt, er zieht bald wieder zu uns.«

»Mein Vater ist in der Kolonie«, erkläre ich. »Er darf nicht herkommen.«

»Meiner auch nicht.« Sie wendet sich wieder ihrem Buch zu.

Mein Herz fängt an zu hämmern. »Dein Vater ist auch in der Kolonie?«

Sie nickt. »Glaub schon.«

»Weißt du, wann sie dich geholt haben?«

»Heute.«

Rastlos springe ich auf und tigere durchs Zimmer, steige über ein halb fertiges Puzzle und ein Springseil. »Irgendwann bringe ich uns beide von hier weg und dann machen wir uns zusammen auf den Weg zurück in die Kolonie. Okay?«

Sie geht nicht darauf ein. »Soll ich dir mal mein Geheimversteck zeigen?«

Ich seufze. Mir läuft die Zeit davon. Aber Amy winkt mich mit so stolzem Lächeln zu einem Einbauschrank, dass ich es nicht über mich bringe, Nein zu sagen.

Als ich ihr hinterherwill, knarrt draußen eine Bodendiele.

Im Flur geht ein helles Licht an und dringt unter der Tür hindurch.

Dann fällt ein Schatten über den Boden.

Sie sind hier.

Schnell lege ich mir den Zeigefinger auf die Lippen und verstecke mich im Schrank. Nachdem ich lautlos bis zehn gezählt habe, ist immer noch nichts passiert.

Ich spähe raus Richtung Tür.

Das Licht ist wieder ausgegangen.

»Was hast du denn?«, fragt Amy erschrocken.

»Nichts.« Ich reibe mir über die Gänsehaut an meinen Armen. Wir müssen leise sein. Gut möglich, dass sie bald zurückkommen, und dann werden sie nicht begeistert sein, wenn sie Amy und mich zusammen finden.

Amy kriecht zu mir in den Schrank, tastet nach irgendwas ganz hinten in der Ecke und im nächsten Moment erstrahlen Hunderte von winzigen Lichtern über uns. Wie Girlanden hängen sie an der Decke.

Wie grausam, ein kleines Mädchen mit künstlichem Sternenlicht abzuspeisen.

»Schön, oder?«

Auf dem Boden liegt ein Nest aus weichen Kissen und Amy klopft einladend neben sich.

Als ich mich gesetzt habe, zieht sie die Tür hinter uns zu.

Beinahe fühle ich mich wie früher zu Hause am Lagerfeuer, höre das Lachen der Kleinen, spüre Cas' Wärme neben mir.

»Guck mal«, holt Amy mich in die Wirklichkeit zurück. »Die hab ich gemacht.«

Die Innenwände des Schranks sind voller Striche und geschwungener Linien. Zeichnungen. Kann sie das alles heute Nacht gemalt haben? Ein Häschen nagt an einer Karotte, daneben saust ein Rennauto einen Regenbogen hinunter, pflügt ein Wal durch Meereswellen. Aus all diesen Zeichnungen spricht Liebe und Unschuld und …

… und …

… und …

Ich beiße mir auf die Faust, um nicht vor diesem kleinen Mädchen in Tränen auszubrechen, das doch viel mehr Angst haben muss als ich selbst.

Der Raum beginnt zu verschwimmen.

Die Zeichnungen verblassen.

Es riecht nach Urin und Angst.

Eine Frauenstimme flüstert: *»Sie ist eiskalt.«*

Amy berührt mich an der Schulter. »Hier wohnt meine Schwester«, sagt sie, und ich bin zurück im Schrank.

Ich wische mir die Augen und sehe sie an. Sie schenkt mir ein verschwörerisches Lächeln, wie eine Mini-Grinsekatze.

»Deine Schwester wohnt im Schrank?«, frage ich.

»Ja, aber ich besuche sie ganz oft, und dann trinken wir zusammen Tee.« Amy deutet auf eine Zeichnung von zwei Strichmädchen. Eins ist klein, das andere groß. Die beiden halten sich an den Händen und lächeln ins Leere. »Das da bin ich«, sagt sie und zeigt auf das kleine. »Und das ist meine Schwester.«

»Wie heißt denn deine Schwester?«

»Jessica. Ist das nicht ein hübscher Name? Wie von einer Prinzessin.«

»Ja«, stimme ich ihr zu. Ob Jessica noch in der Kolonie ist?

Amy lächelt und kramt eine Packung Buntstifte hinter einem Kissen hervor. »Willst du auch was malen?«

Ich finde einen freien Fleck oberhalb von Amys Reichweite und versuche mich an einer Lilie. Nachdem ich mir Carlas Zeichnung in Erinnerung gerufen habe, füge ich noch ein paar Ranken und Blätter hinzu, bevor ich Amy die Stifte zurückgebe. Sie sind von derselben Marke wie die, die Carla immer benutzt hat, obwohl die Verpackung anders aussieht.

Mit jedem Tag, den ich hier verbringe, scheint mein altes Leben weiter in die Ferne zu rücken.

»Die ist schön geworden«, befindet Amy. »Bringst du mir bei, wie man die malt?«

»Mmhmm«, mache ich, eingelullt von der gemütlichen Atmosphäre.

Dann fällt mir ein, dass sie jeden Moment zurückkommen könnten, und jegliches Gefühl von Geborgenheit verpufft.

Als ich aus dem Schrank stürze, folgt Amy mir. »Du brauchst keine Angst vor den Monstern zu haben. Die trauen sich hier nicht rein.«

Die Monster.

Jeannie und DIE.

Am liebsten wäre ich zurück in mein Zimmer gerannt. Hätte mich unter meiner Bettdecke verkrochen. Aber ich muss Amy zuliebe stark sein, muss ihr helfen, so wie ich mir wünsche, dass mir jemand hilft. Ich darf ihr keine Angst einjagen.

»Ich gehe dann mal wieder ins Bett«, sage ich, »und du am besten auch.«

»Deckst du mich noch zu?«

Mit zitternden Händen ziehe ich ihr die Decke bis zum Kinn hoch. Sie macht die Augen zu. »Gute Nacht, Piper.« Nun lächelt sie schläfrig.

Und plötzlich erkenne ich sie: Sie ist eins der Mädchen auf den Fotos unten im Wohnzimmer. Auf dem Bild fehlten ihr nur zwei Schneidezähne, die aber inzwischen nachgewachsen sind.

Ich will ihr auch Gute Nacht sagen, doch ich bekomme keinen Ton heraus.

Behutsam schließe ich die Tür hinter mir. Im Flur ist nichts zu hören außer dem Rauschen des Bluts in meinen Ohren.

So leise wie möglich gehe ich die Treppe hinunter. Unten nehme ich Amys Foto vom Kaminsims. Dann schnappe ich mir noch eins von dem anderen Mädchen, schiebe beide unter mein Oberteil und schleiche zurück in mein Zimmer.

Im Licht meiner Schreibtischlampe sehe ich mir die Bilder genauer an. Amy hält eine Puppe mit neonblauen Haaren im Arm und lächelt. Sie steht vor einem Baum, der der alten Eiche bei mir zu Hause zum Verwechseln ähnlich sieht.

Das Mädchen auf dem anderen Foto sitzt in einem Planschbecken und spritzt Wasser in Richtung der Kamera. Sie hat lange blonde Haare und blaue Augen.

Das bin ich.

Ich wusste es gleich, als ich das Foto zum ersten Mal gesehen habe, aber ich habe wohl einfach meinen Augen nicht getraut.

Die Frau muss Kinderfotos von uns gestohlen und eingerahmt haben. Sie versucht, uns weiszumachen, wir würden hierhergehören.

Aber das tun wir nicht.

Ich beschließe, die Bilder zu behalten, und stelle sie auf meine Kommode.

Jeannie ist nicht die Einzige, die solche Psychospielchen beherrscht.

21.

DAVOR

Sirenengeheul reißt mich aus dem Schlaf. Ich setze mich auf und knipse die Taschenlampe an, die ich unter meinem Kopfkissen aufbewahre.

Beverly Jean schlägt ihre Decke zurück und springt zu mir ins Bett. »Pip, ich hab Angst!«

Ich nehme sie in den Arm. »Das ist nur eine Übung. Aber wir müssen uns trotzdem beeilen.« Sie wartet an der Tür, während ich Millie aus ihrem Bettchen hebe. Millie wird kurz wach, kuschelt sich dann jedoch an mich und schlummert gleich wieder ein.

»Carla!«, zische ich, als diese sich ihre Decke über den Kopf zieht. »Komm!«

»Das ist doch so was von sinnlos«, mault sie. »Ich will schlafen.«

»Das wollen wir alle«, entgegne ich, während wir den Flur runtergehen. Dort treffen wir auf die Jungs, die sich ebenfalls müde die Augen reiben.

»Schultern zurück«, kommandiert Thomas, als Mutter aus dem Schlafzimmer tritt. Dann folgen wir ihm nach draußen zu den Bänken.

Vater erwartet uns bereits. Hinter ihm haben sich die Männer aufgestellt, die Sturmgewehre diagonal vor der Brust. Thomas reiht sich neben ihnen ein. Seine Haltung ist kerzengerade; anscheinend ist sein Stolz auf die Gemeinschaft zurückgekehrt. Insgeheim bin ich erleichtert.

»Thomas und du seid ein perfektes Paar.«

Ich erschaudere.

»Drei Minuten«, verkündet Vater mit einem Blick auf seine Stoppuhr. »Eine völlig inakzeptable Zeit. Wenn die Regierung hier wäre, um euch zu entführen, wärt ihr längst geschnappt worden. Wenn eine Atombombe hochgegangen wäre, würdet ihr jetzt an der Asche ersticken.«

Beverly Jean vergräbt ihr Gesicht an meiner Taille, und ich spanne sämtliche Muskeln an, um mich vom Zittern abzuhalten. Henry und Samuel klammern sich an Caspian.

Mutter gähnt unbeeindruckt. Ich wünschte, ich wäre genauso mutig wie sie.

»Ich habe wichtige Neuigkeiten für euch«, fährt Vater fort. »Die Regierung hat Wind davon bekommen, dass ich über besondere Fähigkeiten verfüge – das Zweite Gesicht, wenn man es so nennen will –, und überwacht daher die Gemeinschaft. Sie alle haben Angst vor unserem Glauben, vor der Hoffnung, die ich meinen Anhängern gebe. Das ist mir schon seit Längerem klar, genau wie euch. Aber jetzt haben sie sich die ersten unserer Mitglieder geholt.«

Ich hebe die Hand und Vater nickt mir zu. »Aus der Kolonie geholt?« Ich schlucke.

Wieder nickt er. »Unsere Gemeinschaft wurde von Agenten infiltriert, die sich als Gläubige ausgegeben und einige unserer Mitglieder unter Zwang mitgenommen haben. In den Augen der Regierung sind wir hochgefährlich, weil wir besinnungslosen Konsum, übervölkerte Städte und den Einsatz von Psychopharmaka ablehnen. Ohne das alles würde nämlich ihre gesamte Wirtschaft zusammenbrechen. Und natürlich können sie unmöglich zulassen, dass ich weiterhin die Wahrheit darüber verkünde. So würden schließlich die Reichen ihre

Zwangsarbeiter verlieren und die gesamte kranke Gesellschaft der Außenwelt wäre dem Untergang geweiht.«

Seine Miene verfinstert sich. »Ich habe die Information erhalten, dass es die Regierung nun vor allem auf die Kinder der Gemeinschaft abgesehen hat, primär *meine* Kinder. Sie wollen euch mir wegnehmen, euch einer Gehirnwäsche unterziehen und gründlich aushorchen, um mir das Handwerk zu legen. Sie halten euch für schwach und beeinflussbar. Ich darf gar nicht an die verabscheuungswürdigen Methoden denken, die sie bei euch anwenden würden. Diese Regierung schreckt nicht einmal vor Folter zurück, das ist schließlich altbekannt.

Und eins müsst ihr euch immer wieder bewusst machen, Kinder: Der Präsident liegt im Streit mit einer verfeindeten ausländischen Regierung, die über Nuklearwaffen verfügt. Der Tag des Jüngsten Gerichts rückt unaufhaltsam näher. Ein Atomkrieg ist nicht nur möglich, sondern äußerst wahrscheinlich. Alles, worauf wir uns seit Jahren vorbereiten, steht unmittelbar bevor. Diese Übungen werden bald bitterer Ernst sein.«

Er hält inne. Millies Windel müffelt, aber ich werde mich hüten, mitten in einer von Vaters Lektionen einfach aufzustehen und sie wickeln zu gehen.

»Demnächst werden weitere Mitglieder der Gemeinschaft hierherkommen und auf dem Grundstück einen Atombunker errichten. Thomas übernimmt die Leitung der Bauarbeiten. Wir müssen uns für den drohenden Krieg rüsten. Ihr, meine Kinder, seid vermutlich die größte und vielleicht letzte Hoffnung der gesamten Menschheit.«

Beverly Jeans Kinn fängt an zu beben. »Müssen wir jetzt alle sterben?«

Ich lege ihr den freien Arm um die Schultern und ziehe sie an mich, sowohl um sie zu trösten als auch mich selbst. »Ach was. Stimmt's, Vater?«

Mutter streicht ihr Haar glatt und ringt sich ein Lächeln ab. Vater bleibt jedoch ernst.

»Es braucht nur einen einzigen Verrückten, der den falschen Knopf drückt. Wir müssen für alles gewappnet sein, denn wer sich nicht vorbereitet, der hat das Nachsehen. Und ich werde mich, nein, *wir* werden *uns* niemals geschlagen geben! Wir müssen die Bombe überstehen, damit wir diese Welt anschließend von Grund auf neu aufbauen können.«

Nach einer kurzen Pause fährt er fort. »Das heißt allerdings auch, dass wir unsere Sicherheitsvorkehrungen verschärfen werden. Joan und Barb haben sowieso schon alle Hände voll zu tun, darum müsst ihr Älteren mit anpacken. Jeden Tag nach Sonnenuntergang halten Piper, Caspian, Thomas und Carla ab sofort im Wechsel Wache, immer zu zweit.« Sein Blick wandert nacheinander über unsere Gesichter. »Ich habe oben auf der alten Achterbahn eine kleine Plattform als Ausguck errichten lassen, dort wird einer von euch Posten beziehen. Der andere bewacht das Tor, den einzigen Zugangspunkt von der Straße.

Caspian und Piper, ihr übernehmt die erste Wochenschicht. Ich gebe euch später noch genauere Anweisungen. Aber denkt daran: Egal, was passiert oder was ihr seht, verlasst *niemals* das eingezäunte Grundstück. Die Außenwelt ist gefährlich.«

»Vielleicht sollte Piper lieber mit Thomas zusammen Wache halten«, wendet Mutter ein.

»Stellst du etwa meine Entscheidungen infrage?« Vaters Stimme ist so leise, dass ich ihn nur mit Mühe verstehe.

»Nein.« Mutter verstummt.

Mir schwirrt der Kopf.

»Und wann sollen wir schlafen?«, will Carla wissen. Ihr Weißblond beginnt schon wieder rauszuwachsen und der dunkle Ansatz schimmert durch. Mutter fährt mit dem Finger darüber und verzieht das Gesicht. Mich beschleicht der Verdacht, dass die Zeit des Haarebleichens doch noch nicht vorbei ist.

Jetzt tritt Vater vor Carla. »Ich versuche, unsere Familie zu beschützen. Du wirst schlafen, wenn du Zeit dazu findest. Tut einfach, was ich sage. Mehr verlange ich nicht.«

Vater gibt den Männern einen Wink, ihm nach drinnen zu folgen.

Carla schiebt trotzig das Kinn vor, und ich weiß, dass es Tränen geben wird, sobald wir zurück in unserem Zimmer sind. Ich will nach ihrer Hand greifen, aber sie verschränkt die Arme.

»Vater weiß, was das Beste für uns ist«, höre ich mich sagen.

»Ach, halt doch die Klappe, Piper.« Sie rennt Richtung Haus, die Arme noch immer fest um den Oberkörper geschlungen. Sie scheint förmlich zu vibrieren vor Wut.

»Carla!«, rufe ich ihr nach, aber Cas rät mir, sie in Ruhe zu lassen. »Ich will doch nur, dass sie versteht«, verteidige ich mich. »Es ist alles zu unserem Besten, das muss sie doch einsehen!«

»Ich kümmere mich um sie«, sagt Mutter und eilt hinter Carla her.

Als wir anderen uns ebenfalls auf den Weg zurück machen, nimmt Beverly Jean mir Millie ab. Sie weiß, wie schwer unsere kleine Schwester auf Dauer wird.

Cas hält mich unvermittelt zurück. »Kann ich mal mit dir reden?«

»Klar«, sage ich und wende mich Beverly Jean zu. »Bring Millie schon mal ins Haus, ja? Ich komme gleich nach.«

Ich knipse meine Taschenlampe aus und folge Caspian ins Maisfeld. Die Reihen stehen schon so hoch, dass sie sogar den Mond verdecken. Als ich eins der scharfkantigen Blätter berühre, ritze ich mir daran den Finger auf.

»Fragst du dich eigentlich nie, ob Curtis sich irren könnte?«, will er wissen. Das Weiß seiner Augen leuchtet regelrecht im Dunkeln. »Was, wenn uns überhaupt kein Krieg droht? Ist ja nicht so, als hätten wir jemals irgendwo Panzer oder Soldaten oder Kampfjets gesehen. Wenn sich so eine Gefahr anbahnen würde, müssten wir das nicht irgendwie merken?«

Ich schüttele den Kopf. »Vater irrt sich nicht. Das tut er nie.«

»Jeder liegt mal falsch, Piper. Und Curtis ist auch nur ein Mensch.«

Ich suche in seinem Gesicht nach einem Lächeln, einem Anzeichen dafür, dass er mich bloß aufzieht, aber seinem eindringlichen Blick nach zu schließen, sind das hier seine wahren Gefühle.

»Das kann doch nicht dein Ernst sein«, sage ich erschüttert. »Zweifelst du wirklich daran, dass Vater das alles tut, um uns zu beschützen?«

»Das hab ich nie behauptet.« Er leckt sich nervös über die Lippen und tritt näher. »Nur in dieser Angelegenheit glaube ich eben, dass er sich täuscht. Wenn wir tatsächlich in so großer Gefahr schweben, wie kann er dann ausgerechnet uns als Wachposten aufstellen? Wären wir so nicht die Allerersten, die draufgehen? Mir kommt's einfach nicht richtig vor, Carla in so eine Lage zu bringen. Oder dich.«

»Aber irgendwie müssen wir uns doch wappnen!«

Meine Stimme klingt schrill und Cas legt mir die Hände auf die Schultern. »Tut mir leid, Piper«, murmelt er beschwichtigend. »Ich wollte dir keine Angst einjagen. Aber sei ein bisschen leiser, ja?«

»Dann solltest du besser nicht Vaters Urteilsvermögen misstrauen. Genau das versuchen die aus der Außenwelt doch zu erreichen. Die wollen einen Keil zwischen uns treiben. Dann sind wir nämlich geschwächt.«

Bitte sei nicht wie Thomas, hätte ich ihn beinahe angefleht. *Fang nicht an, an deinem Glauben zu zweifeln.*

Bitte.

»Als ich noch jünger war, bin ich eine Weile zur Schule gegangen«, erwidert er schließlich zögernd. »Unsere Lehrer haben uns immer dazu ermutigt, alles zu hinterfragen und uns eine eigene Meinung zu bilden. Darüber mache ich mir in letzter Zeit oft Gedanken. Irgendwie kommt mir das Ganze hier nicht mehr … nicht mehr richtig vor, Piper.«

»Also, *meiner Meinung nach* ist das Ganze hier genau richtig«, entgegne ich. »Tut mir ja leid, dass du so viel Zeit da draußen in der Außenwelt verbringen musstest, aber du bist jetzt bei uns, Cas. Bei mir. Hier sind wir sicher. Begreifst du das nicht?«

»Doch klar«, antwortet er. »Und ich bin ja auch froh, hier zu sein, bei dir. Aber findest du es denn in Ordnung, dass man gleich als Verräter hingestellt wird, bloß weil man mal etwas anders sieht als Curtis? Er hinterfragt doch selbst gern die bestehende Ordnung, sonst hätte er die Gemeinschaft ja wohl gar nicht gegründet. Wenn er ein Problem mit freier Meinungsäußerung hätte, dürften wir alle gar nicht hier sein.«

Ich blinzele verstört, weil einfach zu viele Gedanken auf einmal auf mich einstürzen. Der Mais schirmt uns vor der kleinsten Brise ab und ich schwitze in meinem Nachthemd. »Können wir jetzt gehen? Ich kriege keine Luft.«

Ich warte seine Antwort nicht ab. Stattdessen drehe ich mich um und renne zurück in den Garten, dankbar für den kühlen Wind auf meiner Haut.

22.

Am nächsten Morgen klopft die Frau früher als sonst an meine Zimmertür.

»Wir müssen uns unterhalten«, eröffnet sie mir.

Ich liege ganz still und versuche, möglichst flach zu atmen, als könnte ich mich dadurch unsichtbar machen. Von Amy höre ich nichts. Vielleicht war das alles ja bloß ein Traum.

Die Frau nimmt eins der Fotos von der Kommode und stellt es wieder hin. »Amy hat mir erzählt, dass du gestern Nacht bei ihr im Zimmer warst.«

Ich kralle mich in meine Bettdecke und denke an das stumpfe Messer unter der Matratze. Innerhalb von zwei Sekunden könnte ich es hervorholen.

»Sie ist gestern Abend von ihren Großeltern nach Hause gekommen. Da war sie eine Zeit lang zu Besuch. Du hast schon geschlafen, sonst hätte ich euch noch miteinander bekannt gemacht. Sie ist meine Tochter, Piper.«

Tochter?

»Eigentlich hätte sie noch ein paar Wochen länger dort bleiben sollen, aber sie hatte so schreckliches Heimweh.«

Sie marschiert auf und ab, wirkt nervös und fahrig.

»Du musst nachts in deinem Zimmer bleiben, Piper. Ich weiß, dass du bloß neugierig warst, aber ich möchte einfach nicht, dass du so spät noch durchs Haus schleichst. Außerdem ist es auch zu gefährlich. In Ordnung?«

Gefährlich für wen?, hätte ich am liebsten gefragt.

Aber ich nicke bloß.

»Gut, dann sind wir uns ja einig.« Sie schluckt. »Rich, mein Mann, ist noch bei seinen Eltern. Also, im Moment leben wir getrennt, aber das tut nichts zur Sache. Ihn wirst du auch kennenlernen, wenn du dazu bereit bist. Sag mir einfach Bescheid, ja? Und fühl dich auf keinen Fall gedrängt.«

»Warum sollte ich den denn kennenlernen wollen?«

Sie tritt von einem Fuß auf den anderen.

»Was ist das eigentlich für ein Mädchen?«

»Mädchen? Meinst du Amy?«

»Nein. Das im Haus nebenan.«

Die Frau zwirbelt eine Haarsträhne zwischen den Fingern. »Ach, das, äh …«, stammelt sie. »Das ist nur die Nachbarstochter. Um die musst du dich nicht kümmern. Gut, dann stelle ich dir Amy jetzt mal richtig vor.«

Ich nicke und taste nach Daisy, aber sie liegt nicht wie sonst auf meinem Bett.

Die Frau ruft nach Amy und kurz darauf erscheint das Mädchen im Türrahmen. Mir wird klar, dass sie bloß auf ihr Stichwort gewartet hat.

»Komm ruhig rein«, sage ich, und sie saust ins Zimmer wie ein kleiner bunter Wirbelwind.

»Hallo, Piper!« Sie springt aufs Bett und fällt mir um den Hals.

Ich komme mir vor wie eine Mumie, eingewickelt in Bettlaken und Kinderarme.

Ich schließe die Augen und drücke sie an mich. Ein schönes Gefühl.

»Ich freu mich so, dass du jetzt bei uns wohnst.« Sie umklammert mich einfach weiter, so unbefangen, wie es nur Kinder sind. »Wir können ganz viel zusammen spielen! Kaufladen zum Beispiel.«

»Wie geht denn das?«

Sie nimmt mich bei der Hand. »Zeig ich dir.« Sie schleift mich nach unten in die Küche und schiebt einen Stuhl vor die Arbeitsplatte, um ein paar Konservendosen mit Suppe und Gemüse aus dem Schrank zu holen.

»Die musst du auf den Tisch stellen«, trägt sie mir auf, und ich mache brav mit.

Sie klettert wieder runter und ordnet die Dosen zu ordentlichen Reihen an.

»Mom, wir brauchen einen Einkaufskorb!«

Die Frau, die sich bislang im Hintergrund gehalten hat, nimmt eine große Plastikschüssel vom Regal. »Wie wär's hiermit?«

Amy rümpft die Nase. »Hm, na gut.« Sie drückt mir die Schüssel in die Hand. »Du bist jetzt die Kundin. Erst gehst du einkaufen und dann musst du zu mir an die Kasse kommen. Ja?«

»Womit soll ich denn bezahlen?«, frage ich.

»Vielleicht mit Monopoly-Spielgeld?« Die Frau geht ins Wohnzimmer und kommt mit einer Schachtel zurück. Sie kramt ein paar bunte Scheine heraus und reicht sie mir. »Dann lasse ich euch zwei mal in Ruhe spielen. Falls irgendwas ist, ich gehe oben das Bad sauber machen.«

Mit klimperndem Halsband kommt Daisy in die Küche getrottet. Ich lege eine Dose grüne Bohnen und eine Dose Thunfisch in meine Schüssel und bücke mich, um Daisy das Hinterteil zu kraulen.

»Guten Tag, ich würde gerne meinen Einkauf bezahlen.«

Amy zieht die Dosen nacheinander über den Tisch und gibt dabei jedes Mal ein Piepen von sich. Danach legt sie sie zurück in meine Schüssel. »Das macht dann eintausend Dollar.«

»Hui, das sind aber gepfefferte Preise bei Ihnen.« Ich zähle übertrieben genau meine Scheine ab und Amy kichert.

»Ich hab dich lieb«, sagt sie.

Ich weiß nicht, was ich darauf antworten soll. Meine Augen fangen an zu brennen. Sie erinnert mich so sehr an Beverly Jean.

»Mom hat mir erklärt, dass du jetzt bei uns wohnst und nicht mehr bei den bösen Leuten.«

Den bösen Leuten?

»Das waren sehr nette Leute«, entgegne ich.

»Kann sein.« Sie winkt ab. »Aber das hat Mom halt so gesagt. Und sie hat es am liebsten, wenn wir uns einig sind. Wenn nicht, guckt sie immer ganz traurig.«

»Hat sie auch mal was davon gesagt, dass sie für die Regierung arbeitet?«, frage ich, selbst wenn ich mir nicht sicher bin, ob Amy überhaupt weiß, was eine Regierung ist oder wofür sie gut ist. Aber ich brauche nun mal Antworten.

Sie starrt auf das Spielgeld in ihren Händen. »Glaub nicht«, murmelt sie nach einem Moment.

»Du kannst es mir ruhig erzählen, Amy. Das bleibt alles unter uns, versprochen. Ich verrate nichts.«

»Ich darf aber nicht drüber reden.«

»Nicht mal mit mir?«

Ich muss ungehalten geklungen haben, denn Amys Mundwinkel krümmen sich nach unten und sie weicht meinem Blick aus. Schnell zaubere ich mir ein Lächeln ins Gesicht. »Du bist dran mit Einkaufen!«

Sie sucht sich ein paar Dosen aus, aber ich merke, dass ihr der Spaß vergangen ist.

Genau wie mir.

Auch mein nächster Termin mit Dr. Lundhagen wird sicher kein Spaß, aber mir bleibt ja keine andere Wahl.

Schließlich muss ich regelmäßig das Haus verlassen, wenn ich irgendwann von hier abhauen will.

Die Topfpflanze in seinem Büro steht nicht mehr an ihrem alten Platz neben der Tür. Jemand hat sie neben meinen Sessel gerückt.

Dr. Lundhagen räuspert sich. »Wie geht's dir, Piper?«

Ich kann an nichts anderes denken als an Amy.

Wie viele Leute wohl noch aus der Gemeinschaft entführt wurden?

Ich starre aus dem Fenster auf die vorbeifahrenden Autos, bis mir klar wird, dass er auf eine Antwort wartet. »Was wäre eigentlich, wenn Sie Jeannie erzählen, worüber wir hier reden?«, frage ich.

»Alles, was wir hier besprechen, ist vertraulich. Meine Schweigepflicht dürfte ich nur dann verletzen, wenn ich den Verdacht hätte, dass du eine Gefahr für dich selbst oder andere darstellen könntest. Ansonsten verlässt nichts von dem, was du mir erzählst, dieses Zimmer. Jeannie wird nie etwas davon erfahren.«

Ich mustere ihn eine Weile schweigend. »Gut. Bei uns wohnt nämlich jetzt noch ein Mädchen. Ich habe sie gestern Nacht kennengelernt.«

Er hebt eine Augenbraue. »Ach ja? Wie kam es denn dazu?«

»Sie hält Jeannie für ihre Mom. Und Jeannie hat mir auch erzählt, dass sie ihre Tochter ist.«

»Okay.«

»Okay? Mehr fällt Ihnen dazu nicht ein?«

Er sieht mich an, als wüsste er nicht so recht, wie er das Gehörte einschätzen soll. »Amy ist wirklich Jeannies Tochter. Sie war nur bis vor Kurzem zu Besuch bei ihren Großeltern.«

Ich sage nichts.

»Ich kenne Amy schon, seit sie ein Baby war.«

Meine Wangen werden ganz heiß und ich muss mich an den Armlehnen meines Sessels festklammern.

»Was denkst du jetzt?«, will er wissen.

»Wollen Sie eine ehrliche Antwort?«

Er nickt. »Natürlich.«

»Ich glaube, Sie lügen mich an.«

»Worüber?«

»Über alles, was gerade passiert. Warum ich meiner Familie weggenommen wurde. Wer Amy ist. Wer Jeannie ist. Ich glaube, Sie stecken mit denen unter einer Decke und versuchen, sich mein Vertrauen zu erschleichen, um mir eine Gehirnwäsche zu verpassen. Vor so was hat Vater uns immer gewarnt und er hatte recht.«

»Ich kann nachvollziehen, wie du zu diesem Schluss kommst. Also lass mich auch mal ganz ehrlich sein.« Seine Miene entspannt sich und er legt seinen Stift hin. »Ich versichere dir, dass ich dich nicht anlüge. Das Jugendamt sah dein Wohlergehen in deinen vorherigen Lebensverhältnissen gefährdet. Darum wurdest du zu deinem eigenen Schutz von dort weggeholt. Niemand versucht, dir eine Gehirnwäsche zu verpassen. Es wäre mir weitaus lieber, wenn du selbstständig denkst.«

»Ich denke selbstständig.«

»Haben deine Eltern dich deine eigenen Entscheidungen treffen lassen? Haben sie dich je nach deiner Meinung gefragt?«

»Natürlich.«

»Und hast du dir diese Meinung selbst gebildet oder wurde sie dir anerzogen?«

Mit einem Mal habe ich das Gefühl, nicht mehr klar sehen zu können, und schüttele den Kopf. »Sie versuchen, mich auszutricksen.«

»Keineswegs, Piper. Ich versuche lediglich zu ergründen, warum du jedem Menschen außer deinen Eltern derart misstraust.«

»Darum«, fauche ich, obwohl mir klar ist, wie kindisch das klingt.

»Könntest du das vielleicht ein wenig erklären?«

»Meine Eltern hatten von Anfang an recht. Sie haben mich immer gewarnt, irgendwer könnte versuchen, mich zu entführen, und jetzt ist genau das passiert! Mehr Beweise brauche ich nicht!« Ich schlage mit der Faust auf die Armlehne, frustriert darüber, dass er so schwer von Begriff ist.

Wieder mustert er mich einen Moment, bevor er weiterredet. »Wer hätte dich deinen Eltern zufolge denn entführen sollen?«

»Leute von der Regierung.«

»So was wie Geheimagenten?«

»So was in der Art, ja.« Genauer hat Vater sich dazu nie geäußert.

Dr. Lundhagen blättert in seinen Notizen. »Für deinen Fall waren zwei Sozialarbeiter namens Caroline und Jason zuständig. Das waren keine Geheimagenten, und sie arbeiten auch nicht für die Regierung, sondern beim Jugendamt. In dem Punkt lagen deine Eltern also schon mal falsch. Meinst du nicht, dann könnten sie sich auch in ein paar anderen Punkten geirrt haben?«

Wieder balle ich die Fäuste. »Wer sagt denn, dass Sozialarbeiter keine Geheimagenten sein können? Natürlich waren die von der Regierung.« Ich schlucke. »Sie versuchen nur, mich dazu zu bringen, die Entscheidungen meiner Eltern zu hinterfragen.«

»Was würde denn passieren, wenn du das tätest?«

Ich schließe die Augen und atme ein paarmal tief durch, aber mein Herz will einfach nicht aufhören zu rasen. »Dann könnte es sein, dass ich sterbe. Oder meine Geschwister, und ich wäre daran schuld. Begreifen Sie das nicht?«

Er beugt sich zu mir vor. »Ganz schön beängstigend die Vorstellung, dass man so etwas Schwerwiegendes allein durch seine Gedanken auslösen kann. Aber Gedanken *sind* eben keine Taten. Oder was meinst du?«

Ich antworte nicht.

»Tu mir doch bitte mal einen Gefallen und stell dir vor, dass zwischen uns beiden ein rosa Elefant hier im Zimmer sitzt.«

Ich starre auf den schmutzig grauen Teppich, und ohne dass ich mir besonders viel Mühe geben muss, taucht vor meinem geistigen Auge ein rosa Elefant auf.

»Gut, und jetzt konzentrieren wir uns beide mal ganz fest auf diesen Elefanten. Mal sehen, ob wir ihn dadurch Wirklichkeit werden lassen können.«

»Das ist doch albern.« Ich verdrehe die Augen.

»Wieso? Gerade hast du noch behauptet, du könntest allein durch die Kraft deiner Gedanken dafür sorgen, dass ein Mensch stirbt. Warum soll dann nicht auch ein rosa Elefant aus dem Nichts erscheinen?«

»Weil das nicht geht, fertig.«

»Also können im wahren Leben nur negative Gedanken solche Auswirkungen haben?«

»Ja.«

»Und wieso sollte es negativ sein, jemandes Entscheidungen zu hinterfragen?«

Unwillkürlich sacke ich auf meinem Sessel zusammen. »Weil das zeigt, dass man der Person nicht vertraut. Dass man sie nicht liebt.«

»Seine Zweifel an etwas zu haben, ist manchmal durchaus ratsam, Piper. Zweifel führen dazu, dass man gewisse Ansichten auf ihre Richtigkeit hin überprüft. Das kann lebenswichtig sein.«

»Und wie soll das gehen?«, fauche ich ihn an. »Zweifel ist das Gegenteil von Glaube und Glaube rettet Leben.«

»Na ja, ich zum Beispiel bin ein grottenschlechter Schwimmer. Sagen wir, meine Frau möchte gern in sehr tiefem Wasser mit mir schnorcheln gehen. Da ist es doch nur vernünftig zu überlegen, ob man sich dieses Risiko wirklich zumuten möchte oder zumindest bestimmte Sicherheitsmaßnahmen ergreifen sollte. Aber das heißt ja nicht, dass ich meine Frau nicht liebe oder ihr nicht vertraue.«

»Wenn Sie meinen.«

»Es ist ganz normal, deinen Eltern nicht alles blind zu glauben. Kinder stellen ständig infrage, was ihre Eltern sagen. Und manchmal irren Eltern sich tatsächlich. Dir dessen bewusst zu sein, bedeutet nicht, dass du deine Eltern verrätst oder sie nicht genug liebst.«

Ich denke daran, wie wütend ich auf Cas und Thomas war, als sie mir von ihren Zweifeln erzählt haben, und jetzt versucht dieser Arzt, mir denselben Quatsch zu verkaufen.

Nicht mit mir.

»Darf ich mal zur Toilette?«, frage ich abrupt. Ich kann mir das nicht länger anhören.

»Natürlich, Piper. Dafür brauchst du mich nicht um Erlaubnis zu bitten. Die Toilette ist ganz den Flur runter.«

Sobald ich die Sprechzimmertür hinter mir zugemacht habe, merke ich, wie es wieder hinter meinen Schläfen zu wummern beginnt. Erschöpft lasse ich den Nacken kreisen. Ich habe diese Kopfschmerzen so was von satt, aber nach einer Tablette werde ich ganz bestimmt niemanden fragen. Die sind schließlich pures Gift und das macht einen schwach.

Ich finde die Toilette und schließe hinter mir ab. Hoch oben in die Wand ist ein kleines, rechteckiges Fenster eingelassen.

Vorsichtig setze ich einen Fuß auf die Klobrille, dann den anderen. Meine Schuhe sind mir ein bisschen zu groß, genau wie alle anderen Sachen, die die Frau mir gegeben hat, aber ich habe mich nicht beschwert. Vater kann Nörgler nicht ausstehen.

Mit den Fingern erreiche ich gerade knapp die Fensterbank. Also klettere ich weiter auf den Waschbeckenrand, stelle mich auf die Zehenspitzen und versuche, das Gleichgewicht zu halten. Mein ganzer Körper schwankt und zittert und meine Muskeln verkrampfen sich.

Beinahe kann ich die frische Luft von draußen auf der Zunge schmecken, den Asphalt unter meinen Füßen spüren. Ich stelle mir vor, wie ich davonrenne, weg von diesem Ort, diesen Leuten, einfach immer weiter, bis ich irgendwann wieder zu Hause bin. Wie ich allen dort erzähle, wo Amy ist.

Aber eins nach dem anderen.

Das Fenster ist kaum mehr als einen halben Meter breit und vielleicht fünfzehn Zentimeter hoch. Da passe ich niemals durch. Es soll Licht hereinlassen, keine Hoffnung.

Jemand klopft an die Tür, mehrere ungeduldige Schläge.

Als ich mich umdrehe, rutsche ich auf dem nassen Waschbeckenrand aus.

Ich lande seitlich auf dem Fußknöchel und höre ein Knacksen. Schmerz schießt durch mein linkes Bein, und ich beiße mir auf die Fingerknöchel, um einen Schrei zu unterdrücken.

Die Kühle der Bodenfliesen dringt durch meine Jeans und mein T-Shirt und ich rolle mich ganz klein zusammen. Mein Knöchel pocht und um mich herum dreht sich alles.

Ich lasse mich nicht manipulieren.

Oder vielleicht doch. Ich weiß gar nichts mehr.

23.

DAVOR

Vater sagt, mutig ist, wer tut, was ihm Angst macht.

Die alte Achterbahn ragt dreißig Meter hoch vor mir auf; das obere Ende verschwindet in der Dunkelheit, das untere in der schwarzen Erde.

Ich klemme mir das Funkgerät an den Bund meiner lila Cordhose, stecke die Taschenlampe ein und umfasse die beiden senkrechten Holzstreben, die zusammen mit einer Reihe dazwischengenagelter Bretter eine eher primitive Leiter bilden. Weiße Farbsplitter rieseln herab, als ich mich ans Klettern mache.

Ich stelle mir vor, wie früher die Freizeitparkmitarbeiter hier hochmussten, um die panischen Passagiere zu retten, wenn die Gondeln mal wieder stehen geblieben waren.

Ich bin schon so oft auf die Achterbahn geklettert und jetzt die dritte Nacht in Folge zur Wache eingeteilt, aber heute habe ich zum ersten Mal Angst.

Das Gerüst schwankt. Neben mir führen die Schienen steil nach oben, bevor es in die erste Talfahrt geht. Ich recke den Hals in Richtung eines verwitterten Schilds: *LETZTE WARNUNG. NICHT AUFSTEHEN.*

Irgendwann habe ich Vater mal gefragt, was dieses Schild bedeuten soll. Er meinte, es sei eine Erinnerung daran, immer auf der Hut zu sein. Sich nicht angreifbar zu machen.

Ganz oben angekommen setze ich mich auf die Plattform, die Vater dort hat bauen lassen, und hänge die Beine über die Kante, das Kinn aufs Geländer gestützt. Der Wind rauscht in den Baumkronen, und die Blätter, die im Mondlicht glänzen, scheinen mir zuzuzwinkern.

Aus der Vogelperspektive sieht unser Haus so winzig aus. Rauch steigt aus dem Schornstein auf, und ich stelle mir vor, wie Mutter drinnen das Feuer schürt, um Kamillentee zu kochen. Wenn sie da ist, gibt es jeden Abend Kamillentee, weil der die Verdauung anregt, bei Schlaflosigkeit hilft und monatliche Krämpfe lindert – ein kleines Wunder. Irgendwann fallen mir die Augen zu. Ich zwinge mich, aufrecht zu sitzen, nehme den Rucksack ab und hole meine Thermosflasche mit schwarzem Kaffee heraus. Den trinke ich nur, wenn es wirklich gar nicht anders geht, aber ich habe in den letzten Nächten kaum mehr als ein paar Stunden geschlafen und brauche dringend einen Energieschub.

Ich muss Vater beweisen, dass ich in der Lage bin, die Gemeinschaft zu beschützen, und damit bereit für die Initiation. Millie in ihrem Bettchen kommt mir in den Sinn, den Mund leicht geöffnet, die Arme zu beiden Seiten ausgestreckt, ihre Giraffe auf dem Bauch. Wenn ihr etwas zustoßen würde, könnte ich mir das nie verzeihen.

Seit ich beim Schwimmtraining versagt habe, hat Vater kaum noch ein Wort mit mir geredet.

Ich straffe die Schultern und lasse den Blick über das Gelände schweifen. Hin und wieder kommt es vor, dass irgendwer unerlaubt unser Grundstück betritt, um sich die alten Fahrgeschäfte anzusehen. Bisher habe ich mir deswegen keine Sorgen gemacht – für unser Haus hat sich nie jemand interessiert –, aber seit wir fürchten müssen, dass die Regierung uns bespitzelt, dürfen wir kein Risiko mehr eingehen.

Der letzte Vorfall dieser Art liegt mittlerweile ein Jahr zurück. Aber das bedeutet bloß, dass es jederzeit wieder so weit sein kann. Das Gesetz der Wahrscheinlichkeit, sagt Vater.

Mein Funkgerät fängt an zu rauschen und ich reiße es mir hastig vom Hosenbund.

»Alles in Ordnung bei dir, Piper? Over.«

Es ist Cas, der gerade am Tor Wache steht. Wir haben Auftrag, uns jede Stunde beieinander zu melden.

»Ja, alles in Ordnung.«

Ich starre runter auf das Funkgerät und wünsche mir, dass Cas noch etwas sagt. Es ist schon ziemlich unheimlich so ganz allein hier draußen im Dunkeln. Aber seit unserer Auseinandersetzung im Maisfeld ist die Stimmung zwischen uns angespannt.

»Unsere Lehrer haben uns immer dazu ermutigt, alles zu hinterfragen und uns eine eigene Meinung zu bilden.«

»Okay. Dann bis in einer Stunde.« Noch während ich überlege, was ich antworten soll, bricht das Rauschen ab. Für Cas ist das Gespräch offenbar beendet.

Ich lege das Funkgerät neben mich auf die Plattform. Am Haus hat jemand das Verandalicht für uns angelassen. Der Mond zeichnet einen leuchtend gelben Streifen auf die Seeoberfläche.

Ich kreise den Kopf, bis es ein paarmal in meinem Nacken knackt und mir ein angenehmes Kribbeln über den Rücken läuft. Vater sagt, wir alle sind Geisteswesen und unser körperliches Alter spielt keine Rolle. Aus diesem Grund müssen eben auch wir Kinder unseren Beitrag leisten, weil wir genauso klug und besonnen sind wie Erwachsene. Trotzdem kann ich mir noch immer nicht vorstellen, wie Carla allein hier oben hocken soll.

Eine Hirschkuh kommt aus dem Wald und stakst in Richtung unserer blühenden Funkien. Für die dicken grünen Blätter interessiert sie sich nicht, sondern macht sich gleich über die Stängel mit den zartvioletten Blüten her.

Ich hänge meinen Gedanken nach und schlürfe meinen Kaffee. Er ist bitter und trocknet den Mund aus. Außerdem rauscht er direkt durch mich hindurch, also hocke ich mich an den gegenüberliegenden Rand der Plattform und ziehe meine Hose runter. Das erste Mal, als ich hier oben pinkeln musste, gab es eine ziemliche Schweinerei, aber inzwischen bin ich ein wenig routinierter.

Wieder knistert das Funkgerät, und ich zerre hastig meine Hose hoch, als Cas' Stimme ertönt: »Eine Stunde um. Over.«

Ich schließe den letzten Knopf und greife nach dem Gerät. »Bin da.«

»Siehst du irgendwas?«

»Nur eine Hirschkuh, die Mutters Funkien abfrisst. Sonst nichts. Wie ist es bei dir?«

»Nichts zu berichten. Wir sprechen uns in einer Stunde wieder. Over and out.«

Ich überlege, ob ich irgendeinen albernen Witz machen soll, um ihn aus der Reserve zu locken, um den alten Caspian zurückzuholen, der mich nicht anguckt, als hätte er Mitleid mit mir, der mir nicht aus dem Weg geht und Vater misstrauisch beäugt.

Manchmal vergesse ich, dass er nun mal einen Großteil seines Lebens in der Außenwelt verbracht hat. Ich würde ja Thomas um Rat fragen, aber der wirkt in letzter Zeit genauso distanziert.

»Thomas und du seid ein perfektes Paar.«

Vielleicht muss ich mir den Satz einfach nur oft genug vorbeten, damit er irgendwann wahr wird.

Während ich mir den zweiten Becher Kaffee eingieße, sehe ich mich erneut um: Angefangen bei unserem Haus, dann weiter über den Strand bis zum Freizeitpark. Die alten Autoscooterwagen sind mittlerweile so überwuchert, dass ich sie von hier oben kaum erkenne. Die Hirschkuh genießt noch immer ihren Mitternachtsimbiss.

»Hey. Ich bin's. Over.« Vor Schreck lasse ich den Becher fallen und heißer Kaffee schwappt mir über die Beine. Fluchend springe ich auf und hüpfe auf der Stelle.

Dann greife ich zum Funkgerät. »Mann, Cas, jetzt hab ich meinen Kaffee verschüttet. Over.«

Ich schäle mich aus meiner nassen Hose und hänge sie über das Plattformgeländer. Die Nacht ist warm, also muss ich wenigstens nicht frieren. Der Wind streicht mir über die Haut, und irgendetwas daran, halb nackt dazusitzen und mit Cas zu reden, entfacht einen kleinen Funken zwischen meinen Beinen.

»Gott, Piper«, zische ich. »Reiß dich zusammen.«

»Alles in Ordnung?«, meldet sich Cas wieder.

»Ja. Hab nur gerade meine Hose ausgezogen.«

Stille.

»Schade, dass ich dich jetzt nicht sehen kann.«

»Caspian!« Ich lache in mein Funkgerät. Auch Cas lacht, tief und unbeschwert, und endlich klingt er wieder wie der Alte.

»'tschuldige«, murmelt er dann. »Mir ist bloß so langweilig.«

»Mir auch.«

Vater sagt, bei der Arbeit gibt es keine Langeweile. Langeweile entsteht durch Egoismus und Eitelkeit.

Ich halte mir das Funkgerät dicht vor den Mund. »Vielleicht lassen wir das besser.«

»Was?«

»Uns beschweren, dass uns langweilig ist. Das klingt so undankbar.«

»Wir reden doch nur.«

»Und was ist, wenn Vater uns zuhört? Oder die Tanten?«

»Warum sollten sie?«

»Um sicherzugehen, dass wir unsere Sache hier gut machen.«

»Du hockst da oben ohne Hose und ich bin eben eingenickt. Wenn uns irgendwer auf die Probe stellen will, dann sind wir sowieso längst durchgefallen.«

Ich schlinge die Arme um meine nackten Beine und wünsche mir, Cas wäre bei mir. »Sag so was nicht.«

»Okay, dann lasse ich dich besser mal wieder in Ruhe.«

»Wir können doch trotzdem quatschen, wenn du willst.«

»Jetzt hab ich keine Lust mehr. Ich melde mich später wieder. Over and out.«

Ein Windstoß streicht durch die Bäume, und ich stelle mir vor, dass so das Meer klingen muss. Gewaltig und grenzenlos und voll der Gnade.

Die Hirschkuh hebt den Kopf und stellt die Ohren auf.

Dann trottet sie los und verschwindet im Unterholz. Ich frage mich, was das wohl für ein Gefühl ist, so frei zu sein. Einfach loslaufen zu können, wohin man will und wann immer einem danach ist. Sie hatte Hunger, also hat sie gefressen. Dann wollte sie zurück in den Wald und ist gegangen. Tue ich überhaupt je irgendwas, ohne vorher jeden Schritt und jede mögliche Folge genau durchzukalkulieren? Manchmal bin ich mir selbst in Gedanken so weit voraus, dass mir die Wirklichkeit gar nicht mehr real vorkommt.

Ich widerstehe dem Drang, Cas noch mal anzufunken, gieße mir einen neuen Becher Kaffee ein und stürze ihn hinunter. Was mir fehlt, ist Schlaf. Schlaf, der mir hilft, all diese verräterischen Gedanken zu vertreiben. Schlaf, der mir die Kraft gibt, Vaters Achtung zurückzugewinnen.

Meine Augen brennen, während ich nach unten starre und warte, dass die Hirschkuh sich noch mal zeigt.

Doch sie kommt nicht zurück.

24.

DANACH

Ich habe aufgehört, mich zu waschen.

Unter meinen Fingernägeln sammelt sich der Dreck.

Eine Schicht getrockneter Schweiß umhüllt meinen Körper wie ein Panzer.

Die Frau ermahnt mich ständig, dass ich duschen muss, trotz der Schiene um meinen Knöchel. Amy hält sich die Nase zu und meckert, dass ich stinke. Aber genau das ist meine Absicht, eine der wenigen Sachen, über die ich noch Kontrolle habe. Man muss mit den Waffen kämpfen, die einem zur Verfügung stehen.

»Jeannie hat erzählt, du wäschst dich nicht mehr«, sagt Dr. Lundhagen bei unserem nächsten Termin. Er legt die Fingerkuppen aneinander und presst sie nachdenklich an die Lippen.

»Sie reden mit ihr über mich? Ich dachte, diese Sitzungen wären privat.«

»Sind sie auch, Piper. Sie hat mir nur davon erzählt, weil sie sich Sorgen macht.«

»Das hier ist immer noch mein Körper. Oder findet sie etwa, dass sie darüber auch bestimmen darf?«

Er mustert mich einen Moment lang schweigend.

»Ich würde mich gern ein bisschen mit dir über deine Mutter unterhalten.« Er räuspert sich. »Ich glaube nämlich, es würde dir guttun, über sie zu reden, über alles, woran du dich von vorher erinnerst.«

»Von *vorher*?«, fauche ich. Doch die Erinnerungen stürzen bereits auf mich ein, branden rauschend und strudelnd über mich hinweg. An den Tag, an dem DIE mich von zu Hause entführt haben. Die Nacht, in der Caspian und ich uns zum ersten Mal geküsst haben. Den Tag meiner Initiation, an dem sich alles verändert hat.

Dr. Lundhagen hebt die Hand. »Ich wollte dich keineswegs verärgern, Piper«, lenkt er schnell ein. »Vielleicht reden wir lieber über deine Kindheit. Was ist deine früheste Erinnerung?«

Meine Kindheit.

Meine Kindheit war geprägt von meinen Eltern, von der Gemeinschaft. Und diese Erinnerungen muss ich schützen wie lebenswichtige Organe, sie sind so unentbehrlich wie mein Herz, meine Lunge, meine Knochen.

»Gab's da vielleicht irgendwas besonders Schönes? Was kommt dir als Erstes in den Sinn?«

»Schwimmen«, antworte ich, bevor ich mich bremsen kann.

»Aha? Erzähl doch mal.«

Und das tue ich nach kurzem Zögern tatsächlich, vor allem, weil ich mich selbst auf angenehme Gedanken bringen will. »Ich war noch ziemlich klein, als ich damit angefangen habe, glaube ich. Mutter ist mit mir zu einem Schwimmkurs gegangen und später bin ich sogar Wettkämpfe geschwommen. Oft waren wir danach im Park zusammen Eis essen. Das war immer superlustig, wir haben die ganze Zeit gelacht und rumgealbert und einmal hat sie mich sogar mit ihrer Eistüte auf die Nase gestupst.«

Damals hat Mutter mir jeden Abend vor dem Schlafengehen aus »Pippi Langstrumpf« oder »Der Zauberer von Oz« vorgelesen. Das war, bevor sie und Vater in die Kolonie gezogen sind. Sie hat mir auch die Haare geflochten und anschließend ihre eigenen. Meine Augen fangen an zu brennen, und ich balle die Fäuste so fest, dass sich mir die Fingernägel in die Handflächen graben.

»Das klingt toll, Piper. War das mit Angela oder mit Jeannie?«

Der Raum verfärbt sich grau. Jegliche Farbe strömt aus den Wänden wie Blut aus einer aufgeschlitzten Schlagader.

»Sie kennen Mutters Vornamen?«

Er nickt.

»Was wissen sie sonst noch über meine Eltern?«

»Sie heißen Curtis und Angela Blackwell und sind einundvierzig und vierzig Jahre alt.«

»Was noch?«

Er blättert ein paar Seiten in seinem Notizbuch zurück. »Curtis wurde in Corona, Kalifornien, geboren. Sein Vater war Pfarrer in einer kleinen Kirchengemeinde, seine Mutter Hausfrau. Angela ist in Minneapolis, Minnesota, zur Welt gekommen. Ihre Eltern haben Frühstücksflocken hergestellt.«

Vater und Mutter haben mit uns nie über ihre Eltern geredet. Das waren Ungläubige.

»Sind meine Großeltern noch am Leben?«

Er schüttelt den Kopf. »Curtis' Vater ist vor zwei Jahren an Krebs gestorben, und seine Mutter hat Suizid begangen, als er noch ein Junge war. Angelas Eltern leben schon seit über zehn Jahren nicht mehr. Ihr Vater hatte ebenfalls Krebs und ihre Mutter eine unheilbare Herzerkrankung.«

Ich starre auf den Teppich. »Das wusste ich alles überhaupt nicht.«

»Curtis und Angela haben dir eine ganze Menge vorenthalten, Piper.«

»Sie haben so gehandelt, wie sie es als richtig empfunden

haben«, entgegne ich bemüht gelassen. Ich habe nicht vor, noch einmal in eine seiner Fallen zu tappen.

»Und glaubst du, es war tatsächlich immer richtig?«

»Natürlich«, antworte ich reflexartig.

»Kannst du dich an gar keine Situation erinnern, in der sie vielleicht mal nicht das Richtige getan haben?«

Einmal hat Vater uns eine Fastenkur verordnet und ich bin vor Hunger in Ohnmacht gefallen und habe mir das Knie an einem Stein aufgeschlagen. Es hat furchtbar geblutet. Damals war Vater stolz auf mich, weil ich ein solches Opfer gebracht habe, aber mir kam es eher vor wie eine Strafe, die ich nicht verdient hatte.

»Meine Eltern sind wunderbare Menschen.«

»Auch wunderbare Menschen machen Fehler.«

»Haben Sie mit Ihren Kindern denn welche gemacht?«

Er lacht in sich hinein. »Mehr, als ich zählen könnte.«

»Tja, aber meine Eltern sind nun mal anders. Besser.«

»Deine Eltern sind genauso Menschen wie ich. Und kein Mensch ist vollkommen. Wir machen alle Fehler, selbst sie.«

»Also, da waren allerhöchstens ein paar Kleinigkeiten. Aber nichts Schwerwiegendes, nein.«

»Nenn mir doch mal eine von diesen Kleinigkeiten. Das würde mich einfach interessieren.«

Ich zupfe an einem Loch am Knie meiner Jeans. »Okay, einmal zum Beispiel hat Vater uns auf eine Fastenkur gesetzt. Wir haben kaum was zu essen bekommen und ich kriege dann schon mal Schwindelanfälle. Mir ist klar, was er damit bezweckt hat – er wollte, dass wir uns an den Hunger gewöhnen, um für den Ernstfall gerüstet zu sein. Kann sein … Kann sein, dass er da ein bisschen zu streng war.«

»Für mich klingt das vor allem ziemlich unfair euch gegenüber.«

»Vielleicht. Ein bisschen. Aber er ist kein schlechter Mensch. Er hat bloß einen Fehler gemacht, genau wie Sie gesagt haben.«

Nach dem Termin nehme ich meine Krücken und humpele in den Flur. Ich ziehe die Tür ein klein wenig nachdrücklicher hinter mir zu als nötig und lehne mich an die Wand. Meine Nackenmuskeln verkrampfen sich und schießen kleine Schmerzraketen in Richtung meiner Schläfen.

Die Wahrheit – die ich keinem Arzt der Welt verraten würde – lautet, dass meine Kindheitserinnerungen verschwommen und farblos und an den Rändern ausgefranst sind, und wenn ich zu genau darüber nachdenke …

… dann verpuffen sie komplett.

Was stimmt bloß nicht mit mir?

Abends im Haus der Frau verweigere ich das Essen und ziehe mich zurück in mein Zimmer, auch wenn es dort mittlerweile muffig riecht, irgendwie ekelhaft süßlich. Wieder mal versuche ich, das Fenster zu öffnen, um ein bisschen zu lüften, aber der Riegel bewegt sich noch immer nicht – genauso zur Untätigkeit verdammt wie ich.

Aus dem Augenwinkel nehme ich eine Bewegung im Nachbarhaus wahr und stutze.

Es ist das Mädchen, das im Rahmen desselben Fensters im ersten Stock aufgetaucht ist wie beim letzten Mal.

Aber diesmal winkt sie.

Hebt bloß kurz den Arm, eine schlichte, harmlose Geste.

Die ich erwidere.

Sie ist weit weg, doch ich könnte schwören, dass sie lächelt.

Jetzt bewegt sie ihre Hand über die Scheibe und zieht gleich darauf das Innenrollo herunter.

Sie hat etwas in leuchtend roten Buchstaben auf das Glas geschrieben. *P-I-P-E-R*.

Die Frau verdrückt gerade schlürfend eine Schale Cornflakes, als ich an ihr vorbeihumpele. Mein verletzter Fuß steckt in seiner Laufschiene.

»Wo willst du denn hin?«, erkundigt sie sich und lässt ihren Löffel sinken.

Ohne sie zu beachten, öffne ich die Haustür.

Ich versuche, meinen verletzten Fuß so wenig wie möglich zu belasten, und gehe mühsam ums Haus.

Das Mädchen ist weg, aber mein Name steht noch immer an ihrem Fenster. Also war es keine Einbildung.

Ein Brennen breitet sich unter meiner Haut aus. Am liebsten würde ich mich herausschälen und zu jemand anderem werden.

Ich drehe mich ein paarmal um die eigene Achse, suche nach etwas und weiß nicht, wonach.

Halt. Da. Dicht am Haus ist eine Luke im Boden. Die war mir zuvor noch gar nicht aufgefallen.

Neugier packt mich und ich humpele darauf zu. Zwei Griffe. Kein Schloss, anders als am Schuppen.

Die Luke scheint nach mir zu rufen.

Mach mich auf.

Ich ziehe an einem der Griffe.

Zum Vorschein kommt eine kleine Treppe, die abwärts in die Dunkelheit führt.

Die Frau hat mir erzählt, das Haus hätte keinen Keller.

Das war gelogen.

Ich klappe den zweiten Flügel hoch, sodass etwas mehr Licht in den Schacht fällt.

Vater sagt, Geister und Dämonen tummeln sich nur in den Köpfen der Schwachen.

Mit zitternden Knien mache ich mich auf den Weg nach unten. Dabei lasse ich keine Sekunde lang die Seitenwände los, aus Angst, sie könnten einstürzen und mich lebendig begraben.

Aber das tun sie nicht und ich lande in einem Raum mit einem Boden aus gestampfter Erde. Es riecht modrig. Die Luft ist feucht und stickig und ich kann kaum noch atmen.

Dann fällt die Tür über mir zu und ich bin in einem Grab gefangen.

25.

DAVOR

Es fängt damit an, dass ein Paar von Mutters Schuhen verschwindet.

Als Nächstes liegt ihre gute Haarbürste nicht mehr auf dem Waschbeckenrand im Badezimmer.

Eine Schublade ist leer geräumt.

Als schließlich ihre Zahnbürsten fort sind, wissen wir alle, was das bedeutet.

Sie verlassen uns wieder.

Die Kleinen klammern sich schluchzend an Mutters Beine und flehen sie an zu bleiben. »Ich wünschte, das könnte ich«, säuselt sie und drückt ein Küsschen nach dem anderen auf Samuels und Henrys Wangen.

Cas zieht die tränenüberströmte Beverly Jean an sich. Millie zappelt auf meinem Arm, und als Mutter sie mir abnimmt, schmiegt sie den Kopf in ihre Halsbeuge. Carla steht bloß da und wirft Mutter beleidigte Blicke zu. Thomas war heute Morgen nicht beim Frühstück, aber Mutter und Vater scheinen sich deswegen keine Sorgen zu machen. Schließlich muss er den Bau des Schutzbunkers beaufsichtigen. Männerarbeit eben.

Vater winkt mich zu sich neben die Limousine, in die der Fahrer bereits die Koffer lädt. »Wenn ich wiederkomme, reden wir über deine Initiation. Bis dahin sei schön fleißig und lass es mich wissen, sobald dir etwas Ungewöhnliches auffällt, hast du verstanden? Egal, wie wenig erwähnenswert und harmlos es dir vielleicht erscheint.«

Ich nicke und er steigt ein.

Meine Initiation! Mir ist, als würden meine Füße kaum noch den Boden berühren. Am liebsten würde ich es sofort Cas weitersagen, aber ich hab so das Gefühl, dass er nichts davon hören will.

Von meiner bevorstehenden Hochzeit mit Thomas wird er ganz sicher nichts hören wollen, und ich will es ihm auch nicht erzählen. Zumindest noch nicht.

Mutter versucht, sich von den Kleinen loszureißen, aber schließlich muss Cas ihr Henry regelrecht vom Bein pflücken. Sie reicht mir Millie zurück, wirft uns allen einen letzten Kuss zu und steigt ebenfalls in den Wagen.

Zusammen stehen wir da und sehen der Limousine nach, als sie die Zufahrt runterrollt.

»Sie h-hat mich gar nicht zum Abschied umarmt«, durchbricht Beverly Jeans Jammern schließlich das Schweigen. Vor lauter Weinen fängt sie an zu hyperventilieren und sinkt auf die Knie. Ich reiche Millie an Cas weiter und hocke mich neben sie.

»Tief ein- und ausatmen«, weise ich sie an, und nach einer Weile ebbt ihr Keuchen ein wenig ab. Ich gebe ihr einen Kuss auf die Stirn und wiege sie im Arm wie damals, als sie noch ein Baby war. »Mutter hat dich trotzdem furchtbar lieb. Vater und sie haben einfach immer so viel zu tun, da hat sie es wohl vergessen. Aber das war keine Absicht, versprochen. Heute Abend schreiben wir ihr einen Brief und danach können wir noch ein bisschen mit deinen Papierpuppen spielen.«

Jetzt sollte das Leben hier wieder seinen gewohnten Gang gehen. Unterricht, Haushaltspflichten, spielen, Training. Cas kümmert sich um den Gemüsegarten und ich mich um Millie und die Kleinen. Und die Tanten kommandieren uns alle herum.

Stattdessen aber ist nichts mehr wie vorher, und das liegt an den Männern, die Vater hier postiert hat.

Gerade rollt schon wieder ein Pick-up mit einem geschlossenen Anhänger im Schlepptau die Zufahrt hoch. Nachdem der Wagen zum Stehen gekommen ist, steigen vier Männer aus; alle sind schwarz gekleidet, und einer von ihnen trägt ein Pistolenholster vor die Brust geschnallt.

»Die erledigen einfach nur ihre Arbeit am Bunker und haben euch gar nicht zu interessieren«, zischt Tante Joan uns zu. »Und jetzt Abmarsch, das Frühstücksgeschirr spült sich schließlich nicht von allein.«

Beverly Jean wischt sich die schnoddrige Nase und tut wie immer brav, was die Tanten sagen. Carla sieht mit finsterer Miene zu, wie die Männer den Anhänger öffnen und anfangen, in unserem Garten Zelte aufzubauen.

»Was glaubst du, bis wann die hierbleiben?«, flüstere ich Cas zu.

»Keine Ahnung, aber hoffentlich nicht lange. Ich hab irgendwie kein gutes Gefühl bei der Sache.«

Als wir Seite an Seite zurück zum Haus gehen, kommt Thomas entschlossenen Schritts die Zufahrt hochmarschiert, die Hände in den Taschen vergraben.

»Wo warst du denn die ganze Zeit?«, ruft Cas ihm zu. »Du hast das Frühstück verpasst.«

Thomas fegt an uns vorbei. »Egal«, brummt er. »Hatte zu tun.«

Seine Augen sind blutunterlaufen und seine Wangen wirken eingefallen. Ich erkenne ihn kaum wieder.

»Komm schon, Thomas«, drängt Cas. »Uns kannst du's doch erzählen.«

»Nein, kann ich nicht. Die Männer beobachten uns«, entgegnet er. »Darum sind sie ja hier.«

»Wer sind die denn überhaupt?«

»Soldaten. Curtis' treueste Gefolgsleute aus der Gemeinschaft. Und jetzt seid still und lasst euch nichts anmerken.«

Hinter uns erhebt sich Lärm und ich drehe mich um. Die Männer schlagen die Zeltheringe in den Boden. An der Haustür wartet Tante Joan auf uns und wippt ungeduldig mit dem Fuß. Thomas scheucht uns weiter.

Ich denke an Vaters Anweisung, ihm Bericht zu erstatten, falls mir irgendwas ungewöhnlich vorkommt, aber hier geht es immerhin um Thomas.

Dennoch kann ich nicht anders, als ihm vom Küchenfenster aus verstohlen zuzusehen, wie er draußen mit den Männern schuftet, und grübele die ganze Zeit darüber nach, was wohl mit ihm los ist.

Ich denke an unsere gemeinsamen Sonntagabende, an all die Male, die er mir etwas zu essen zugesteckt hat, um meinem Kreislauf auf die Sprünge zu helfen. Ich könnte ihm niemals in den Rücken fallen, aber wenn ich das alles für mich behalte – die Lügen, die Thomas über die Kolonie erzählt, seinen Kommentar über die Männer auf unserem Grundstück, sein schwindendes Vertrauen in die Gemeinschaft –, wäre das ein Verrat an Vater.

Und schließlich soll ich Thomas heiraten.

Während ich nachdenklich auf den See starre, beginnen die Männer, eine große Plane auszurollen, und plötzlich wird mir klar, dass wirklich nichts so bleiben wird, wie es war.

»Los, abtrocknen.« Tante Barb tippt mir auf die Schulter.

»Entschuldige«, murmele ich und mache weiter.

Abends, nachdem wir unseren Brief an Mutter geschrieben haben, bringe ich meine Schwestern ins Bett. Ich habe gerade die Kerze ausgepustet, als aus Carlas Bett ein leises Wimmern erklingt. Ich stehe wieder auf und gehe zu ihr.

»Carla«, flüstere ich. »Was ist denn?«

Sie hat sich ganz klein unter ihrer Bettdecke zusammengerollt und späht verzagt zu mir hoch.

»Na los, mir kannst du es doch erzählen.«

Sie winkt mich ganz nah heran und flüstert mir dann zu: »Als ich aufs Klo gegangen bin, war auf einmal meine ganze Unterhose voller Blut.«

»Ach, Carla.« Ich seufze erleichtert und drücke sie an mich. »Das ist gar nichts Schlimmes. Komm mal mit.«

Sie lässt sich bereitwillig ins Badezimmer führen, das wir uns mit den Jungs teilen. Dort zieht sie ihre Schlafanzughose und ihren Slip aus. Beides ist tiefrot durchtränkt. Ich gieße etwas Wasser aus der Kanne, die wir immer bereitstehen haben, ins Waschbecken. »Damit keine Flecken bleiben«, erkläre ich und fange an, die Kleidung zu schrubben und auszuwringen.

»Jetzt kriege ich bestimmt Ärger von den Tanten.«

»Vergiss die Tanten. Wenn ich deine Sachen auswasche, bekommen die überhaupt nichts davon mit.« Ich hänge die nassen Sachen auf und reiche Carla einen Waschlappen. »Hier, mach dich erst mal sauber, und dann zeige ich dir, wie man einen Tampon benutzt.«

»Was ist denn ein Tampon?«

»Das ist wie ein Baumwollstöpsel, den man in sich reinsteckt, damit er das Blut aufsaugt. Wir haben zwar nicht viele davon, aber vielleicht kann Thomas uns ja bald noch mehr beschaffen.«

Carla reißt die Augen auf. »Ich soll mir *da* einen Stöpsel reinstecken?«

Ich unterdrücke ein Grinsen, weil ich weiß, dass sie sich dann nur noch mehr schämen würde. »Es tut nicht weh und ist außerdem viel hygienischer als Stoffbinden. Guck mal, so geht das.« Ich nehme einen Tampon aus der Verpackung und demonstriere, wie ich ihn einführen würde.

Sie zieht eine angewiderte Grimasse. »Sieht ganz schön fies aus.«

»Tja, du wirst dich dran gewöhnen müssen. Das erwartet dich jetzt jeden Monat.«

Sie seufzt. »Na toll, noch so was, womit wir uns rumschlagen dürfen, während die Jungs verschont bleiben. Echt unfair.«

»Carla«, frage ich sanft, »warum hast du mir denn nicht gleich davon erzählt?«

»Ich weiß auch nicht. Seit diese gruseligen Männer hier sind, hab ich irgendwie ständig Angst.«

»Ja, ich auch«, gebe ich zu.

»Ehrlich?«

Ich nicke.

Carla beißt sich auf die Lippe. »Glaubst du, dass wirklich bald ein Krieg ausbricht?«

Sie mustert mich ernst und ganz ohne ihre gewohnte Bockigkeit, und plötzlich fühle ich mich an die Zeit erinnert, als sie in Millies Alter war. Damals ist sie mir auf Schritt und Tritt hinterhergedackelt, ins Badezimmer, vor den Fernseher, nach draußen. Sie war wie ein kleiner Schatten, aber dann kamen nach und nach die anderen und nahmen meine Aufmerksamkeit in Anspruch. Es tut gut, mich nach so langer Zeit einmal wieder nur um sie zu kümmern.

»Hier sind wir jedenfalls sicher. Selbst wenn es einen Atomkrieg gibt, droht uns keine Gefahr. Den Leuten in den großen Städten vielleicht, aber nicht uns. Darum musst du keine Angst haben, okay? Vater ist nur ein bisschen übervorsichtig. So sind Dads nun mal. Die machen sich immer zu viele Sorgen, genau wie Mike aus ›Drei Mädchen und drei Jungen‹.«

Sie nickt, aber ich weiß nicht, ob sie mir das wirklich abkauft.

Ich weiß ja nicht mal, ob ich es mir selbst abkaufe.

»Okay, dann probier doch jetzt mal den Tampon aus.«

Sie verdreht die Augen.

26.

DANACH

»Piper.«

Jemand fasst mir an die Schulter. Rüttelt mich durch.

»Piper.«

Meine Augen sind wie zugekleistert. Meine Hüfte tut weh, weil ich auf dem harten, kalten Boden liege.

Als ich die Lider endlich auseinanderbekomme, steht Mutter vor mir, eingerahmt durch das Licht, das von oben hereinfällt.

»Du liebe Güte«, murmelt sie und zieht mich hoch in eine Sitzposition. »Geht es dir gut?«

»Mutter? Wo bin ich?«

»Du bist im Vorratskeller. Was ist denn passiert?«

»Ich wollte gucken, was hier unten ist. Die Frau hat gesagt, das Haus hätte gar keinen Keller.«

Mutter streicht mir über die Wange, aber dann verfärben sich ihre blauen Augen zu Braun. Ihre Haare kräuseln sich und werden dunkel.

Es ist die Frau.

Ich krabbele rückwärts vor ihr weg. »Wo bin ich?«

»Na, im Vorratskeller. Hier unten bewahre ich mein Einmachzeug auf.« Sie hält ein kleines schwarzes Rechteck hoch, das den Raum erhellt. In den Regalen an der Wand stehen Gläser voller Gemüse. Es sieht kein bisschen aus wie in dem weißen Zimmer. »Der Wind hat die Tür zugeweht, das passiert schon mal. Und dann lagst du plötzlich hier unten auf dem Boden. Bist du ohnmächtig geworden?«

Meine Augen brennen. Ich hole ein paarmal tief Luft und blinzele, aber die Frau bleibt die Frau.

Mutter ist verschwunden.

»Na komm«, sagt sie, »ich bringe dich zurück ins Haus. Oder am besten zum Arzt.«

»Nein! Nicht noch mehr Ärzte.«

»Dann komm wenigstens mit rein und ich mache dir ein bisschen Suppe warm. Du bist ja eiskalt.«

Sie besteht darauf, dass ich mich aufs Sofa lege, und deckt mich zu. Aus der Küche dringt Topfgeschepper herüber und ein paar Minuten später bringt sie mir eine dampfende Schale.

»Nudelsuppe mit Hühnchen.«

Ich schlürfe die Brühe, die mir sofort Kehle und Magen wärmt, und lasse mich in die Polster sinken. Mir war gar nicht bewusst, wie hungrig ich war, und kurz darauf ist die Schale leer.

»Freut mich ja, dich mal mit Appetit essen zu sehen.« Sie geht die Schale noch mal auffüllen.

Vater würde mich jetzt wahrscheinlich davor warnen, dass sie mir irgendwas in die Suppe gemischt haben könnte, aber wenn sie es wirklich darauf abgesehen hätte, mich umzubringen, hätte sie wohl schon längst eine Gelegenheit dazu gefunden. Ich verschlinge also auch den Nachschlag, ohne zu zögern.

Amy kommt hereingehuscht, klettert aufs andere Ende der Couch und schiebt die Beine unter meine Decke. »Du siehst ganz anders aus«, sagt sie.

Sofort ist meine Entspannung dahin. »Anders als wann? Sind wir uns denn schon mal begegnet, Amy? Bevor wir hier gelandet sind?«

»Weiß nicht.«

»In der Kolonie vielleicht?«

Sie hebt die Hände. »Weiß nicht. Können wir einen Film gucken?«

Ich beuge mich vor und packe sie bei den schmalen Schultern. »Amy, wenn wir uns schon mal begegnet sind, dann musst du mir sagen, wann und wo. Das ist wichtig, verstehst du? Versuch, dich zu erinnern!«

»Du machst mir Angst«, jammert sie, und ich lasse sie los.

Frustriert lehne ich mich wieder zurück. Es hat keinen Zweck. »Tut mir leid. Na komm, dann gucken wir jetzt den Film.«

Sie drückt auf ein paar Knöpfe und ein roter Schriftzug erscheint auf dem Bildschirm. »Kennst du Netflix?«, fragt sie. »Die haben ganz viel Zeichentrick und so.« Sie wählt einen Film aus, von dem ich noch nie gehört habe – über einen Fisch, der auf der Suche nach seinem Sohn ist. Die einzigen Zeichentrickfilme, die wir bei uns zu Hause je geguckt haben, waren »101 Dalmatiner« und »Dornröschen«. Im Vergleich dazu wirkt dieser fast beängstigend real.

Am Ende ertappt Amy mich dabei, wie ich mir verstohlen ein paar Tränen abwische, und sieht mich fragend an.

»Ich hab bloß was im Auge«, lüge ich.

27.

Am nächsten Nachmittag habe ich einen »Notfalltermin« bei Dr. Lundhagen.

Lächelnd wartet er, bis ich aus meiner Jeansjacke geschlüpft bin und sie mir auf den Schoß gelegt habe. »Na, Piper, wie geht's dir?«

»Genau wie immer.«

»Und was heißt das? Wie fühlt sich ›wie immer‹ für dich an?«

»Alles okay«, blaffe ich.

Er notiert sich etwas. »Jeannie hat mir von dem kleinen Zwischenfall gestern erzählt. Dass sie dich ohnmächtig im Keller gefunden hat. Wie kam denn das?«

»Ich hab nur ein bisschen die Orientierung verloren. Weil es so dunkel war. Überhaupt nicht der Rede wert.«

»Sie meinte, du hättest sie für Angela gehalten.«

»Wie gesagt, es war dunkel. Und ich war müde.«

»Bringst du die beiden öfter durcheinander?«

»Mutter fehlt mir nun mal«, entgegne ich. »Das ist ja wohl nicht verboten, oder?«

»Und hast du manchmal auch noch andere verwirrende Gedanken? Vielleicht daran, dir etwas anzutun?«

Die Frage lässt mich förmlich zurückprallen. »Mir etwas anzutun?«

»Das wäre durchaus verständlich bei jemandem in deiner Situation und nichts, wofür man sich schämen müsste.«

Jemandem in meiner Situation.

Ich hole tief Luft. »Natürlich nicht«, antworte ich. Und das ist die Wahrheit.

DIE sind schuld, dass ich in dieser Situation bin. Warum sollte ich ihnen da noch einen solchen Gefallen tun? Wenn sie mich tot sehen wollen, müssen sie sich schon selbst die Hände schmutzig machen.

»Das freut mich«, sagt Dr. Lundhagen. »Aber trotzdem meine ich, es ist an der Zeit, dass wir mal über Medikamente nachdenken.«

»Medikamente?«

Jeannie versucht ständig, mir Kopfschmerztabletten oder Schlafmittel anzudrehen, aber das lehne ich stets ab. Ich will mir nicht die Sinne vernebeln lassen.

»Ein Antidepressivum. Wir würden mit einer sehr geringen Dosierung anfangen und sie nach und nach steigern, wenn nötig.«

»Aber ich will keine Medikamente.«

»Ich bin etwas besorgt, Piper, um dich und deine seelische Verfassung. Du hast einiges durchgestanden und machst nicht so schnell Fortschritte, wie ich gehofft hatte.«

Fortschritte, so nennt er das also.

»Sie wollen mich doch bloß in einen Zombie verwandeln, damit ich die ganzen Lügen glaube, die DIE mir erzählen. Ich will Ihre Tabletten nicht. Vielleicht wäre ich ja nicht so traurig, wenn man mich nicht einfach aus meiner Familie gerissen hätte. Vielleicht müsste ich dann gar keine *Fortschritte* machen.«

»Ich verstehe dich schon«, sagt er. »So was sollte man keineswegs auf die leichte Schulter nehmen.« Er tippt sich mit dem Zeigefinger an die Lippen. »Aber schämen muss man sich deswegen auch nicht. Wenn du an Diabetes erkrankt wärst, würdest du doch auch Insulin nehmen, oder?«

»Nein«, antworte ich. »Westliche Medizin ist pures Gift.«

»Hat Curtis Blackwell dir das beigebracht?«

»Ja.«

»Da täuscht er sich aber gewaltig, Piper. Insulin rettet jedes Jahr Millionen von Menschen das Leben. Und Antidepressiva können für Leute, die unter Angststörungen oder Depressionen leiden, genauso lebenswichtig sein. Bei dir würde ich mit einem Serotonin-Wiederaufnahmehemmer anfangen. Serotonin ist ein Botenstoff, der dabei hilft, Signale zwischen den Gehirnzellen zu transportieren, aber manchmal entsteht ein Mangel daran, was die Signale ein bisschen durcheinanderbringt. So ein Wiederaufnahmehemmer sorgt dann dafür, dass immer genug Serotonin verfügbar ist. Damit du klarer denken kannst. Verstehst du?«

»Für mich klingt das eher nach der Propaganda von irgendeinem Pharmakonzern, der noch mehr Drogen verkaufen will, die keiner braucht.«

»Vorschlag zur Güte: Wir fangen einfach mal mit zehn Milligramm pro Tag an. Das ist eine winzige Dosis, Piper. Aber in Kombination mit den Sitzungen hier bei mir stellt sich damit sicher schon bald eine Besserung ein.«

Ein braves Mädchen würde jetzt klein beigeben. Es würde gehorsam alle Pillen und Lügen schlucken, die man ihm auftischt.

»Das ist genau so, als hättest du eine Mittelohrentzündung und bekämst ein Antibiotikum verschrieben. Ich als Arzt rate dir dringend dazu, Piper. Ich habe nämlich Medizin studiert. Curtis nicht.«

Er greift nach seinem Notizbuch und kritzelt etwas hinein. Anscheinend habe ich keinerlei Mitspracherecht, wenn es darum geht, womit mein Körper vollgepumpt wird.

Nicht dass DIE mich überhaupt schon mal nach meiner Meinung gefragt hätten.

Während er schreibt, fällt mir auf, dass die Topfpflanze jetzt komplett verschwunden ist.

Ich ringe nach Luft. »Was ist denn mit der Pflanze passiert?«

»Die ist eingegangen«, antwortet er. »Ich habe leider absolut keinen grünen Daumen.«

»Aber sie war doch hier, oder?«

»Ja, zwei Jahre lang hat sie durchgehalten. Das weiß ich so genau, weil ich sie kurz nach dem Tod meiner Mutter gekauft habe. Wieso fragst du?«

Ich zögere, unsicher, ob ich mich ihm anvertrauen soll. »Manchmal verliere ich irgendwie mein Zeitgefühl, dann kann ich schlecht einschätzen, wie viele Tage vergangen sind und so.« Er wartet ab, ohne mich zu unterbrechen oder mich mit leeren Floskeln zu beschwichtigen, so wie es Jeannie immer tut. »Und ich weiß nicht, ob ich manche Sachen vielleicht ganz falsch im Kopf habe. Ob ich meinen Erinnerungen trauen kann.«

»Geht das schon länger so? Oder erst seit Kurzem?«

Ich kaue an meinem Daumennagel. »Es kommt und geht. Und nicht … nicht erst seit Kurzem.«

»Es kommt und geht? Wie genau?«

»Zum Beispiel konnte ich vor ein paar Jahren mal meine rosa Badekappe nicht finden. Da hat Mutter mir eine neue geschenkt und war begeistert, dass die angeblich genauso aussah wie die alte, aber das stimmte gar nicht. Die vorher war komplett rosa. Und die neue hatte Gänseblümchen drauf.«

»Hast du sie darauf angesprochen?«

»Nein, sie hat sich doch so gefreut. Das wollte ich ihr nicht verderben.«

»Und außerdem hattest du das Gefühl, dass vielleicht irgendwas mit deiner Erinnerung nicht stimmt.«

»Irgendwie schon.«

»Ist dir so was öfter passiert, als du noch bei deiner Familie gelebt hast?«

Wieder zögere ich. »Hin und wieder.«

»Fällt dir vielleicht noch ein anderes Beispiel ein?«

In einer meiner frühesten Erinnerungen sitze ich mit Mutter und Vater zusammen im Auto. Mutter hat zu einem Lied im Radio mitgesungen. Vater saß am Steuer. Ich glaube, wir haben in einem Hotel oder bei Verwandten übernachtet. Ich weiß noch, dass Mutter mir die Haare kurz geschnitten und braun gefärbt hat. Ich fand die neue Frisur ganz schrecklich und konnte gar nicht mehr aufhören, deswegen zu weinen.

»Aber jedes Mal, wenn ich später das Haardrama meinen Eltern gegenüber erwähnt habe, wussten sie überhaupt nicht, wovon ich rede, und meinten, das wäre nie passiert«, beende ich die Geschichte. »Dass ich das wahrscheinlich im Fernsehen gesehen hätte. Dabei weiß ich sogar noch, wie das Färbemittel gerochen hat. Es kommt mir heute noch alles so real vor.«

Dr. Lundhagen legt seinen Stift hin. »Wo bist du jetzt gerade?«

»In Ihrer Praxis.«

»Wie heißt du?«

»Piper Blackwell.«

»Welche Farbe hat mein Hemd?«

Ich grinse. »Babyblau.«

»Du weißt, worauf ich hinauswill, oder? Du bist hundertprozentig zurechnungsfähig. Also kannst du deiner Wahrnehmung ruhig trauen.«

»Und was ist mit diesen seltsamen Erinnerungen?«

»Mit dem menschlichen Gedächtnis ist das so eine Sache«, erklärt er. »Unser Gehirn neigt nämlich leider dazu, Erinnerungen zu verfälschen. Wenn man zehn Zeugen zu ein und demselben Verbrechen befragt, erhält man mit ziemlicher Sicherheit zehn verschiedene Berichte. Ich weise meine Patienten häufig darauf hin, dass unser Gedächtnis in Detailfragen nicht besonders zuverlässig ist. Manchmal vermengt es sogar mehrere Erinnerungen miteinander. Worauf du dich dagegen verlassen kannst, ist das *Gefühl*, das eine Erinnerung in dir hervorruft. Dieses Gefühl ist die Wahrheit. Wenn du dich mit allen Sinnen daran erinnerst, wie dir die Haare geschnitten wurden, wie das Färbemittel gerochen hat und dass das Ergebnis dich wütend gemacht hat, dann kannst du davon ausgehen, dass es wirklich so passiert ist.«

Ich hole tief Luft und lehne mich in meinem Sessel zurück. In meinem Kopf herrscht gerade nichts als weißes Rauschen.

»Was denkst du gerade?« Dr. Lundhagen schlägt die Beine übereinander, wobei eins seiner Hosenbeine hochrutscht und den Blick auf eine rosa karierte Socke freigibt.

»Sie haben ja rosa Socken an«, rutscht es mir heraus.

Er guckt an sich runter und grinst. »Stimmt.«

»Kommen Sie sich denn da nicht komisch vor, so als Mann? Ich meine, weil Rosa doch eher eine Frauenfarbe ist, oder?«

»Findest du?«

»Vater und Mutter haben den Jungs immer nur Kleidung in gedeckten Farben mitgebracht. Schwarz, Blau oder Braun. Sie fanden, Jungs sollten keine zu fröhlichen Farben tragen.«

»Was meinst du, woran das liegen könnte?«

»Ich dachte, Sie sind hier der Seelenklempner. Müssten Sie nicht die Antworten auf so was haben?«

Er schüttelt den Kopf. »So funktioniert das nicht, Piper. Ich bin hier, um dir zu helfen, selbst Antworten zu finden, nicht um sie dir zu geben. Ich weiß, das ist wahrscheinlich ein ganz anderer Ansatz, als Curtis und Angela ihn bei dir und deinen Geschwistern verfolgt haben. Ich würde dir gern beibringen, für dich selbst zu denken.«

Ich lasse den Blick durch sein Sprechzimmer wandern. Ganz oben auf einem vollgestellten Bücherregal steht ein gerahmtes Foto von einer Katze. »Ist das Ihre?«, frage ich und zeige auf das Bild.

»Ralphie.« Er nimmt es herunter und reicht es mir. »Den haben meine Töchter sich ausgesucht, als sie noch in der Grundschule waren. Aus einem Wurf von kleinen Kätzchen, die alle wild durcheinandergepurzelt sind und lauter Unsinn im Kopf hatten. Nur Ralphie ist ganz allein in einer Ecke hocken geblieben und hat uns kritisch beäugt. Da hat Molly gesagt: ›Das ist unserer!‹ Er ist leider schon vor ein paar Jahren gestorben, aber im ganzen Haus hängen noch Fotos von ihm.«

Ralphie starrt uns aus algengrünen Augen an. Sein dunkles Fell hat die gleiche Farbe wie Caspians Haar.

»Ich hatte auch mal ein Kätzchen«, sage ich.

»Ehrlich? Erzähl.«

»Na ja, nur für einen Tag. Ich hab es verlassen im Wald hinter unserem Haus gefunden. Es war halb verhungert, und

Caspian und ich haben versucht, es wieder aufzupäppeln, aber da war es schon zu spät.«

»Zu spät?«

Ich gucke Dr. Lundhagen an. »Es ist auf meinem Schoß gestorben.«

»Tut mir leid, Piper«, entgegnet er sanft. »Das muss schlimm gewesen sein.«

»Ach, war ja nur eine Katze.« Ich blinzele ein paar Tränen weg. »Und außerdem erlaubt Vater uns sowieso keine Haustiere. Er sagt immer, die lenken uns bloß von Wichtigerem ab. Es war dumm von mir, sie überhaupt mitzunehmen.«

»Curtis mag keine Tiere, aber du hast trotzdem versucht, eins zu retten. Warum, meinst du, hast du dich damals nicht an seine Anweisungen gehalten?«

»Weil sie so klein und allein war. Ich konnte den Gedanken nicht ertragen, sie einfach da im Wald liegen zu lassen. Wahrscheinlich hat sie sich gefragt, wo ihre Mutter geblieben war. Ob sie irgendwas falsch gemacht hat.« Meine Kehle ist wie zugeschnürt, und je mehr ich mich bemühe, die Tränen zu unterdrücken, desto schlimmer wird es. »Da musste ich ihr doch helfen.«

»Also hattest du Mitleid mit ihr?«

»Ja.«

»Und diesem Mitleid hast du einen höheren Stellenwert beigemessen als Curtis' Meinung, dass Haustiere Zeitverschwendung wären.«

Einen höheren Stellenwert als Vaters Meinung.

»Ja. Schon möglich.«

»Und was hast du dabei empfunden?«

»Ich war … enttäuscht? Schließlich hatte er ja recht. Wenn

ich einfach die Finger von der Katze gelassen hätte, wäre ich auch nicht so traurig gewesen, als sie gestorben ist.«

»Und wie, meinst du, hättest du dich gefühlt, wenn du sie allein im Wald hättest sterben lassen?«

Über die Antwort muss ich keine Sekunde nachdenken und dennoch überrascht sie mich. »Das hätte ich mir nie verziehen.«

»Würdest du also sagen, dein Versuch, die Katze zu retten, war den Herzschmerz wert? Für dich selbst zu denken und deinem Mitgefühl nachzugeben?«

»Vielleicht. Keine Ahnung. Wahrscheinlich schon.« Wieder knabbere ich an meinem Daumennagel. »Waren Sie sehr traurig, als Ralphie gestorben ist?«

Er nickt. »Das waren wir alle vier. Wir saßen bis spätnachts zusammen am Küchentisch und haben uns Geschichten über ihn erzählt.«

»Aber war, ihn geliebt zu haben, denn den Schmerz des Verlusts wert?«

»Absolut. Ralphie hatte ein wunderschönes Leben bei uns und er hat unsere Liebe bedingungslos erwidert. Oder na ja, vielleicht nicht immer ganz bedingungslos. Katzen sind da ja ein bisschen eigen.«

Ich wische mir die Augen. »Tut mir leid, ich weiß gar nicht, warum ich jetzt weine. Ich war schon immer eine Heulsuse.«

»Sagt wer?«

»Vater.«

»Und was sagt Piper?«

Endlich lasse ich die Tränen ungehemmt fließen und denke an den weichen, warmen Kopf des Kätzchens, seine rosa Nase, den abgemagerten kleinen Körper. »Dass Weinen in Ordnung ist, wenn man traurig ist. Dass man sich dafür nicht zu schämen braucht. Ist das richtig?«

»Glaubst du, dass es richtig ist?«

»Ja.«

Dr. Lundhagen dreht sich kurz auf seinem Stuhl um und legt sein Notizbuch auf den Schreibtisch. Dann beugt er sich wieder zu mir vor. »Ich bin wirklich stolz auf dich, Piper. Auch wenn es sich für dich vielleicht nicht danach anfühlt – du hast heute einen riesigen Schritt in die richtige Richtung gemacht.«

»In welche Richtung?«, hake ich nach und merke, wie ich mich unweigerlich wieder verspanne.

»Dahin, dass du dir darüber klar wirst, wer du bist und was du willst, ganz unbeeinflusst von fremden Meinungen. Und das ist für niemanden leicht. Wir alle wollen unsere Eltern, unsere Freunde oder unsere Lehrer zufriedenstellen. Darum übernehmen wir oft die Wertesysteme anderer Leute, ohne diese zu hinterfragen oder es auch nur zu merken. Aber du baust dir jetzt dein eigenes Wertesystem auf. Was ist das für ein Gefühl?«

Vaters Warnungen vor Drogen und dem anstehenden Atomkrieg quellen unter der Tür hindurch und kriechen über den Boden wie Nebel. Ich hole tief Luft. »Unheimlich«, antworte ich. »Aber irgendwie auch« – das Wort erwischt mich vollkommen unvorbereitet – »befreiend. Soll das so sein?«

»Was denkst du denn?«

Ich lächele. »Dass sie mich ein klitzekleines bisschen in den Wahnsinn treiben. Aber ich glaube, ich weiß, worauf Sie hinauswollen. Dass meine Gefühle mir gehören und deswegen okay sind. Oder?«

Er erwidert mein Lächeln. »Ganz genau.«

28.

DAVOR

Unsere Hauslehrer waren seit Wochen nicht mehr bei uns. Die Lernfibeln, die Vater für uns geschrieben hat, stauben immer mehr ein. Wir sehen nicht mehr fern, backen keine Kuchen und fangen keine Frösche mehr.

Stattdessen müssen wir Thomas und den Männern mit dem Atombunker helfen.

Sie arbeiten von früh bis spät und machen nur mittags eine kurze Pause. Alle sind ungefähr in Vaters Alter, drahtig und muskulös.

Bis jetzt haben sie ein großes Loch gegraben, etwa sieben Mal sieben Meter breit und mindestens drei Meter tief, und dabei unseren halben Garten verwüstet.

Am liebsten würde ich sie anschreien, sofort damit aufzuhören, aber ich weiß ja, dass sie nur tun, was Vater ihnen aufgetragen hat. Ich muss einfach auf sein Urteil vertrauen, selbst wenn ich seine Pläne im Moment noch nicht komplett durchblicke.

Meist übernachten die Männer in ihren Zelten, aber manchmal verschwinden sie nach der Arbeit in den Wald und kommen erst am nächsten Morgen zurück. Wo sie die ganze Zeit waren, sagen sie nicht.

Und wir werden sie ganz sicher nicht danach fragen.

Cas, Carla und ich schleppen den lieben langen Vormittag Schalsteine aus Beton von einer Palette rüber zur Baugrube, wo Thomas und die Männer sie einen nach dem anderen hinunterlassen und daraus die Bunkerwände bauen. In zwei Tagen kommt eine Zementlieferung, sagt Thomas, darum müssen wir uns beeilen.

Die Kleinen dürfen wie gewohnt spielen, aber sie spähen andauernd ängstlich zu uns rüber. Beverly Jean hat wieder ihre Albträume, in denen das Haus brennt und keiner es rechtzeitig nach draußen schafft. Die haben sie schon lange nicht mehr geplagt. Fast jede Nacht kommt sie jetzt zu mir ins Bett gekrochen.

»Mittagessen ist fertig!«, ruft Tante Joan aus dem Küchenfenster.

Als ich mir mit meinem Oberteil das Gesicht abwische, ist es anschließend voller Dreck und Schweiß. Am liebsten würde ich mich wegschleichen und eine Runde im See schwimmen, aber dann fällt mein Blick auf Cas, und sofort schäme ich mich wieder.

Drinnen haben Tante Joan und Tante Barb zwei große Teller mit Wurstbroten bereitgestellt. Die meisten davon grapschen sich die Männer und verschwinden damit nach draußen. Nachdem ich Carla und die Kleinen mit den kümmerlichen Resten versorgt habe, ist für Cas, Thomas und mich nichts mehr übrig.

»Ich mache schnell noch ein paar«, biete ich an, doch als ich den Vorratsschrank öffnen will, hält Tante Barb mich fest.

»Das Essen wird knapp«, sagt sie, und ihr Griff ist unnachgiebig wie ein Schraubstock. »Ich habe strikte Anweisung, die Lebensmittel zu rationieren.«

Ich entreiße ihr mein Handgelenk und reibe über die roten Flecken, die sich dort gebildet haben. »Aber die Männer haben sich jeder zwei genommen.«

»Die arbeiten schließlich auch den ganzen Tag für uns.« Sie

wischt sich einen Rest Senf aus dem Mundwinkel. »Gestern Abend sind ein paar Kisten Obst aus der Kolonie angekommen. Davon könnt ihr was essen. Aber bleibt mir ja aus dem Gemüsegarten!«

Thomas starrt Tante Barb an und drängt sich dann unsanft an ihr vorbei. Seine Hände sind zu Fäusten geballt.

Cas und ich folgen ihm nach draußen. Mein Magen fühlt sich so leer an, als hätte der Hunger ein Loch hineingeätzt, und ich muss mich auf die Türstufe setzen und den Kopf zwischen die Knie legen.

»Ist dir schwindlig?«, fragt Cas.

Ich nicke. Das passiert, wenn ich ein paar Stunden lang nichts gegessen habe. In letzter Zeit kommt das häufiger vor.

Beverly Jean setzt sich neben mich. »Hier, Pip, kannst du haben.« Sie hält mir ihr Brot hin, von dem sie nur ein paarmal abgebissen hat.

Aber ich schiebe es beiseite.

»Das ist deins. Und du musst was essen. Mir geht's gut.«

Thomas kommt im Laufschritt zurück. »Ich hab einen Apfel fast ohne Druckstellen gefunden.«

Das ist stark beschönigt, denn der Apfel ist alles andere als makellos, aber wenigstens kann Beverly Jean so ohne schlechtes Gewissen ihr Brot weiteressen. Ich vertilge den Apfel mitsamt den angefaulten Stellen und rede mir im Stillen ein, dass ich schon bis zum Abendessen durchhalten werde. Anschließend trinke ich noch ein großes Glas Wasser und fühle mich immerhin ein wenig besser.

Einer der Männer wirft ein Stück Brotkruste auf den Boden, und es kostet mich all meine Selbstbeherrschung, ihn nicht anzufahren, dass er gefälligst kein Essen verschwenden soll, wenn schon seinetwegen die Kinder hungern müssen. Thomas scheint es ähnlich zu gehen. Er stapft los, mitten durch Mutters Blumenbeet, doch anstatt den Mann zu maßregeln, hebt er die Kruste auf, pustet den Schmutz herunter und bringt sie mir.

»Schnell, iss, bevor es jemand mitkriegt.«

»Thomas und du seid ein perfektes Paar.«

Dankbar stecke ich das Stück Brot in den Mund und kaue ausgiebig. Es hilft ein bisschen.

»Zurück an die Arbeit!«, ruft Thomas den Männern zu.

Auch wir schuften weiter, aber ich habe einfach keine Kraft mehr. Das bisschen Essen wird mich nicht über den Nachmittag bringen, also bewege ich mich nur noch langsam, um Energie zu sparen.

»Alles in Ordnung?«, flüstert Cas. Thomas und er mustern mich besorgt.

Ich nicke nur, aus Furcht, dass die Männer etwas mitbekommen.

»Leg gefälligst 'nen Zahn zu«, raunzt mich einer von ihnen an. Ich will ihm einen Schalstein in die Arme hieven, gerate dabei jedoch ins Straucheln. Der Stein kracht zu Boden, und der Mann kann gerade noch zur Seite springen, bevor er auf seinem Fuß landet.

»Sie braucht was zu essen!«, höre ich Thomas' Stimme. Ich beuge mich vor, in der Hoffnung, dass die Welt dann aufhört, sich um mich zu drehen. Caspian hilft mir, mich hinzusetzen, und ich lehne mich an ihn.

»Wir müssen eben alle kürzertreten, Thomas«, sagt der Mann. »Da kann ich auch nichts dran ändern.«

»Wir könnten ihr jeder was von unserer Ration abgeben.«

»Nichts da. Wenn dir nicht passt, wie's hier läuft, beschwer dich doch bei Curtis.«

»Curtis hat mir die Leitung hier übertragen, und ich sage, dass Piper mehr Essen braucht.«

»Die Leitung für die Bauarbeiten, nicht für die Essensrationierung. Was'n los mit dir, Tommy? Hast du deine Tage?« Die Männer brechen in Gelächter aus. »Komm schon. Curtis hat gesagt, keiner kriegt 'ne Extrawurst.«

Thomas lässt sich neben mich fallen. »Tut mir leid, Piper«, murmelt er mir zu. »Ich geb dir heute Abend was von meiner Portion ab.«

»Ich auch«, schließt Cas sich ihm an.

Die Männer arbeiten weiter, und ich weiß, dass Thomas und Cas nur Ärger bekommen werden, wenn sie bei mir sitzen bleiben. Doch als ich mich aufrappele, kann ich mich ohne ihre Hilfe nicht auf den Beinen halten.

Einer der Männer dehnt seinen Nacken. »Wär wirklich nicht verkehrt, wenn wir mehr zu essen hätten. Ist das ganze Erbe schon aufgebraucht, oder was?«, wendet er sich an die anderen.

»Klappe«, zischt einer von ihnen und ruckt mit dem Kinn in unsere Richtung, bevor er seine Mütze wieder aufsetzt und sich an die Arbeit macht.

»Ruh dich erst mal aus, bis es dir besser geht«, sagt Thomas zu mir. »Curtis erkläre ich das schon, falls nötig.«

»Danke, Thomas.« Er richtet sich auf und klopft sich den Staub von der Hose.

»Piper, lass uns heute Abend in den Wald gehen, ja?«, flüstert Caspian mir zu. »Nur wir zwei. Also, wenn du dich besser fühlst, meine ich. Ich hab eine Überraschung für dich, die heitert dich bestimmt ein bisschen auf.« Er schluckt aufgeregt. »Bist du dabei?«

Mein Herz macht einen Hüpfer. Dann fällt mir Mutters Warnung wieder ein.

Aber es ist so furchtbar lange her, dass Cas und ich einfach mal etwas Schönes zusammen unternommen haben.

»Okay«, sage ich und kann nur hoffen, dass das kein Riesenfehler ist.

Aber insgeheim ist es mir auch egal.

29.

DAVOR

Schon beim Gedanken daran, mit Caspian allein im Dunkeln zu sein, werde ich rot.

Das Lichterlöschen ist Stunden her, aber ich liege komplett angezogen und mit weit offenen Augen auf dem Bett. Cas hat versprochen, mich abzuholen, sobald alle schlafen, um mir seine Überraschung zu zeigen.

Leises Weinen dringt an mein Ohr. Zuerst denke ich, Carla hätte wieder Probleme mit ihrer Periode, aber sie schnarcht zufrieden vor sich hin. Als ich unsere Zimmertür aufmache, kauert Henry draußen auf dem Flur, das Gesicht tränenüberströmt.

»Was ist denn los, Henry?«, flüstere ich und nehme ihn in die Arme.

»Ich hab ins Bett gemacht.«

»Ach, Kleiner, das ist doch nicht schlimm. Na komm, wir gehen dich erst mal waschen, ja?« Auf Zehenspitzen schleichen wir uns ins Badezimmer und weichen dabei den knarrenden Bodendielen aus, um die Tanten nicht zu wecken. Für Bettnässer haben die beiden keinerlei Verständnis. Ich helfe Henry in eine saubere Unterhose und einen anderen Schlafanzug, beziehe sein Bett neu und decke ihn zu. Cas' und Thomas' Betten sind leer. Thomas hat heute Nacht allein den Wachdienst übernommen und darauf bestanden, dass Carla im Bett bleibt.

»Schlaf schön«, flüstere ich und gebe ihm einen Kuss auf die Stirn. »Ich hab dich lieb.«

Er guckt zu mir hoch. »Krieg ich jetzt Ärger?« Seine Stimme zittert und ich beuge mich noch mal vor und drücke ihn fest an mich. »Quatsch, da brauchst du dir keine Sorgen zu machen. Ich passe schon auf dich auf. Immer.«

Eine Weile bleibe ich so sitzen und streichele ihm über den Rücken, bis sein Atem gleichmäßig wird. Dann lege ich ihn vorsichtig hin, drücke ihm einen Kuss aufs Haar und atme dabei tief ein. Er riecht nach Seife und kleinem Jungen.

Das nasse Laken nehme ich mit in den Wäscheschuppen hinter dem Haus. Ich fülle einen Zuber an der Pumpe und gebe ein wenig Seife hinein – genug, um den Fleck aus dem Stoff zu bekommen, aber hoffentlich nicht so viel, dass die Tanten die fehlende Menge bemerken.

Ich drücke das Laken unter Wasser und knete es durch, bis sich Schaum bildet. Dann rubbele ich es ein paarmal über das Waschbrett, hoch, runter. Der Rhythmus lullt mich ein. Eigentlich wäre warmes Wasser besser, aber ich bin zu müde, um welches zu erhitzen.

»Was machst du denn da?« Cas ist plötzlich hinter mir aus dem Wald aufgetaucht.

Ich zucke zusammen. »Hast du mich erschreckt! Henry hat ins Bett gepinkelt, da hab ich nur kurz alles wieder in Ordnung gebracht.«

»Und, willst du jetzt meine Überraschung sehen?«

Zweifelnd gucke ich rüber zum dunklen Haus, während ich das Betttuch aufhänge. Fast rechne ich damit, dass jeden Moment Tante Barb oder Tante Joan die Kellertreppe hochkommen und uns hier draußen erwischen. Eigentlich darf keiner von uns nachts das Haus verlassen, obwohl die beiden in letzter Zeit nicht sonderlich streng darauf geachtet haben.

»Vielleicht sollten wir das lieber verschieben. Was, wenn Henry uns noch mal braucht?«

Cas wirkt enttäuscht. »Hast wahrscheinlich recht. Dann ein andermal.«

Er wendet sich ab und mit einem Mal katapultiert mich irgendeine unsichtbare Kraft auf ihn zu. Anstatt etwas zu sagen, greife ich einfach nach seiner Hand. Sein Lächeln strahlt mit dem Mond um die Wette.

Lautlos schleichen wir ums Haus, weg von den Zelten der Männer, und machen uns auf den Weg durch den Wald zum alten Autoscooter.

Dort, zwischen zwei jungen Bäumen, hängt ein großes weißes Laken. Davor steht der alte Filmprojektor unserer Eltern auf einem umgedrehten Pappkarton. Er ist an einen tragbaren Generator angeschlossen. Dahinter ist es nicht mehr weit bis zum Begrenzungszaun, aber ich versuche, nicht in die Richtung zu sehen, denn auf der anderen Seite lauert die Außenwelt mit all ihren Übeln.

»Wo wir ja schon nicht in die Stadt dürfen, um ins Kino gehen, dachte ich mir, ich bringe das Kino eben zu dir.«

»Wow, Cas, ich weiß gar nicht, was ich sagen soll.« Die Frage, warum er denn überhaupt in die Stadt will, verkneife ich mir.

»Es tut mir so leid, was neulich am See passiert ist – und dass Angela dafür dich ausgeschimpft hat, als hättest du irgendwas falsch gemacht. Hast du nämlich nicht.« Er streicht sich eine verirrte Haarsträhne aus der Stirn. »Und außerdem wollte ich mich auch noch entschuldigen, weil ich in letzter Zeit so komisch war. Manchmal bin ich einfach so was von sauer auf meinen Bruder und auf Curtis, auf alle irgendwie.

Aber das darf ich nicht an dir auslassen, du kannst ja nichts dafür.«

Ich lächele ihn an.

»Und, Lust auf einen Film? Guck mal, was ich habe.« Er holt einen Plastikeimer Popcorn aus seinem Rucksack – diesen Luxus hatte ich seit Kindertagen nicht mehr.

Sofort schaufele ich mir eine Handvoll in den Mund, dankbar für jedes bisschen Essen, das ich in die Finger bekomme. »Wo hast du das denn her?« Der buttrige Geschmack verteilt sich auf meiner Zunge.

»Verrate ich nicht.«

Ich werfe ihm einen skeptischen Blick zu. »Du hast es ja wohl hoffentlich nicht aus dem Vorratsschrank der Tanten geklaut.«

»Zerbrich dir darüber doch nicht den Kopf, Piper. Lass uns einfach mal nur ein bisschen Spaß haben.« Als Nächstes zaubert er zwei bauchige Colaflaschen hervor und reicht mir eine.

»Was gucken wir denn?« Ich schraube meine Flasche auf.

»Tja, ich weiß ja, wie gern du dich gruselst …«

»Aber du dich nicht!«, rufe ich ihm in Erinnerung. »Bei ›Psycho‹ hattest du fast die ganze Zeit über die Augen zu, schon vergessen?«

»Heute geht's aber nicht um mich«, entgegnet er. »Und darum gucken wir jetzt ›Die Nacht der lebenden Toten‹. Das ist der einzige andere richtig schaurige Film, den ich auftreiben konnte.« Er steigt in den limettengrünen Autoscooterwagen direkt vor der provisorischen Leinwand und ich klettere neben ihn. Wir sitzen Schulter an Schulter, und mein Verstand schreit mir zu, dass ich schleunigst das Weite suchen sollte, so wie Vater und Mutter es von mir erwarten würden.

Aber ich will nicht.

Ich starre in meinen Schoß. »Das war doch alles nicht nötig.«

»Doch, war es.«

»Es ist toll, Cas. Danke.«

Er holt tief Luft. »Ich muss so oft an dich denken, Piper. Und ich mache mir Sorgen.«

Mein Herz klopft, und ich wage kaum, mich zu bewegen. Jetzt greift er nach meiner Hand; seine ist warm und sein Griff fest. »Ich bin nur glücklich, wenn ich bei dir sein kann«, platzt es mit einem Mal aus ihm hervor. »Ich laufe durch die Gegend und alles ist schwarz-weiß. Bis du auftauchst. Es ist, als wäre ich farbenblind ohne dich. Du bist das einzig Wirkliche und Gute an diesem ganzen verdammten Ort. Außer dir ist mir alles egal, Piper. Okay, außer dir, Thomas und den anderen. Die Tanten sind mir egal. Sogar Angela und Curtis sind mir egal.«

Ich beiße mir auf die Unterlippe und versuche, die Tränen zurückzuhalten.

»Hätte ich das jetzt nicht sagen sollen?«, fragt er leise.

»Ich weiß nicht. Vater würde es jedenfalls nicht gefallen.«

»Umso besser, dass er so selten hier ist.«

Cas beugt sich rüber, hebt sachte mein Kinn an und im nächsten Moment treffen sich unsere Lippen. Sein Mund ist warm, weich und schmeckt ein bisschen salzig, nach Popcorn. Ich lasse die Augen auf, aber er hat seine geschlossen. Seine Wimpern sind wie Spinnenbeine, faszinierend zart und zugleich ein bisschen unheimlich.

Dann schließe ich ebenfalls die Augen und seine Zunge teilt sanft meine Lippen.

Ein Kribbeln durchfährt mich wie ein Stromstoß.

Jetzt, da ich nichts mehr sehe, erlebe ich unseren Kuss noch intensiver, verstärkt durch die einzige Sinneswahrnehmung, die mir noch bleibt, die einzige, die jemals wieder eine Rolle spielen wird. Ich bekomme eine Gänsehaut, und mein Herz klopft so laut, dass selbst Cas es hören muss.

»Mein allererster«, flüstere ich, die Stirn an seine gelehnt.

»Allererster was?«

»Kuss.«

»Meiner auch.« Er legt mir den Arm um die Schultern und zieht mich an sich. Dann schaltet er den Filmprojektor ein.

Mein ganzer Körper fühlt sich immer noch an wie elektrisch geladen.

Die Grillen geben ihre sommerliche Symphonie zum Besten und ringsum tanzen Glühwürmchen dazu. Wieder küsst Cas mich.

Dieser Kuss ist vollkommen anders als der erste. Möglicherweise liegt das einfach in der Natur von zweiten Küssen – weil sie *absichtlicher* sind. Ein erster Kuss geschieht vielleicht ganz unwillkürlich, aus einem Reflex heraus. Aber dieser hier geht viel tiefer. Das spüre ich an den kleinen Blitzen, die zwischen uns hin und her zucken, aber auch an dem Gefühl von Sicherheit, das mich in seiner Nähe erfüllt. Als wäre ich endlich angekommen, hätte mein wahres Zuhause gefunden.

Ich rutsche auf seinen Schoß und trauere um die verlorene Zeit, um all die Tage und Nächte, die wir verschwendet haben, ohne einander zu berühren, ohne auch nur zu ahnen, was uns fehlte.

Ich glaube, ich habe mich von Anfang an auf diese Art zu Caspian hingezogen gefühlt. Aber heute kann ich es mir zum ersten Mal eingestehen.

Und jetzt, da ich es weiß, gibt es kein Zurück mehr.

Caspian streicht mir über die Arme und löst meinen Pferdeschwanz.

Das Haar fällt mir offen über die Schultern und er fährt mit den Fingern hindurch, wickelt sich eine Strähne darum und hebt sie an die Lippen. Dann schiebt er eine Hand unter mein T-Shirt und kitzelt mich am Bauch, genau dort, wo meine Narbe verläuft.

Skrupel streifen meine Wirbelsäule entlang wie eiskalte Finger.

»Vielleicht sollten wir lieber aufhören«, flüstere ich.

»Wieso? Willst du nicht?«

»Vater sagt, so was lenkt uns nur ab. Es macht uns schwach, Cas. Und wir dürfen nicht schwach sein.«

»Mit dir im Arm fühle ich mich so stark wie nie zuvor.« Er drückt mir einen Kuss auf die Innenseite meines Handgelenks. Sein warmer Atem auf meiner Haut lässt alle meine Zweifel schmelzen und beantwortet eine Frage, von der ich gar nicht wusste, dass ich sie mir gestellt hatte.

»Ich mich auch«, erwidere ich mit zittriger Stimme. Ich will ihn wieder küssen, aber er hält mich ein Stück von sich ab.

»Ich bin verliebt in dich, Piper«, sagt er und sucht meinen Blick. »Ich glaube, das war ich schon vom allerersten Moment an.«

Tränen brennen mir in den Augen und ich beiße mir auf die Unterlippe. Das alles ist zu viel – und gleichzeitig nicht genug.

Ich will ganz bei ihm sein.

»Ich bin auch in dich verliebt, Caspian.«

Und dann passiert es einfach, seine Haut auf meiner, und

all die Angst und der Schmerz der vergangenen Wochen fallen von mir ab. »Ist das okay?«, fragt er atemlos.

»Ja. Ist es.«

Sein Körper ist warm und fest, als er mich auf den Hals küsst, die Brüste, überall.

»Du bist so schön«, sagt er, und heute Nacht glaube ich ihm.

Heute Nacht bin ich frei.

Danach schweigen wir lange. Ich kann kaum glauben, was gerade zwischen uns passiert ist, und schmiege mich näher an Caspians Brust, suche seine Sicherheit. Die Scham streift um unseren Autoscooter wie ein hungriger Tiger. Zum Glück ist es dunkel, bei Tageslicht hätte ich nie den Mut zu so etwas gefunden.

»Sind die Sterne heute Nacht nicht besonders schön?«, frage ich. Hier und da dringt ihr Schimmern durch das Blätterdach über uns. »Als ich noch klein war, hab ich immer geglaubt, sie wären kaputt.«

Cas lacht. »Wieso das denn?«

»Na, weil sie so flackern. Ich dachte, das wäre wie bei Glühbirnen, kurz bevor sie durchbrennen.«

Er holt tief Luft und streicht mir übers Haar. »Wie fühlst du dich jetzt? Geht's dir gut?«

Ich lächele in mich hinein. »Sehr gut sogar.«

»Manchmal denke ich, wir sollten einfach zusammen durchbrennen«, sagt er. »Ein neues Leben anfangen, irgendwo an einem besseren Ort.«

»Wir können die Gemeinschaft nicht verlassen, Cas. Da draußen ist es gefährlich.«

»Die Welt hat mehr zu bieten als das hier. Ich hab's erlebt.«

»Aber es würde Vater und Mutter und den Kleinen das Herz brechen, wenn wir gehen. Was wir Beverly Jean damit antun würden, will ich mir nicht mal vorstellen.«

»Alle Kinder werden irgendwann erwachsen und verlassen ihr Zuhause«, entgegnet er. »So läuft's halt im Leben.«

»Aber nicht in unserem. Außerdem hat Vater gesagt, ich bin bereit für meine Initiation.«

»Hat er?«, fragt er beunruhigt. »Wann?«

»Kurz bevor Mutter und er gefahren sind.«

»Warum hast du mir denn nichts davon erzählt?«

Ich zucke mit den Schultern. »Ich glaube, ich hab mich irgendwie schuldig gefühlt, weil es nur um meine Initiation ging, nicht deine.« Von Vaters Plänen, dass Thomas und ich irgendwann heiraten sollen, sage ich nichts.

»Willst du das denn wirklich? Hast du mal über deine Zukunft nachgedacht?«

»Ich denke an nichts anderes. Ich will in die Gemeinschaft aufgenommen werden und dabei helfen, die Welt zu verbessern. Zusammen mit dir. Kannst du dir eine schönere Zukunft vorstellen?«

Er übergeht meine Frage. »Wenn wir abhauen würden, könnten wir ans College gehen und studieren. Ich wette, du wärst eine tolle Lehrerin, so geduldig, wie du mit den Kleinen umgehst.«

»Du meinst, ich soll so was machen wie unsere Hauslehrer?«

»Ja, nur dass du an einer echten Schule unterrichten würdest. Da hättest du deinen eigenen Klassenraum und die Schüler würden jeden Tag zu dir kommen. Sie würden an ihren Tischen sitzen, die Hausaufgaben erledigen, die du ihnen aufgibst, und Tests schreiben. Und manchmal würdest du mit ihnen Ausflüge in den Zoo oder ins Museum machen.«

Die Vorstellung von etwas, was vollkommen *meins* ist, erscheint mir total verrückt – und dann gleich ein ganzes Zimmer, um darin Kinder zu unterrichten. Natürlich kenne ich Schulen aus Fernsehserien, aber so richtig habe ich das Konzept nie verstanden.

Am liebsten würde ich Caspian fragen, wo wir denn in so einer Schule schlafen würden, aber ich will auch nicht, dass er mich für komplett dumm hält.

»Stell dir vor, du könntest einen ganzen Tag lang nur tun und lassen, was du willst. Was wäre das?«, fragt er.

»Ich würde schwimmen gehen, Eis essen und dich küssen.«

Er küsst mich. »Von mir aus können wir das den ganzen Rest unseres Lebens machen. Wir können alles machen. *Alles.*«

»Sag so was nicht immer. Wir können hier nicht weg, das weißt du genau.«

Er seufzt. »Du hast ja recht.«

Wieder bin ich kurz davor, ihm von Vaters Plänen für Thomas und mich zu erzählen, aber ich habe einfach zu große Angst.

Angst vor Vaters Reaktion, wenn er dahinterkommen würde. Angst davor, dass ich jetzt nicht mehr rein genug sein könnte, um in die Gemeinschaft aufgenommen zu werden. Angst davor, Cas zu verletzen.

Angst davor, uns diese Nacht zu verderben.

Eng umschlungen sehen wir uns den Film zu Ende an.

Schwarz-weiße Zombies stürmen ein Bauernhaus und töten sämtliche Bewohner. Ich denke an den Atombunker und Vaters Warnungen vor dem Krieg. Es ist, als säßen wir in einem Bauernhaus und die Außenwelt wäre voller Zombies.

30.

Die vielen Nächte oben auf der Achterbahn, in denen ich jedes raschelnde Blatt, jeden dunklen Winkel, jeden sich regenden Schatten registriert habe, waren eine gute Vorbereitung für all das hier. Ich bin die Wachsamkeit in Person.

DANACH

Vaters Lektionen kann mir niemand nehmen.

Mehrere Tage sind vergangen, seit das Mädchen meinen Namen an die Fensterscheibe geschrieben hat. Jede Nacht halte ich vergeblich nach ihm Ausschau. Ich bin ein Geist in einer von mir selbst geschaffenen Welt, einer Welt, in der nichts existiert außer diesem Fenster und der Möglichkeit, dass das Mädchen wieder darin auftaucht.

Und wie ein Geist werde ich mit dem Morgengrauen verblassen.

Im Haus regt sich nichts; die anderen schlafen. Alles ist still außer Daisy, die auf meinem Bett liegt und schnarcht.

Aber ich warte. Und starre auf das Fenster.

Irgendwann sind meine Augen ganz ausgetrocknet von der Anstrengung, nicht zu blinzeln, und ich gehe mir im Badezimmer Augentropfen hineinträufeln.

Als ich meinen Posten wieder einnehme, bewegt sich etwas hinter dem Nachbarsfenster, eine menschliche Silhouette, und ich stürme die Treppe runter nach draußen, bevor ich einen Gedanken daran verschwenden kann, ob das gefährlich sein könnte und wieso eigentlich nicht abgeschlossen ist.

Das Tor ist jedoch wie gewohnt zu, also schleiche ich am

Zaun entlang, so lautlos, als wäre ich aus Luft, ganz ohne Gewicht.

Das Loch in der Zaunlatte mit seinen ausgefransten, verrotteten Rändern ist genau da, wo ich es zum letzten Mal gesehen habe. Ich spähe hindurch, aber auf der anderen Seite ist niemand.

Als ich beide Hände gegen das Holz stemme, gibt es nach. Die Unterseite des Zauns ist halb weggefault, schwarz vor Dreck und Feuchtigkeit. Ich hole mit dem gesunden Fuß aus und die Latte bricht.

Kinderspiel.

Nach ein paar weiteren Tritten ist die Öffnung groß genug, dass ich mich hindurchzwängen kann. Die Unterarme auf die Erde gestützt, ziehe ich mich krabbelnd und robbend auf die andere Seite.

Drüben angekommen stehe ich auf, klopfe mir den Staub ab und blicke mich um.

Das Gras ist fast komplett verdorrt. Auf dem schicken Swimmingpool treibt Laub. Ich sehe einen umgekippten Liegestuhl und daneben Glasscherben und ein durchweichtes Taschenbuch.

Die Verandaschiebetür steht ein Stück offen, und ich gehe darauf zu, immer noch bemüht, keinerlei Geräusch zu verursachen. Irgendwo im Haus miaut eine Katze.

»Piper?«, ertönt eine Stimme hinter mir. »Bist du das?«

Langsam drehe ich mich um.

Es ist das Mädchen. Die Nachbarstochter.

Sie hat schwarze Haare, große braune Augen und dunkle Haut. Ihr Kleid ist aus gelbem Samt, und als sie an ihrer Zigarette zieht, glüht die Spitze rot auf.

»Ist alles in Ordnung?«, fragt sie. »Ganz schön spät für einen Besuch.«

»Bist du das Mädchen vom Fenster?« Nur mit Mühe bringe ich die Worte heraus. Mir schwirrt der Kopf.

»Ja. Ich bin Holliday«, stellt sie sich vor.

Zögernd ergreife ich ihre Hand. Meine ist schwitzig, und ich bin mir ziemlich sicher, dass ich stinke, schließlich habe ich mich immer noch nicht wieder gewaschen. »Piper. Aber das weißt du ja anscheinend schon.« Ganz gelingt es mir nicht, meinen Argwohn zu verbergen. Ich brauche zwar ihre Hilfe, aber woher soll ich wissen, ob ich ihr trauen kann?

»Ja. Du bist das einzige Mädchen in meinem Alter hier in der Gegend, darum war ich neugierig. Ich hab deinen Namen an mein Fenster geschrieben, weil du ja nie aus dem Haus gehst. Tut mir leid, wenn das ein bisschen stalkermäßig rüberkam.« Sie deutet auf meine Schiene. »Was ist denn da passiert?«

»Ich hab mir den Knöchel gebrochen.«

»Wie das?«

»Hab versucht, bei meinem Therapeuten aus dem Fenster zu klettern.«

»Im Ernst?« Sie lässt grinsend ihre Zigarette fallen und tritt sie mit dem Absatz ihrer schwarzen Stiefelette aus. Dann streicht sie sich übers Haar, das sie sich rund um den Kopf geflochten hat. »Und was machst du jetzt mitten in der Nacht in unserem Garten? Nicht dass ich mich beschweren wollte. Ich konnte sowieso nicht schlafen.«

Ich kaue auf meinem Daumennagel, bis ich im Geiste höre, wie Mutter mich streng ermahnt. »Keine Ahnung. Du hast mich doch eingeladen.«

»Auch wahr.« Wieder schenkt sie mir ein schiefes Lächeln. »Na ja, Hauptsache, wir treffen uns endlich mal. Wie gefällt's dir drüben bei Jeannie? Meinst du, sie lässt dich bald zur Schule?«

»Woher weißt du denn, wie sie heißt?« Mein Herzschlag wummert mir in den Ohren und ich muss ein paarmal tief durchatmen.

»Wir sind seit Ewigkeiten Nachbarn. Schon seit meiner Kindheit.«

Ihre Augen wirken seltsam vertraut genau wie ihre Stimme. »Sag mal, kennen wir uns? Ich hab irgendwie das Gefühl.«

»Wir waren früher mal mehr oder weniger befreundet. Als wir noch ganz klein waren.«

»Wie klein?«, will ich wissen und durchforste meine mentale Datenbank nach Menschen, die ich kenne, Orten, an denen ich gewesen bin. Aber sie taucht nirgends darin auf.

»Vielleicht in der ersten Klasse oder so, ist lange her jedenfalls. Erinnerst du dich echt gar nicht mehr an mich?«

»Nein. War ich … war ich auch mal hier bei dir?«

Holliday nickt und stellt den umgekippten Liegestuhl auf. »Wollen wir zusammen eine rauchen?«

»Warte mal. Du meinst also, ich …« Der Satz erstirbt mir auf der Zunge. »Ich rauche nicht«, sage ich stattdessen.

Am liebsten würde ich sie bitten, ob ich mich durch ihr Haus vorne zur Tür rausschleichen darf, damit ich über die Straße abhauen kann.

Aber ohne Plan und ohne Geld würde ich wohl kaum weit kommen.

Und wer weiß, vielleicht wäre es ja gar keine gute Idee, sie um Hilfe zu bitten.

»Sehr vernünftig«, entgegnet sie. »Ich sollte auch lieber aufhören.« Sie zündet sich die nächste an. »Meine Eltern würden mich umbringen, wenn sie davon wüssten. Aber mich beruhigt's halt oder zumindest rede ich mir das ein. Ich hab mir dieses Halbjahr viel zu viele Extrakurse aufgeladen und vor lauter Stress kann ich nachts meist nicht schlafen.«

»Geht mir genauso.«

»Ein Vampir kommt selten allein, was? Klingt doch nach einer guten Grundlage für eine Freundschaft.« Sie lächelt, aber dann fällt ihr Blick hinter mich. »Scheiße. Jeannie steht da am Zaun.« Holliday drückt hastig ihre Zigarette aus. »Ich muss rein.«

Und damit verschwindet sie im Haus, schließt die Glastür hinter sich und zieht die Vorhänge zu.

»Warte!«, rufe ich ihr nach, aber es ist zu spät.

Sie ist weg.

Die Frau wartet auf der anderen Seite meines Durchschlupfs; alles, was ich von ihr sehe, sind ihre Beine. »Piper?«, ruft sie. »Bist du da drüben?«

Ich krieche zurück unter dem Zaun durch.

»Piper!«, keucht sie. Und dann rastet sie aus. »Weißt du eigentlich, was für einen Schreck du mir eingejagt hast? Du kannst dich doch nicht einfach so in fremden Gärten rumtreiben!« Noch nie hat sie mir gegenüber auch nur die Stimme erhoben. »Wieso tust du mir so was an?«

Das muss ausgerechnet sie sagen.

»Ich war doch nur nebenan«, verteidige ich mich.

Sie ist immer noch fassungslos. »Hör mal, ich habe mich wirklich bemüht, Geduld mit dir zu haben. Ich habe mich bemüht, verständnisvoll zu sein, und auf die Ärzte gehört. Aber ich kann nicht zulassen, dass du dich derart in Gefahr bringst. Was hattest du denn vor? Ausreißen? Und wohin bitte?«

Ich zucke mit den Schultern. Holliday erwähnt sie nicht.

»Antworte mir gefälligst!«

»Ich brauchte einfach mal ein bisschen Zeit für mich.«

An ihrem Hals pocht eine Ader. Das hier ist das erste Mal, dass sie ihre liebenswürdige Fassade fallen lässt. Ein Schweißfilm liegt auf ihrem Gesicht und lässt sie plötzlich viel älter wirken, betont jedes Fältchen, jede Runzel.

Kühler Wind kommt auf und sie zieht ihren Morgenmantel enger um sich.

»Bitte geh zurück ins Haus. Sofort.«

Ihr Blick erinnert mich an Vater. Ich gehorche.

Drinnen schaltet sie das Licht ein. Die Röte in ihren Wangen klingt langsam ab und ihre Stimme wird wieder gewohnt fürsorglich. »Hast du Hunger? Ich kann dir schnell was zu essen machen. Toast mit Erdbeermarmelade? Für die Marmelade hab ich mal einen Preis gewonnen, wusstest du das?«

Und jetzt kommt sie mir mit *Marmeladentoast*?

»Nein.« Ich flüchte in mein Zimmer, an den einzigen sicheren Ort, den ich habe, obwohl ich dort in Wirklichkeit alles andere als sicher bin.

Die Tür fällt hinter mir zu.

Auch ich bin jetzt schweißgebadet. Dieses Zimmer ist so anonym, es könnte jedem anderen gehören. Wenn ich morgen tot umfallen würde, wüsste niemand, dass ich auch nur hier gewesen bin.

Ich muss irgendwelche Spuren hinterlassen, etwas, das beweist, dass ich überhaupt existiert habe.

In den Schreibtischschubladen finde ich Kugelschreiber,

Filzstifte und einen Bleistift, der ebenfalls wie ein Kugelschreiber aussieht. Ich drücke auf das obere Ende, damit unten mehr von der Mine herauskommt.

Ich vermisse meinen Anspitzer und den Geruch der frischen Bleistiftspäne.

Das Drehen an der kleinen Kurbel.

Die Zufriedenheit, wenn etwas Stumpfes zu etwas Scharfem, Brauchbarem wird.

Ich schnappe mir einen der Kulis und zeichne mein altes Zuhause an die Wand: den Garten, den See, den Wald. Die Mine gräbt sich in die Farbe, schlitzt durch die zahlreichen Schichten, während ich dem Haus immer mehr Leben einhauche. Es ist wie ein Liebesbrief an meine Familie.

Als ich fertig bin, gehe ich zum Schrank, schiebe die Kleider an der Stange auseinander und schreibe meinen Namen an die Rückwand.

Ich heiße Piper Rose Blackwell. Meine Mutter heißt Angela, mein Vater Curtis. Wir wohnen in einem ehemaligen Freizeitpark irgendwo im Norden Kaliforniens. Ich werde gegen meinen Willen hier festgehalten. Bitte helfen Sie mir. Bitte.

Dann pfeffere ich den Stift durchs Zimmer. Er prallt von der Wand ab und landet auf dem Boden.

Niemand wird je meine Nachricht lesen.

Niemand wird je meine Zeichnung sehen.

»Die Feder ist mächtiger als das Schwert«, würde Vater jetzt sagen. *»Aber nur, wenn der Gegner lesen kann.«*

Ich setze mich im Schneidersitz auf den Boden und schreibe auch hier meinen Namen an die Wand. Immer wieder und wieder. Irgendwie muss ich der Welt mitteilen, dass es mich gibt.

Piper Blackwell.
Piper Blackwell.
Piper Blackwell.

Ich mache weiter, bis ich einen Krampf in der Hand bekomme und mir der Stift aus den unnützen Fingern rutscht, bis mein Name nur noch ein unleserliches Gekrakel ohne jede Bedeutung ist.

31.

DAVOR

Ein verstohlenes Lächeln.

Caspians Ellenbogen, der meinen berührt.

Seit unserer Nacht unter den kaputten Sternen fühlt sich alles anders an. Nicht mal die Arbeit an Vaters Atombunker macht mir mehr etwas aus. Im Gegenteil, denn dabei kann ich Caspian nahe sein, jeden Tag, von morgens bis abends.

Er reicht mir einen Backstein und sein Finger streift über meinen.

Unsichtbare Funken regnen auf mich herab.

Doch dann sehe ich wieder Vaters Gesicht vor mir, Mutters erhobene Hand, als wolle sie Caspian schlagen, und das schlechte Gewissen brennt mir unter der Haut. Ich beiße mir auf die Unterlippe, bin mir plötzlich sicher, dass jeder weiß, was ich getan habe. Dabei schenkt mir niemand Beachtung, außer Cas.

»Macht mal schneller, ihr zwei«, treibt einer der Männer uns an. Es ist derjenige, der die Brotkruste hat fallen lassen. Die meiste Zeit aber behält er Thomas im Auge, obwohl ich mir nicht erklären kann, warum. Schließlich hat doch Thomas hier das Sagen.

Carla schleppt einen Krug Wasser samt Pappbechern herbei und wir machen eine Trinkpause. Die Kleinen sind drinnen bei den Tanten.

»So, weiter«, kommandiert der Mann und wirft seinen Becher auf den Rasen.

»Ich kann nicht mehr«, jammert Carla.

»Pech«, blafft er sie an. »Wir sind alle groggy, aber jeder muss seinen Beitrag leisten, kapiert?«

Thomas schreitet ein. »Rede gefälligst nicht so mit ihr.«

Der größere Mann, der mit dem Pistolenholster, baut sich vor Thomas auf. »Schluss jetzt. Wir müssen dieses Ding fertig kriegen, da sind wir uns doch wohl einig.«

»Tut mir leid«, murmelt Carla, und Thomas' Wut verraucht. Er zieht sie an sich, wie um sie vor den Männern zu beschützen.

In dem Moment hören wir die Haustür knallen und Tante Joan stürzt auf uns zu. »Sie kommen!«, keucht sie und rudert wild mit den Armen. Bei uns angelangt, beugt sie sich schnaufend vornüber und stemmt die Hände auf die Knie.

»Wer?«, frage ich beunruhigt.

»Eure Eltern. In zehn Minuten sind sie hier.« Wieder ringt sie nach Luft und ich gieße ihr einen Becher Wasser ein. Ausnahmsweise sagt sie sogar mal Danke.

»Wusstet ihr, dass sie hierher unterwegs sind?«, erkundigt sich Cas.

Tante Joan wirft ihm einen Blick zu. »Selbstverständlich nicht! Sonst hätten wir die Kinder wohl kaum den ganzen Morgen im Schlafanzug rumlaufen lassen.« Sie schnippt mit den Fingern in meine Richtung. »Los, hilf mir, sie anzuziehen.«

Vater wird es egal sein, ob die Kleinen geschniegelt und gestriegelt sind, aber Mutter sicher nicht. Also rennen Carla und ich mit der Tante ins Haus und bugsieren unsere Geschwister in ihre burgunderroten Kleider. Ich versuche noch, Millie die Haare zu bürsten, aber sie sind zu verknotet. Bei allen beginnt das Blond herauszuwachsen, doch zum Färben ist jetzt natürlich keine Zeit mehr.

»Sie kommen? Wirklich?« Beverly Jean bindet sich ihre Schärpe um und kämmt sich das Haar mit Wasser glatt.

Ich zwinge mich, ein fröhliches Gesicht zu machen. »Ja, ist das nicht schön?«

Mit zitternden Händen rücke ich ihre Schärpe zurecht. Es sieht den beiden gar nicht ähnlich, unangemeldet hier aufzutauchen.

Als wir zurück nach draußen eilen, steht die Limousine bereits in der Auffahrt. Tante Barb und Tante Joan lächeln angespannt. Vater ist bei den Männern am Bunker und begutachtet die fertigen Innenwände sowie die Treppe, mit der wir gestern angefangen haben.

Jetzt steigt auch Mutter aus. Sie trägt ein zartrosa Sommerkleid und goldene High Heels. Henry, Samuel, Beverly Jean und Millie rennen ihr wie immer entgegen. Ich hoffe, dass ihr die dunklen Haaransätze nicht auffallen oder die ungebügelte Kleidung.

»Meine Lieblinge!«, ruft Mutter, als die Kleinen sie umringen. Ohne sich darum zu kümmern, dass ihr Kleid schmutzig wird, lässt sie sich zu Boden sinken. Das liebe ich so an ihr.

»Was glaubst du, warum sie gekommen sind?«, flüstert Caspian mir ins Ohr.

Sein warmer Atem kitzelt mich am Hals und einen Moment lang verschlägt es mir die Sprache.

»Ich – ich weiß nicht«, stammele ich.

Thomas sitzt etwas abseits an einem Picknicktisch und zieht ein finsteres Gesicht. Sein Blick ist unverwandt auf Vater gerichtet.

Cas stößt mich mit der Schulter an. »Lass uns später schwimmen gehen, ja? An unserem Geheimplatz.«

Meine Wangen werden heiß. »Und wenn uns jemand sieht?«, flüstere ich zurück. »Vater ist hier.«

»Ich kann aber nicht aufhören, an dich zu denken.«

»Geht mir andersrum genauso.« Mich packt der Leichtsinn und ich streiche mit dem kleinen Finger über seine Hand.

Gefährlich.

»Piper.« Plötzlich steht wie aus heiterem Himmel Vater vor uns und ich trete hastig einen Schritt zur Seite.

»Es ist Zeit«, sagt er.

»Wofür?«

»Für deine Initiation.«

Thomas springt auf und marschiert davon Richtung See.

»Bist du bereit?«

Meine Gedanken sind so unablässig um den Bau des Bunkers und meine Nacht mit Cas gekreist, dass ich meine Initiation fast vergessen habe. Dabei hätte sie doch das Wichtigste überhaupt sein sollen.

Aber ich werde Vater nicht enttäuschen.

»Ja«, antworte ich, und Vater schenkt mir ein seltenes Lächeln. Es fühlt sich an wie ein Geheimnis, in das nur ich eingeweiht bin.

32.

DAVOR

Heute ist kein Tag, um zu träumen.

Heute ist kein Tag, um in der Sonne einen Jungen zu küssen oder seine Haut zu spüren.

Heute ist kein Tag, um alte Geheimnisse unter neuen zu begraben.

Und trotzdem ergreife ich Cas' Hand und husche mit ihm zu unserem Platz am See. Ich weiß, dass das dumm von uns ist. Ich weiß, dass wir ein großes Risiko eingehen. Doch im Haus sind alle mit den Vorbereitungen für meine Initiation beschäftigt und zumindest für ein Weilchen wird uns in all dem Chaos niemand vermissen.

»Was passiert eigentlich genau bei der Initiation, hat Thomas dir das erzählt?«, will ich wissen, als ich wieder zu Atem gekommen bin.

Thomas war den ganzen Tag über in gedämpfte Unterhaltungen mit Vater und den Männern vertieft, sodass ich keine Gelegenheit hatte, ihn selbst danach zu fragen.

Cas steht am Ufer und versucht, Steinchen hüpfen zu lassen. Bis jetzt sind jedoch alle sofort ins Wasser geplumpst. »Nicht so richtig«, antwortet er. »Wahrscheinlich darf man darüber nur mit vollwertigen Mitgliedern der Gemeinschaft reden, und da ich keins bin, hält er mich wohl nicht für würdig. In letzter Zeit war er ein ganz schönes Arschloch.«

Cas und Thomas haben sich immer nahegestanden. Anfangs, nachdem die beiden neu zu uns gezogen waren, gab es sie nur im Doppelpack, kein Licht ohne Schatten. Damals waren sie klapperdürr, und Mutter hat mir später erzählt, dass sie bei ihren Eltern oft Hunger leiden mussten.

»Ziemlich brummig ist er jedenfalls, das stimmt.« Ich setze mich auf ein Stück Treibholz. Vor lauter Sorge schlägt mein Magen Kapriolen, und nachdem mir beim Mittagessen die erste Gabel Salat fast wieder hochgekommen wäre, habe ich lieber aufs Essen verzichtet.

Aber für heute Abend bereiten die Tanten ein riesiges Festmahl vor. Und Mutter, die zwar alle Hände voll mit den Kleinen zu tun hat, meinte, sie hätte etwas ganz Besonderes zum Anziehen für mich.

Cas lässt die restlichen Steine zurück auf den Boden fallen und setzt sich neben mich. Wie magnetisiert lehne ich mich bei ihm an. Sein Körper an meinem, so lebendig und echt, führt mir vor Augen, was mir bevorsteht. »Ich hab Angst«, gestehe ich.

Er schweigt lange, bevor er antwortet: »Ich auch. Ein bisschen.«

»Hey, aber du musst doch der Starke von uns beiden sein. Leier gefälligst ein paar leere Floskeln runter, damit ich mich besser fühle.«

Er lacht. »Du wirst es schon überleben. Ist halt blöd, so gar nicht zu wissen, was einen erwartet. Warum müssen sie überhaupt so ein Geheimnis daraus machen?«

»Ich will es einfach nur hinter mir haben, damit ich danach endlich was Sinnvolles tun kann. Ich hab es so satt, mir wie ein Kind vorzukommen.«

»Du bist kein Kind.« Er gibt mir einen Kuss auf die Schläfe und ich ziehe ihn an mich. Meine Finger graben sich in sein dichtes Haar und streichen über seinen Nacken.

Nach einem Moment löse ich mich widerstrebend von ihm. »Wir sollten lieber gehen«, sage ich. »Die anderen fragen sich bestimmt schon, wo wir mit den Stühlen aus dem Schuppen bleiben.«

Cas wendet den Blick nicht von meinem Mund. »Wir könnten uns heute Nacht noch mal rausschleichen, wenn alle schlafen.«

»Nach meiner Initiation? Meinst du, das ist so eine gute Idee?«

Er schmiegt das Gesicht an meinen Hals. »Wahrscheinlich nicht. Aber ich muss dich einfach ein bisschen für mich allein haben.«

»Mal sehen«, antworte ich ausweichend. »Lass uns erst mal zurückgehen.«

Wir laufen zu dem kleinen Schuppen am Waldrand, schnappen uns ein paar Klappstühle und machen uns damit auf den Weg zur alten Eiche.

Dort sitzt Vater im Schneidersitz an den Stamm gelehnt. Er wirkt so friedvoll. Vor ihm haben sich Mutter, die Tanten und die Kleinen auf den Bänken gruppiert. Zwischen ihnen und dem Baum steht ein einzelner Klappstuhl.

Vater öffnet die Augen und wendet sich Caspian zu. »Deine letzte Läuterung ist lange her«, bemerkt er.

Caspian schluckt. »Das stimmt, Sir.«

Vater erhebt sich. »Dann sollten wir vor Pipers Initiation noch eine durchführen.«

Ich kann mich kaum daran erinnern, wann Vater zum letzten Mal eine Läuterung angeordnet hat. Die besteht hauptsächlich darin, dass man vor allen anderen seine Sünden beichtet und seine Scham vom Wind davontragen lässt.

Aber warum braucht Cas vor *meiner* Initiation eine Läuterung?

Ob Vater von unserem Geheimnis weiß? Möglich wäre es. Es gibt nicht viel, was ihm verborgen bleibt.

Ein Schauer läuft mir über den Rücken.

Langsam nimmt Caspian seinen Platz auf dem Stuhl ein. Er wischt sich die Handflächen an seiner Jeans ab und holt tief Luft. Eine Läuterung kann Stunden dauern und sehr anstrengend sein. Vater sagt, wir alle sind Geisteswesen auf einer immerwährenden Reise, und da die Zeit eine Endlosschleife ist, müssen wir sowohl die Dinge gestehen, die wir getan haben, als auch jene, die wir womöglich noch tun werden.

Vielleicht sollte eher ich an Caspians Stelle sein. Aber ich setze mich gehorsam zwischen Mutter und Thomas auf die Bank.

»Fang an, wenn du bereit bist«, fordert Vater Cas auf. Barfuß, die Hände hinter dem Rücken verschränkt, marschiert er um die Bänke herum. Es kann nicht leicht für ihn sein, sich all unsere Verfehlungen anzuhören.

Cas senkt den Kopf, lässt die Schultern hängen und faltet die Hände. Er atmet tief ein und wieder aus.

Es ist schwül, die Luft zum Schneiden dick. Schweiß rinnt mir über den Nasenrücken und tropft mir auf die Oberlippe.

»Nun ist es an dir, Caspian«, sagt Vater mit gedämpfter Stimme, »dich von deinen Lasten zu befreien. Vertrau uns. Wir sind deine Familie.«

Cas krümmt sich derart gequält zusammen, dass er aus meiner Perspektive fast aussieht, als wäre er mittendurch gebrochen.

»Wir wollen dir nur helfen«, fährt Vater fort. »Dein Leid ist offensichtlich, darum sei doch einfach ehrlich zu uns. Befreie deinen Körper vom Gift der Unwahrheit. Ich kann es an dir riechen.«

Cas schnieft, und kurz darauf schlängelt sich seine Stimme über den Boden auf uns zu, ruhig und leise. »Ich vermisse meine Eltern.«

Niemand sagt etwas. Thomas versteift sich neben mir. Vater marschiert weiter auf und ab, den Kopf gesenkt. Ich kann mich nicht entscheiden, ob Caspians Geständnis besonders mutig ist oder dumm. Vielleicht beides.

»Weiter«, kommandiert Vater.

Cas wischt sich über die Augen. »Ich frage mich die ganze Zeit, warum sie uns nicht wieder zu sich holen. Ich wäre so gerne bei ihnen.«

»Also liebst du uns nicht?«

Cas zögert kurz. »Doch natürlich«, flüstert er dann.

»Wie ist das möglich?«, bohrt Vater weiter. »Deine Eltern haben der Gemeinschaft Schaden zugefügt. Heißt du das etwa gut?«

»Nein«, antwortet Cas hastig.

Mutter zieht mir die Hand vom Mund weg. Ich hatte gar nicht gemerkt, dass ich wieder an den Nägeln gekaut habe.

»Was verschweigst du uns sonst noch, Caspian?«, fragt Vater.

»Nichts.«

Vater fixiert mit schmalen Augen Cas' Hinterkopf. »Warum glaube ich dir das nicht?«

Thomas ballt die Fäuste.

»Möchte jemand von euch etwas sagen?«, wendet sich Vater an uns alle.

Niemand antwortet.

Je länger wir hier sitzen, desto schwerer fällt mir das Atmen, so eingepfercht zwischen Mutters und Thomas' überhitzten Körpern.

Millies volle Windel riecht säuerlich und stechend. Ich versuche, durch den Mund zu atmen, aber meine Kehle ist zu rau. Ich huste mir in die Armbeuge.

»Piper. Hast du Caspians Worten irgendetwas entgegenzusetzen?«

Vater tritt vor mich und starrt auf mich herunter. Alles, was ich sehe, ist sein zu einem dünnen Strich zusammengepresster Mund.

Meine Initiation ist so nah, ich kann sie fast greifen. Das darf ich nicht aufs Spiel setzen.

Ich nicke langsam.

»Nur zu«, ermutigt mich Vater.

»Du bist uns anderen gegenüber unfair«, sage ich in Caspians Richtung. Meine Stimme klingt heiser, und ich räuspere mich, lecke mir über die trockenen Lippen. Ich wage es nicht, den Kopf zu heben.

»Weiter.« Vater nickt mir zu.

»Deine Eltern sind eine Gefahr für uns alle. Sie gehören zur Außenwelt. Und sie sind drogensüchtig.«

Vater legt mir eine Hand auf die Schulter, eine winzige Geste der Zuneigung, und Erleichterung durchströmt mich.

Manchmal muss man einfach das Richtige tun, auch wenn es sich falsch anfühlt. Das ist es, was uns von der Außenwelt unterscheidet.

»Ich habe ein bisschen Angst, dass sie dir wichtiger sein könnten als unsere Sicherheit«, füge ich hinzu. »Und ich glaube, wenn du irgendwann vor die Wahl gestellt würdest, würdest du dich für sie entscheiden.«

Vater geht weiter und unsere Verbindung reißt ab. Mutter zieht mich kurz an sich, sie ist stolz. Aber ich bin es nicht. Stattdessen spüre ich, wie sich Dunkelheit über mich senkt, und am liebsten würde ich das Gesagte wieder zurücknehmen. Aber es gibt Dinge, die sich nicht ungeschehen machen lassen.

»Deine Geschwister haben dich durchschaut, Caspian«, sagt Vater. »Bitte nimm die Bürde von ihnen und erzähl, was du getan hast. Gesteh ihnen den Grund dafür, dass du jetzt hier sitzt. Dann können wir alle zurück an die Arbeit gehen.«

Caspian versucht, die Tränen zu unterdrücken, und ringt krampfhaft nach Luft. Thomas lässt seine Fingerknöchel knacken.

»Du bist deinen Brüdern und Schwestern die Wahrheit schuldig«, beharrt Vater. »Uns allen.«

Jetzt fordert auch Carla Caspian auf zu antworten. Beverly Jean schließt sich ihr flehend an. Mutter schreit so laut, dass mir die Ohren klingeln, und Millie stimmt aus voller Kehle mit ein. Die Tanten stampfen mit den Füßen auf, dass kleine Staubwölkchen vom Boden aufsteigen.

Gesichter und Schatten, Geschrei und Cas' zusammengesunkene Gestalt, und Vater, der uns umkreist wie ein Raubtier.

Etwas Saures steigt mir den Hals hoch und ich kneife die Augen zu.

Schließlich dringt Caspians Stimme durch das Chaos. »Ich habe darüber nachgedacht, mich auf die Suche nach meinen Eltern zu machen.«

»Was noch?«, drängt Vater.

Ich öffne die Augen. Caspian hängt das Haar wirr in die

Stirn, und sein Blick wandert durch die Runde, gehetzt, als sei er auf der Suche nach etwas. Als er bei mir landet, hält er inne.

»Ich habe an dir gezweifelt, Curtis. Ich habe dich einen Lügner genannt.« Mit einem Mal wirkt Cas so furchtbar klein, kein bisschen mehr wie der Junge, der mich unter dem Sternenhimmel geküsst hat.

Doch er sagt nichts über uns. Über mich.

Ich habe ihn nicht verdient.

Vater hebt den Arm und schlägt Cas in einer einzigen fließenden Bewegung mit dem Handrücken ins Gesicht. Cas hält sich die Wange, während Beverly Jean anfängt zu weinen. Carla schließt fest die Augen und Henry wimmert leise vor sich hin.

Thomas steht auf, das Kinn vorgereckt, seine Miene versteinert vor Zorn. Doch als er meinen Blick auffängt, scheint seine Wut ins Wanken zu geraten, und sie weicht einer so tiefen Traurigkeit, dass ich wegsehen muss.

Vater kniet sich vor Cas auf den Boden. »Ich danke dir, mein Sohn.« Dann nimmt er Cas' Gesicht zwischen die Hände. »Es war sehr mutig von dir, dich zu etwas so Schändlichem zu bekennen. Ich bin stolz auf dich. Das sind wir alle.« Sanft streicht er über Caspians bereits anschwellende Wange.

Sobald Vater sich abwendet, stürzt Thomas zu seinem Bruder, und Cas lässt sich in seine Arme fallen.

Plötzlich wirken die beiden wieder so jung wie damals, als sie zu uns gekommen sind, mit nichts als einem einzigen Koffer.

Ich will etwas sagen, aber ich bringe keinen Ton heraus.

Mutter streckt mir die Hand hin und ich ergreife sie. Zusammen machen wir uns auf den Weg zurück zum Haus.

Ich drehe mich kein einziges Mal um.

33.

DANACH

Wenn ich jetzt träume, dann von dem winzigen Zimmer. Von schmutzig weißen Wänden, zu wenig Luft und dem Geruch nach nassem Hund.

Manchmal ist Mutter da. Meistens nicht.

Wenn ich aufwache, ist es, als würde sich der Raum um mich ausdehnen.

Wände weichen zurück.

Fenster sprießen.

Das erste Sonnenlicht sickert durch die Rollos und ich wickele mich fester in meine Decke. Es ist kurz vor sieben. Gleich wird Jeannie an meine Tür klopfen.

Jeden Morgen bringt sie mir meine Tablette und ein Glas Wasser, damit ich auch ja ordentlich unter Drogen stehe, bevor ich nur einen Fuß aus dem Bett gesetzt habe.

Ich gehe zum Fenster und rüttele am Griff. Aber immer noch nichts zu machen. Sie muss es von außen verriegelt haben. Außerdem hat sie meinen Namen an der Wand überstrichen.

Das ganze Zimmer stinkt nach Chemie und Lügen.

»Guten Morgen.«

Da steht sie auch schon in der Tür, in der einen Hand ein Glas Wasser, in der anderen die Tablette. Sie deponiert beides auf dem Nachttisch und wartet. Neben ihr sitzt Daisy, die bereits angeleint ist.

»Ich muss sehen, wie du sie nimmst.«

Ohne sie eines Blickes zu würdigen, gehe ich durchs Zimmer, stecke mir die Tablette unauffällig unter die Zunge und trinke einen Schluck Wasser.

Zufrieden verschwindet die Frau und nimmt Daisy mit. Ich spucke die Tablette aus und verstecke sie unter meiner Matratze.

Danach schlafe ich weiter. Wie lange, weiß ich nicht. Ich habe jegliches Zeitgefühl verloren.

Stimmen driften in mein Zimmer, Jeannies und die von jemand anderem. Sie kommt mir bekannt vor.

Fast noch im Halbschlaf springe ich aus dem Bett und taumele zur Tür.

Holliday ist unten im Wohnzimmer. Heute trägt sie eine lange rote Strickjacke über einem Flanellhemd, das sie in den Bund ihrer hautengen, taillenhohen Jeans gesteckt hat. So eine Jeans habe ich noch nie gesehen. Meine waren unten immer weit ausgestellt.

»Ah, Piper, du bist wach«, sagt Jeannie. »Das hier ist Holliday. Sie wohnt nebenan.«

Holliday kommt mir mit ausgestreckter Hand entgegen und zwinkert mir zu. »Schön, dich kennenzulernen.«

Ich sage nichts. Und die Hand schüttele ich ihr auch nicht. Ich habe mir seit Tagen nicht mehr die Zähne geputzt und stinke sicher fürchterlich aus dem Mund.

Jeannie räuspert sich nervös. »Holliday ist in deinem Alter, und da dachte ich, ihr zwei könntet euch vielleicht gut verstehen. Ich lasse euch am besten mal in Ruhe plaudern.« Sie verschwindet im Flur.

Holliday lässt sich auf die Couch fallen und streckt die Beine aus. »Entschuldige, dass ich gerade so getan hab, als würde ich dich nicht kennen, aber so kam's mir irgendwie einfacher vor.«

Ich verschränke die Arme. »Was machst du hier?« Dann schlucke ich und füge hinzu: »Nicht dass ich mich nicht freuen würde.«

»Ich dachte, wir hängen vielleicht einfach ein bisschen zusammen rum. War gar nicht so leicht, Jeannie dazu zu überreden, aber irgendwann hat sie sich endlich breitschlagen lassen. Die Frau ist ja die reinste Glucke.«

»Du willst mit *mir* rumhängen? Wieso?«

Sie kneift die Augen zusammen. »Na, ein Mädchen, das nachts mit gebrochenem Knöchel unterm Gartenzaun durchgekrochen kommt, nur um einen zu sehen, muss man doch einfach mögen.«

»Okay«, erwidere ich zögerlich. »Was sollen wir denn machen?«

»Du könntest mir zum Beispiel dein Zimmer zeigen.«

»Da gibt's nicht viel zu sehen.«

Sie lächelt. »Warum lässt du mich das nicht selbst entscheiden?«

Also gehe ich mit ihr nach oben. In meinem Zimmer schaut sie sich neugierig um und setzt sich auf mein Bett. »Hast recht, ist ganz schön karg. Und so dunkel. Bist du etwa wirklich ein Vampir? Ich meine, du siehst dich doch, wenn du in den Spiegel guckst, oder?«

»Normalerweise schon, ja.« Ich versuche mich an einem Lächeln, aber sofort fährt mir wieder die Erschöpfung in die Knochen.

»Was für Musik hörst du denn so? Dann könnten wir hier zumindest mal ein paar Poster aufhängen.«

»Eigentlich gar keine.«

Sie reißt die Augen auf. »Was? Dann muss ich dir aber schnellstens ein paar Playlists zusammenstellen.« Sie zieht eins dieser kleinen schwarzen Rechtecke, wie es auch Jeannie mit sich rumträgt, aus der Tasche und tippt darauf herum. »Moment, das schreib ich mir lieber auf. Spotify hast du doch wohl, oder?«

»Was ist das für ein Ding?«, frage ich und zeige auf das Gerät.

Sie guckt überrascht darauf und dann wieder zu mir hoch. »Was, das hier? Mein Handy.«

»Mobiltelefone senden schädliche Strahlung aus.« Ich weiche erschrocken zurück.

»Hm, keine Ahnung, aber ist eigentlich auch egal, weil ich ohne meins sowieso nicht leben kann. Sollen wir ein Selfie machen? Wir könnten 'nen Tierfilter oder so drüberlegen, die sind voll witzig.« Sie stellt sich neben mich und hält das Telefon vor uns.

»Was ist denn ein Selfie?«, frage ich und schirme mein Gesicht ab.

»Nur ein Foto, aber wenn du nicht willst, mache ich natürlich keins.«

Während sie das Telefon zurück in die Tasche steckt, fällt ihr Blick auf die Zeichnung von unserem Haus an der Wand. Wenigstens die hat Jeannie noch nicht überstrichen. Vorsichtig fährt Holliday mit dem Finger das Dach und die dahinter aufragende Achterbahn nach. »Ist das von dir?«

»Ja. Ist nicht besonders gut geworden, ich weiß. Aber irgendwie muss man sich ja die Zeit vertreiben, so todlangweilig, wie das hier ist.«

»Zeichnest du viel?«

»Nee.«

Fast hätte ich ihr von Carla erzählt, die die wahre Künstlerin in meiner Familie ist, aber ich kenne sie schließlich kaum. Wer weiß, was sie wirklich hier will.

Andererseits … Dr. Lundhagen meinte, es sei wichtig, dass ich mich anderen gegenüber öffne, und bei Holliday habe ich das Gefühl, dass sich daraus vielleicht sogar eine Freundschaft entwickeln könnte.

Und außerdem: Wer weiß, ob ich nicht irgendwann mal ihre Hilfe brauche?

»In dem Haus da hab ich mal gewohnt«, sage ich und knibbele an meinem Fingernagel.

»Echt? Wo ist denn das?«

Ich setze mich auf den Schreibtischstuhl. »An einem See. Meine Familie wohnt in einem ehemaligen Freizeitpark. Das meiste davon wurde aber inzwischen abgerissen.« Hitze steigt mir in die Wangen, als mir die Nacht mit Cas beim alten Autoscooter in den Sinn kommt.

»Woran denkst du gerade?«, fragt Holliday grinsend. »Dein Gesicht hat in den letzten paar Sekunden mindestens zehn Rottöne durchgespielt.«

»Ach, nur so einen Jungen«, antworte ich, und sie stößt einen leisen Pfiff aus, woraufhin mir noch wärmer wird.

»Oha, und wie heißt der? Wie sieht er aus?«

Ich beschreibe Cas, seine nachtschwarzen Haare und meerblauen Augen.

»Klingt ja megasüß«, befindet sie. »Wo ist er jetzt?«

Die Frage holt mich zurück in die Realität, und meine Hochstimmung darüber, ihr ein Geheimnis anvertraut zu haben, versiegt.

»Keine Ahnung. Ich hab schon seit einer Weile nichts mehr von ihm gehört.«

»Mist. Also ist Schluss zwischen euch?«

»Könnte man so sagen, ja«, erwidere ich, als ich an die gemeinen Sachen denke, die ich bei Cas' Läuterung gesagt habe. Wundern würde es mich jedenfalls nicht, wenn er mir nie verzeihen würde.

»Tut mir echt leid. Wenn du mal Lust auf ein Date hast, sag Bescheid. Mein Freund Dev hat einen Kumpel, der gerade Single ist. Wir könnten ja mal alle vier zusammen weggehen.«

Ich bin kurz davor, sie zu fragen, was das sein soll, ein »Date«. Aber stattdessen starre ich bloß zu Boden.

»Superschöne Kette übrigens«, sagt Holliday. »Wo hast du die denn her?«

Reflexartig umfasse ich den Anhänger. »Das ist ein Familienerbstück von meiner Mutter. Sie … sie fehlt mir ziemlich.«

Holliday senkt den Blick und schlingt sich dann ihre Tasche über die Schulter.

»Tja, ich sollte wohl mal wieder los. Muss noch für einen Test lernen. Mann, du glaubst nicht, wie viele Bücher ich dafür nach Hause schleppen durfte – hab mir fast 'nen Bandscheibenvorfall geholt. Können wir uns irgendwann mal richtig verabreden?«

»Klar. Wenn du willst.«

Holliday umarmt mich, und kurz bevor sie mich wieder loslässt, drücke ich sie ebenfalls an mich. »Wir sehen uns, Piper. Komm gerne mal wieder vorbei. Ich kann ja meine Mom fragen, ob es okay ist, wenn du bei mir übernachtest.«

Kaum dass sie weg ist, bin ich nicht mehr sicher, ob sie überhaupt je da war.

Ich krieche zurück ins Bett. In meinem Brustkorb spüre ich ein Ziehen, als würden die Fasern, die mich so lange zusammengehalten haben, eine nach der anderen reißen.

Ich weiß, ich muss stark sein. Ich muss meine Gefühle unterdrücken.

Meinen Glauben bewahren.

Aber es gelingt mir nicht. Diesmal nicht.

Ich weine um all das, was ich verloren habe, all das, woran ich mich nicht mal erinnern kann. Ich weine um Amy. Und weil ich so einsam bin. Weil meine Eltern nichts von sich hören lassen. Weil ich ständig Millies große blaue Augen vor mir sehe. Weil ich sogar Carlas Gemecker vermisse.

Ich weine so lange, bis mein Gesicht ganz geschwollen ist und keine Tränen mehr kommen wollen.

Dann reiße ich das Rollo vom Fenster.

Schluss mit dieser Dunkelheit. Ich bin jetzt hier. Nicht mehr am See, nicht mehr bei Mutter und Vater. Ich muss einfach das Beste aus diesem neuen Leben machen. Wer weiß schon, wie lange ich noch hier festsitze?

Dann rieche ich meinen eigenen Mief und nehme mir vor, später gründlich zu baden.

Während ich in meinem Zimmer auf und ab tigere, fällt das Licht der untergehenden Sonne durchs Fenster und erleuchtet die weißen Wände mit meiner Zeichnung.

Dicht neben der Zimmertür ist ein Fleck an der Wand, der mir noch gar nicht aufgefallen war. Aus der Nähe kann ich darin nichts Bestimmtes erkennen, doch dann gehe ich rückwärts, bis ich an den Schreibtisch stoße, und plötzlich ist es, als würden sich Buchstaben durch die Farbschichten an die Oberfläche kämpfen. Ich meine, ein J zu erkennen, vielleicht auch ein S.

Nach angestrengtem Geblinzel kann ich schließlich ein Wort entziffern: *Jessie*.

Mein Herzschlag explodiert zu einer Staubwolke.

In diesem Zimmer wurde schon einmal jemand gefangen gehalten.

34.

DAVOR

Mutter kämmt mir mit langen, ebenmäßigen Strichen das Haar. Doch als sich der Kamm plötzlich in einem Knoten verfängt, zerrt sie ihn so rücksichtslos hindurch, dass es mir den Kopf in den Nacken reißt.

»So«, sagt sie dann und legt den Kamm auf meinen Nachttisch. »Jetzt bist du gleich so weit.«

Sie öffnet den Kleidersack, der auf meinem Bett liegt, und hebt ein langes weißes, formloses Kleid heraus. »Das ist für dich.«

Ich schlüpfe aus meinem kurzärmligen Pullover und der Schlagjeans und ziehe mir das Kleid über den Kopf. Der Stoff ist hart und kratzig, aber ich beklage mich nicht. Mutter bedeutet mir, mich umzudrehen. Die Metallzähnchen des Reißverschlusses greifen reibungslos ineinander. Es ist viel zu still im Haus – die Tanten haben die anderen zu einem Picknick mit in den Wald genommen.

»Wann kommen denn alle zurück?«, will ich wissen.

Mutter macht eine wegwerfende Geste. »Das spielt doch jetzt keine Rolle, Piper. Heute ist der wichtigste Tag deines ganzen Lebens. Darauf solltest du dich konzentrieren.« Dann nimmt sie eine kleine Schachtel von meinem Nachttisch und holt eine Halskette hervor. »Die hier habe ich von meiner Mutter bekommen, als ich so alt war wie du, und jetzt schenke ich sie dir.« Es ist eine zarte Silberkette mit einem grünen Stein als Anhänger, der kühl in meiner Hand liegt. »Das ist ein Amazonit – der steht für Gelassenheit und Stabilität. Und diese Dinge wirst du ab jetzt dringender brauchen denn je.« Ich drehe mich um und halte meine Haare hoch, damit Mutter die Kette in meinem Nacken schließen kann. Der grüne Stein hebt sich leuchtend vom Weiß meines Kleids ab.

»Die ist ja wunderschön«, flüstere ich. »Als wäre darin ein winziger Ozean eingeschlossen.«

»Mir war gleich klar, dass du ihren besonderen Zauber zu schätzen wissen würdest.« Sie zieht mich an sich und streicht mir übers Haar. »Ich bin so stolz auf dich, Piper.«

Mutter führt mich zur Haustür und zum See hinunter. Am Strand steckt eine Reihe Fackeln im Boden, von denen schwarze Rauchwölkchen zum Himmel aufsteigen. Davor steht ein Tisch mit einer weißen, durchscheinenden Decke, die träge im Wind weht.

Drei Kerzen, ebenfalls weiß, sind darauf arrangiert und ein Teegedeck mit einer einzigen Tasse. Auf einem Stuhl daneben lehnt ein gerahmtes Foto von Vater.

Mutter schenkt mir Tee ein. Die untergehende Sonne taucht ihr Gesicht in Rosa- und Orangetöne.

»Trink«, fordert sie mich auf. Ich nehme einen Schluck und verziehe das Gesicht über den bitteren Geschmack. »Alles, bitte«, sagt sie. Gehorsam stürze ich das Gebräu hinunter und drücke entschlossen die Zunge an den Gaumen, damit es nicht gleich wieder hochkommt. Mutter nimmt mir die Tasse ab und stellt sie zurück auf den Tisch.

»Und was passiert jetzt?«, frage ich.

Lächelnd ergreift sie meine Hände. Ihre sind eiskalt. »Vertrau auf deinen Glauben, mein Kind. Ich bin so stolz, dass du diesen wichtigen Schritt machst. Der Gemeinschaft beitreten zu dürfen, ist eine große Ehre. Viele träumen davon, aber dein

Vater lässt sie nur den besten zuteilwerden. Menschen, die stark und gütig und selbstlos sind. Menschen wie dir.«

Mit einem Mal wird der Duft der Kerzen – Vanille, vermischt mit Algen – so überwältigend, dass ich nur noch durch den Mund atmen kann.

»Ich muss jetzt gehen«, sagt sie. »Bald wird sich dir alles offenbaren. Wir sehen uns dann später zur Feier.«

Damit lässt sie mich allein, und ich sehe ihr nach, bis sie im Haus verschwindet. Dann bücke ich mich nach dem Foto von Vater. Offenbar zu schnell, denn mir wird schwindlig.

Vorsichtig setze ich mich auf den Stuhl und atme ein paarmal tief durch. Ich wünschte, Cas wäre bei mir.

Die Bäume scheinen vor meinen Augen auf und ab zu hüpfen, und ich blinzele ein paarmal, in der Hoffnung, dass sie dann wieder stillstehen. Das Braun des Sands unter meinen Füßen riecht nach Toast, obwohl ich weiß, dass das eigentlich gar nicht geht. Farben kann man nicht riechen. Aber diese offenbar schon, und als ich den Sand berühre, hinterlassen meine Finger eine pfirsichrosa Spur darin.

Ich wische nach links, dann nach rechts und die Bewegung zeichnet fleischfarbene Regenbögen in den Sand. Ein Kichern blubbert mir die Kehle hoch und dann kann ich nicht mehr aufhören zu lachen.

Meine Stimme hallt zu mir zurück wie von weit her, ein wunderschönes Echo, und ich fühle mich so lebendig, so sehr wie ich selbst wie noch nie zuvor in meinem Leben.

Vaters Foto windet sich in meinen Händen und ich umklammere es fester. Das Blau seiner Augen ist grell, geradezu gleißend.

Ich denke an das, was er mir beigebracht hat, über die

Außenwelt mit ihrem Präsidenten, der mit einem Atomkrieg droht. Ich denke daran, wie es sein muss, wenn die Bombe explodiert und einem die Haut von den Knochen schmilzt, als wäre sie aus Wachs.

Als wären wir alle nichts.

Tränen strömen mir übers Gesicht, und ich rolle mich im Sand zusammen, spüre das Leid jedes einzelnen Menschen auf meinen Schultern. Ich habe eine Chance erhalten, die Chance, diese Welt zum Besseren zu verändern und die Menschheit vor sich selbst zu retten. Ich frage mich, ob Vater sich immer so fühlt. Wie erträgt er das bloß?

Der Sand ist kühl und ich lasse ihn durch meine Finger rieseln. Wie viele Millionen Jahre mag es gedauert haben, bis all diese Körnchen entstanden sind? Gut möglich, dass das, worauf ich hier liege, einst der Gipfel eines gigantischen Bergs war, Stück für Stück abgetragen durch Regen und Wind, Freude und Schmerz.

Ich bin der Sand und der Berg und der Regen.

Minuten oder Stunden vergehen, ich kann es nicht sagen. Ich lege mich auf den Rücken und zähle die Schatten der Wolken. Sie reißen auseinander und vereinigen sich. Meine Lippen kribbeln bei der Erinnerung an Caspians Kuss, und ich wünschte, er könnte das alles auch erleben, mit mir zusammen initiiert werden. Wie soll ich es nur ohne ihn schaffen?

Als ich mich aufsetze, wogt weißer Dunst über den See heran. Er wabert und kräuselt sich und streckt lange, geisterhafte Finger nach mir aus. Es ist wie ein Tanz, den ich nicht verstehe, aber ich habe keine Angst.

Die Finger erreichen den Strand und umfangen mich, hüllen mich in eine Wolke. Plötzlich taucht Vater aus dem Nebel auf. Er trägt von Kopf bis Fuß Weiß und scheint von innen zu leuchten.

Er geht über das Wasser.

»Vater«, sage ich.

Er hilft mir auf und ich weine an seiner Schulter. Über seine Lippen kommt kein Laut, und dennoch höre ich seine Stimme in meinem Kopf, die mir versichert, dass alles gut wird, und ich weiß, es stimmt. Ich habe es immer gewusst.

Dann bedeutet er mir, mich auf den Stuhl zu setzen, und kniet sich vor mich. »Weißt du, wer ich bin?«

Ich kann nicht antworten. Meine Stimmbänder verweigern ihren Dienst.

»Ich bin dein Vater, Piper. Aber heute komme ich als Gesandter, um dich zu retten. Dich und die ganze Menschheit.«

»Bist du *Gott*?«, bringe ich schließlich heraus. Noch immer laufen mir Tränen über die Wangen und ich senke den Kopf.

Er nimmt mein Gesicht zwischen die Hände. »Gott ist eine Erfindung der Menschen«, sagt er. »Ich bin mehr als das. Und du wirst nun die Wahrheit über mich und diese Welt erfahren. Das alles kann beängstigend sein. Viele Menschen fürchten mich. Aber das ist die Bürde, die *ich* tragen muss. Nicht du. Heute ist der Tag, an dem du dich mir anschließen wirst, mir und meinen Anhängern, die wir gemeinsam danach streben, diesem Planeten Heil zu bringen. Bist du bereit dazu?«

Beim Sprechen dringt bläulicher Dunst aus seinem Mund. Ich strecke die Hand danach aus.

»Setz dich zu mir«, fordert er mich auf, »und fühle den Sand unter deinen Zehen. Verbinde dich mit der Erde. Erlebe den unendlichen Fluss von Zeit und Raum, der dich durchströmt. Spüre deine Macht.«

Seite an Seite sitzen wir da und blicken aufs Wasser. Ein Blitz zerteilt den Himmel. Ein Summen erfasst meinen ganzen Körper und ich bin wiedergeboren.

35.

Wer ist Jessie?

Ich zerre Kleider aus dem Schrank.

Ziehe sämtliche Schubladen aus der Kommode.

Reiße die Vorhänge von den Stangen auf der Suche nach weiteren Spuren von ihr.

Aber es gibt keine. Entweder sie sind zu unauffällig oder jemand hat sie vernichtet.

Ich kippe den Mülleimer aus und wühle zwischen Papier und gebrauchten Taschentüchern herum. Da ist sie; die Figur, die Jeannie mir hingestellt hat. Eine Mutter, die ein Kind mit Engelsflügeln auf dem Arm hält. Unten am Sockel steht der Name *Jessie.*

Mir dröhnt der Kopf und ich lasse mich in die Hocke sinken. Der Name hallt im Takt meines Herzschlags in mir wider.

Jessie, Jessie, Jessie.

Meine Gedanken rasen. Ich will mir gar nicht vorstellen, wie viel gefährlicher Strahlung ich schon ausgesetzt war, seit ich hier gelandet bin. Sie bringt meinen Geist durcheinander, beeinträchtigt meine Wahrnehmung, greift meine Körperzellen an.

Aber jetzt weiß ich, dass Jessie hier war.

Jeannie sitzt mit einer Tasse Kaffee in der Küche und liest Zeitung. »Na, war es nett mit Holliday? Sie hat gefragt, ob es in

Ordnung wäre, wenn sie dich mal zum Übernachten zu sich einlädt.«

Ich setze mich ihr gegenüber und mustere sie. »Ich hab da mal eine Frage.«

»Schieß los.« Sie legt die Zeitung beiseite und sieht mich aufmerksam an.

»Wem hat dieses Haus vorher gehört?«

»Wir haben es von einem älteren Ehepaar gekauft.« Sie überlegt einen Moment. »Soweit ich weiß, haben die über zwanzig Jahre hier gewohnt.«

Ich ziehe mir langsam einen Fingernagel über den Oberschenkel.

Ein brennender Schmerz.

Gelassenheit und Stabilität.

»Hatten die Kinder?«

Jeannie erstarrt, die Kaffeetasse an den Lippen. Sie stellt sie ab und blinzelt. »Ich glaube schon. Aber ganz genau weiß ich es nicht mehr. Ist ja schon so lange her, dass wir hier eingezogen sind. Warum willst du das wissen?«

»An der Wand über meiner Tür steht ein Name.«

Sie geht zur Spülmaschine und räumt ihre Tasse und Untertasse hinein. Dann füllt sie etwas Pulver ein und dreht an einem Knopf. Die Maschine brummt los. »Ach ja? Was denn für ein Name?«

Blut rauscht mir in den Ohren. »Konnte ich nicht genau entziffern«, lüge ich.

»Dann zerbrich dir am besten nicht den Kopf darüber. So, ich muss jetzt Amy von der Schule abholen. Möchtest du vielleicht mitkommen?«

»Nein«, sage ich leise.

Sobald sie sich auf den Weg gemacht hat, versuche ich, die Haustür zu öffnen.

Sie hat vergessen, sie abzuschließen.

Draußen sieht alles so grau aus und irgendwie verzerrt. Der Schuppen wirkt gedrungen und unförmig. Die Bäume ragen auf wie knochige Finger.

Ich weiß nicht, ob ich meiner Wahrnehmung trauen kann.

Vor dem Schuppen hängt immer noch das Zahlenschloss, und keine der Kombinationen, die ich durchprobiere, funktioniert. Mein Atem geht flach, während ich die Rädchen ein paarmal planlos hin und her drehe. Meine verdammten Hände zittern so stark, dass ich ständig abrutsche.

»Ach Scheiße!« Ich versetze der Tür einen Tritt und sinke frustriert zu Boden. Daisy kommt über den Rasen angaloppiert und setzt sich mir gegenüber. Sie rückt näher und näher, bis sie fast quer über meinem Schoß liegt. Ich lege die Arme um sie und warte darauf, dass ihr warmes, weiches Fell meine Angst dämpft.

Jeannie braucht meistens ungefähr eine halbe Stunde, um Amy von der Schule abzuholen, und ich habe sicher zehn Minuten davon mit diesem widerspenstigen Schloss verschwendet.

Jemand hat den alten Zaun an der Grenze zu Hollidays Garten durch das schmiedeeiserne Gitter verstärkt, das auch den Rest von Jeannies Grundstück einfasst. Das Loch, das ich hineingetreten habe, scheint mich zu verhöhnen. Jetzt wird mir klar, warum sie sich nicht die Mühe gemacht hat, die Haustür abzuschließen; weil es sowieso keinen Weg hier raus gibt.

Ich muss mehr über Jessie in Erfahrung bringen, und ich

weiß, wo ich am besten mit der Suche anfange. In Jeannies Schlafzimmer.

Als ich zurück ins Haus gehe, ist die Tür am Ende des Flurs abgeschlossen, aber das war mir von vornherein klar. Also suche ich die Schreibtischschubladen ab, bis ich ein paar Büroklammern finde. Ich biege sie auseinander, hocke mich vor die Tür und stochere damit im Schloss herum, bis es mit einem befriedigenden *Klick* aufspringt.

Dahinter liegt ein ganz gewöhnliches Schlafzimmer mit einem großen Bett, zwei Lampen auf den Nachttischen und einer Kommode.

Irgendwie hatte ich mehr erwartet und bin ein bisschen enttäuscht.

Drinnen riecht es nach Schweiß, Schlaf und Jeannies Parfüm. Daisy wartet unsicher an der Tür.

Wenn ich eins mittlerweile weiß, dann, dass jeder Mensch mindestens ein Geheimnis hat. Manche davon sogar vor sich selbst.

Die sind am schwersten zu lüften.

Die Kleider im Wandschrank sind auf den Stangen zusammengeschoben. Darunter stehen reihenweise Schuhe. Ich gehe die Outfits durch: alles beige, blau, brav.

Ganz hinten an der Rückwand stoße ich auf ein paar Plastikkisten und hieve eine davon aufs Bett. Es ist nichts Interessantes drin, bloß alte, etwas muffige Jeans. Ich mache mir nicht mal die Mühe, sie wieder zusammenzulegen.

Die nächste Kiste ist voller abgelatschter Turnschuhe mit dreckigen Sohlen und ausgefransten Schnürsenkeln. Warum bewahrt sie diesen alten Kram bloß auf?

Als ich nach der letzten Kiste greife, durchläuft mich ein

Kribbeln. Ich hebe den Deckel herunter. Auf der einen Seite befinden sich Kindersachen – Kleidchen, T-Shirts und Schuhe. Wahrscheinlich Amys, von der Größe her käme es hin.

Darunter vergraben sind Videokassetten und mehrere runde Silberscheiben. Alles ist beschriftet: *Hawaii 2011, Weihnachten 2008* und *Jeannies Masterabschluss 2005.*

Bei der letzten setzt mein Herz kurz aus: *Jessicas Schwimmwettkampf.*

Meine Gedanken überschlagen sich und ich starre auf die Kassette in meiner Hand. Jessica. *Jessie.*

Ganz unten liegt ein goldener Bilderrahmen. Auf dem Foto darin trägt Jeannie ein kleines Mädchen auf dem Arm. Das Mädchen sieht aus wie ich und hält stolz einen Pokal in die Kamera. Beide lächeln.

Meine Augen brennen plötzlich und ich räume die Kiste zurück in den Schrank.

So leicht lasse ich mich nicht manipulieren.

Als ich gehe, nehme ich die Kassette mit und lasse die Schlafzimmertür hinter mir angelehnt. Soll sie ruhig merken, dass ich dadrin war.

»Hallo.«

Unten an der Treppe steht ein Mann. Ich halte abrupt inne und verstecke die Kassette und das Messer hinter meinem Rücken, während Daisy runtertrottet und sich streicheln lässt.

Er hat die Schuhe an, die ich einmal in der Küche gesehen habe. Seine Augen sind genauso kornblumenblau wie die meiner Mutter und meine. Ich habe das Gefühl, ihn irgendwoher zu kennen.

Jetzt lächelt er. »Ich hab dich doch hoffentlich nicht erschreckt, oder? Ich bin Rich, Jeannies Mann.«

Ich hatte ganz vergessen, dass Jeannie verheiratet ist.

Schon interessant, welche Informationen unser Gehirn einfach aussortiert.

Langsam bekomme ich wieder Luft, aber ich gehe noch immer nicht auf den Mann zu. An seinem Hals sehe ich seinen Pulsschlag zucken und umklammere das Messer unwillkürlich fester.

»Ich dachte, du wärst mit Jeannie mitgefahren«, sagt er. »Eigentlich wollte ich nur kurz nach der Heizung sehen. Jeannie meinte, die spielt schon wieder verrückt.« Er sieht auf die Uhr. »Hast du vielleicht Lust auf Eis? Ich hab einen Becher Schoko-Minze mitgebracht. Jeannie wäre zwar sicher nicht begeistert, dass du dir den Appetit fürs Abendessen verdirbst, aber wenn du ihr nichts verrätst, tu ich's auch nicht.«

Er guckt mich hoffnungsvoll an. Ich will mich nicht verdächtig machen und sage Ja. »Okay. Aber erst hole ich mir einen Pullover. Mir ist kalt.«

Schnell husche ich in mein Zimmer und verstecke die Kassette in der Ritze zwischen meinem Bett und der Wand. Ich kann nur hoffen, dass sie noch da ist, wenn ich das nächste Mal nachschaue.

Das Messer behalte ich und stecke es mir in den Hosenbund.

In der Küche hat der Mann, Rich, zwei Riesenportionen Eis in Schalen gefüllt. Eine davon reicht er mir.

»Ich dachte, du wolltest dir einen Pullover holen«, bemerkt er mit gerunzelter Stirn.

Mein Gesicht fängt an zu glühen. »Hab ich vergessen«, murmele ich.

Er öffnet den Mund, entscheidet sich dann aber offenbar

gegen das, was er sagen wollte. »Schoko-Minze ist meine Lieblingssorte«, verrät er mir stattdessen nach einer kurzen Pause. »Und deine?«

»Kirsch«, antworte ich wie aus der Pistole geschossen. Das haben Mutter und ich uns manchmal nach dem Schwimmen geholt. Wieder fällt mir ein, wie sie mir einmal im Park ihre Eistüte ins Gesicht gedrückt hat, und ich muss grinsen. Damals haben wir uns kaputtgelacht.

»Auch lecker. Sollen wir uns ein bisschen auf die Veranda setzen? Ist doch viel zu schön, um hier drinzuhocken.«

Als er die Tür aufmacht, ist mir deutlicher denn je bewusst, dass ich eine Gefangene in diesem Haus bin. Ob er mir nachjagen würde, wenn ich einen Fluchtversuch starte? Aber wie weit käme ich schon mit meinem kaputten Knöchel? Wahrscheinlich hätte er mich im Nullkommanichts wieder eingefangen, und wie es dann weitergehen würde, will ich mir lieber nicht ausmalen.

Er setzt sich draußen in einen der Korbsessel. Ich folge ihm und lasse den Blick den Zaun entlangschweifen. Das Tor ist zu. Also nehme ich den zweiten Sessel, gerade mal dreißig Meter von der Freiheit entfernt, und löffele mein Eis.

Daisy tobt ein bisschen durch den Garten und legt sich dann vor mir auf den Boden. Ich vergrabe die Zehen in ihrem warmen Fell.

»Wie geht's dir?«, fragt er.

Das Eis macht mir Zahnschmerzen, entweder weil es so kalt ist oder weil ich Karies habe. Denn die habe ich mittlerweile bestimmt.

»Gut.«

»Und was hast du so für Hobbys?«

»Sie müssen keinen Small Talk mit mir halten oder so tun, als würden Sie sich für mich interessieren.«

Er schweigt eine Weile. »Tue ich aber«, sagt er dann.

»Ziehen Sie jetzt auch wieder hier ein?«

»Nur wenn du damit einverstanden bist. Wir müssen nichts überstürzen, Piper. Ich komme nach Hause, wenn die Zeit reif ist.«

Nach Hause.

Ich frage mich, wo Vater und Mutter sind und was sie wohl gerade machen, ob sie hin und wieder an mich denken. Eigentlich war ich davon immer fest überzeugt, aber jetzt bin ich mir plötzlich nicht mehr sicher.

»Sie können tun und lassen, was Sie wollen«, entgegne ich. »Nach meiner Meinung fragt hier sowieso niemand.«

»Das stimmt aber nicht.«

»Ach nein? Ich wurde gegen meinen Willen hierhergebracht und bin den ganzen Tag eingesperrt, wie eine Verbrecherin, als hätte *ich* irgendwas falsch gemacht.«

Er starrt in die Schale auf seinem Schoß. Viel hat er von seinem Eis nicht gegessen und jetzt ist es nur noch Suppe.

»Tut mir leid, Piper. Das muss alles furchtbar verwirrend und beängstigend für dich sein.«

Er wirkt ehrlich betroffen, und ich habe keine Ahnung, wie ich damit umgehen soll.

Mit Jeannie ist das leichter; bei ihr weiß ich immerhin, woran ich bin. Sie ist immer gleich kalt und distanziert unter ihrer liebenswürdigen Fassade.

Aber mit so viel Freundlichkeit bin ich überfordert.

Das Tor öffnet sich und Jeannies Auto kommt die Auffahrt hoch.

Sobald es anhält, geht die hintere Tür auf und Amy stürmt über den Rasen auf uns zu. »Daddy!«, ruft sie. Rich hebt sie auf den Arm und vergräbt lachend das Gesicht in ihrem Haar. Bei dem Anblick zieht sich mir die Brust zusammen, bis mir wieder einfällt, dass nichts davon echt ist, schließlich ist Amy auch bloß eine Gefangene.

»Was machst du denn hier, Rich?«, fragt Jeannie mit einem nervösen Blick in meine Richtung.

»Ich dachte, sie wäre bei dir. Wollte mir bloß kurz die Heizung vornehmen.«

»Vielleicht fährst du jetzt besser wieder.«

Aber als er Amy absetzt, fängt sie an zu weinen. »Daddy soll hierbleiben«, schluchzt sie.

Rich wuschelt ihr durchs Haar. »Ist schon in Ordnung, Schätzchen.«

Jeannie wendet sich mir zu. »Geh du doch vielleicht schon mal mit Amy ins Haus, damit ich mich kurz in Ruhe mit Rich unterhalten kann, ja?«

Amy wischt sich die Nase ab und schmiegt sich an mich. »Wir können ›Candyland‹ spielen«, sagt sie, aber sonderlich begeistert klingt sie nicht.

An der Tür drehe ich mich noch einmal um. Jeannie und Rich beobachten mich.

Drinnen spähe ich verstohlen durch den Vorhang nach draußen. »Wie geht denn ›Candyland‹?« Jeannie hat die Arme verschränkt. Rich hebt die Hand an ihre Wange, doch sie weicht vor ihm zurück.

Amy starrt mich ungläubig an. »Hast du das noch nie gespielt?«

»Nein.«

Sie breitet den Spielplan auf dem Küchentisch aus und schiebt sorgfältig einen Stapel weißer Karten daneben zurecht.

»Ich zeig's dir. Guck mal, ich finde Königin Frostine am tollsten. Die ist so hübsch!«

Sie fährt mit dem Finger einen geschlängelten Weg aus bonbonbunten Steinen nach, bis zu einer Figur mit langem silbernen Haar in der oberen rechten Ecke.

»Mein Daddy sieht ganz anders aus«, erklärt sie auf einmal.

»Ja? Wie denn?«

»Ich weiß nicht. Sein Gesicht ist anders als vorher.«

Wieder schrillen Vaters Warnungen in mir auf. Wenn Amys richtiger Vater noch bei der Gemeinschaft ist, muss Rich von der Regierung sein. Einer von DENEN.

In dem Moment kommen Jeannie und Rich ins Haus.

»Wir spielen ›Candyland‹!«, ruft Amy ihnen zu.

»Darf ich mitmachen?« Rich setzt sich neben sie, aber sein Blick liegt auf mir. Wieder sieht er aus, als wolle er irgendwas sagen, aber er tut es nicht.

Jeannie holt Töpfe und Pfannen aus dem Schrank, räumt sie wieder ein und nervt uns alle mit dem Geschepper. Ohne uns aus den Augen zu lassen, wuselt sie durch die Küche. »Piper«, wendet sie sich an mich, nachdem Amy gewonnen hat. »Wäre es für dich in Ordnung, wenn Rich heute zum Abendessen bleibt?«

»Klar«, antworte ich, und er lächelt wieder.

»Gut. Ich will nur sichergehen, dass du dich nicht unwohl fühlst.« Sie holt eine Packung Hähnchenbrust aus dem Kühlschrank und legt sie neben die Spüle.

»Ach, seit wann das denn?«

Ihre Augen glänzen feucht. »Seit immer.«

Amy klopft mit der gelben Spielfigur in Form eines Lebkuchenmännchens auf das Brett.

Klack. Klack. Klack.

Ein Klingeln. Jeannie drückt auf einen Knopf an ihrem Handy und es hört auf.

»Ich will noch mal spielen!«, verlangt Amy.

»Du bist uns nämlich sehr wichtig«, fügt Jeannie hinzu.

Klack. Klack. Klack.

»Ich muss auch wirklich nicht bleiben«, bietet Rich an.

Ich springe vom Tisch auf. Jeannie will mich festhalten, aber ich humpele an ihr vorbei und verschanze mich in meinem Zimmer.

Allein.

Nur ich und Jessies Geist.

Später klopft Jeannie an meine Tür. »Das war sicher ein ziemlicher Schock für dich, als Rich hier einfach so aufgetaucht ist. Und ich fürchte, ich habe nicht besonders gut reagiert, tut mir leid.«

Ich sage nichts.

»Er ist wirklich ein anständiger Kerl, Piper.« Sie winkt mich in den Flur. »Komm mal mit, ich hab eine Überraschung für dich. War ganz schön viel Arbeit, aber jetzt ist es endlich fertig.«

Sie öffnet eine unauffällige Tür. »Hier geht's ins Turmzimmer«, erklärt sie. Dahinter führen Stufen steil nach oben, knarzend und ächzend unter unseren Füßen.

Oben angelangt, macht Jeannie einen Schritt zur Seite.

Leuchtende Farben springen mich regelrecht an.

Die Wände sind in einem Blau gestrichen, das mich an den Himmel bei uns zu Hause erinnert. Überall hängen gerahmte Bilder von Seeufern. Am schönsten finde ich eins, auf dem eine Insel knapp über dem Wasser schwebt. In den Baumwurzeln, die bis ins Wasser darunter reichen, klettern Kinder herum, als wären es Strickleitern.

Fast hätte ich die Hand sehnsüchtig danach ausgestreckt, doch im letzten Moment fällt mir wieder ein, dass ich nicht allein bin.

»Ich will nicht, dass du dein früheres Zuhause vergisst«, sagt sie. »Schließlich ist es ein Teil von dir. Ich werde dich nicht zwingen, dich zwischen uns und deiner alten Familie zu entscheiden. Aber ich fände es schön, wenn du trotzdem versuchen würdest, hier glücklich zu sein. Und das hier als dein neues Zuhause zu sehen.«

Vor dem Fenster steht eine purpurrote Couch, über deren Lehne eine gelbe Decke liegt. Das Licht der untergehenden Sonne fällt durch die Buntglasscheiben und erfüllt den Raum mit farbenfrohen Prismen.

Als ich Jeannie ansehe, verschwimmt kurz ihr Gesicht vor meinen Augen und verwandelt sich in Mutters, bevor die Illusion sich wieder in Luft auflöst.

Ich wende mich ab und verschränke die Arme.

»Ich dachte mir, vielleicht möchtest du ja hin und wieder mal hier raufkommen, wenn du deine Ruhe brauchst«, erklärt sie. »Du hast neulich gesagt, du hättest gern mehr Zeit für dich.«

Ich streiche mit den Fingern über das Polster der Couch. Der Stoff ist so weich.

Ich weiß nicht mehr, wer in diesem Moment hinter mir steht.

»Jedenfalls hoffe ich, es gefällt dir.«

Ihre Schritte entfernen sich und kurz darauf klappt die Tür am Fuß der Treppe zu. Als ich mir sicher bin, dass Jeannie weg ist, lege ich mich auf die Couch, schließe die Augen und schlafe ein.

36.

DAVOR

Etwas Nasses, Kaltes rinnt mir übers Gesicht. Mein Nacken ist seltsam gekrümmt und tut weh, als ich den Kopf bewegen will.

»Schön stillhalten.« Thomas. Über mich gebeugt sitzt er da und drückt mir etwas auf die Stirn. »Ist nur ein feuchter Lappen. Versuch, dich zu entspannen.«

Ich liege im Bett. Außer Thomas und mir ist niemand im Zimmer und die Tür ist geschlossen. »Wo sind denn die Mädchen?«, flüstere ich. Meine Kehle brennt wie Feuer.

»Bei Caspian und den Jungs. Keine Sorge.« Er taucht den Lappen in einen Eimer, wringt ihn aus und legt ihn mir erneut auf die Stirn. Es fühlt sich angenehm kühl an, aber mir ist so schwummrig, und mit einem Mal kommt es mir vor, als würde ich schweben. Erschrocken kralle ich die Finger in die Matratze und Thomas umfasst beschwichtigend meine Arme.

»Es ist alles in Ordnung«, sagt er. Ich blicke mich um, und meine Umgebung – die anderen Betten, die Kommode – hört endlich auf, sich zu drehen. »Ich weiß, wie es dir gerade geht, aber du brauchst keine Angst zu haben. Dir wird nichts passieren. Damit ist jetzt Schluss.«

Schluss? Aber mir ist doch überhaupt nichts passiert. Was kann er nur meinen?

»Thomas«, krächze ich. »Wir zwei sollen heiraten.«

Er zuckt zusammen. »Nicht reden«, ermahnt er mich leise.

»Wo ist Vater?«, will ich wissen.

Thomas tupft mir das Gesicht ab. »Auf dem Weg zurück

in die Kolonie.« Er reicht mir ein Glas Wasser vom Nachttisch. »Hier, trink. Damit fühlst du dich bald wieder besser.« Er schiebt mir einen Strohhalm zwischen die Lippen und ich sauge durstig daran.

»Ich hab ihn gesehen«, blubbere ich hervor, und ein Mundvoll Wasser schwappt mir übers Kinn. »Er ist zu mir gekommen. Bei meiner Initiation. Das war so schön.«

Thomas stellt das Glas weg und befeuchtet erneut den Lappen. »Mach dir darüber jetzt keine Gedanken.«

»War es bei dir genauso? Bei deiner Initiation?«

Sein Kiefer spannt sich an. »Ja.«

Ich schließe die Augen. Also war es kein Traum. Sondern Wirklichkeit.

Aber das bedeutet auch, dass alles, was Vater uns gelehrt hat, wahr ist. Dass wir alle in Lebensgefahr sind.

Meine Lider flattern wieder auf und ich packe Thomas' Arm. »Wir sind hier nicht sicher«, zische ich. »Der Bunker. Wir müssen los.«

»Ganz ruhig, Piper. Es ist alles in Ordnung«, versichert er mir wieder. »Es gibt keinen Krieg und keine Bomben. Uns passiert nichts.«

»Woher willst du das denn wissen?« Ich habe Mühe, die Worte zu formen.

Thomas' Zweifel lasten schwer über dem ganzen Raum. Ich wünschte, ich hätte Vater davon erzählt.

»Ich weiß es einfach«, antwortet er ernst. »Vertrau mir.«

37.

DANACH

Ich sitze im Dunkeln auf dem Boden und spiele mit meinem Anhänger.

Die Kette ziept an den Härchen in meinem Nacken und ich stehe auf, nehme sie ab und lege sie in ihre Schachtel.

Ich habe das Gefühl, dass ich meine Verbindung nach Hause verliere.

Dass ich diese Kette nicht mehr verdient habe.

Dass ich sie vielleicht nie verdient hatte.

Die anderen schlafen schon seit Stunden, also fische ich die Videokassette unter meiner Matratze hervor und schleiche mich ins Turmzimmer. Seit ein paar Tagen brauche ich meine Laufschiene nicht mehr und kann mich wieder viel geräuschloser bewegen. Nachdem ich Jeannie um einen Fernseher fürs Turmzimmer gebeten hatte, hat sie heute Morgen endlich alles eingerichtet. Zur Tarnung habe ich mir danach einen von ihren alten Filmen angeschaut, er hatte den Titel »Clueless – Was sonst!«.

Der restliche Tag hat sich ewig hingezogen.

Ich stecke die Kassette in den Videorekorder und der Bildschirm zeigt schwarz-weißes Geflimmer. Dann kommt von unten ein blauer Balken ins Bild und wandert langsam aufwärts.

Kurz darauf sehe ich ein Schwimmbecken und lauter Kinder mit Badekappen. Die Szene ist ziemlich verwackelt. Wer auch immer die Kamera in der Hand hält, kann sich offensichtlich nicht entscheiden, worauf er sie richten soll. Stimmen und Geplätscher hallen durcheinander.

»Los, Jessie!«

Das ist Jeannie.

Der Bildausschnitt wackelt noch stärker, schweift über einen Jungen hinweg, der der Kamera die Zunge rausstreckt, und zoomt ein kleines Mädchen heran. Das muss Jessie sein. Das Mädchen, das früher in meinem Zimmer gewohnt hat. Sie hält sich am Rand des Schwimmbeckens fest, und ich glaube, sie lächelt. Bei dieser schlechten Aufnahme ist das schwer zu sagen.

Aber ihre Badekappe sehe ich ganz deutlich.

Rosa, wie *meine* alte Badekappe. Ich rutsche näher an den Bildschirm.

Ein schriller Pfiff ertönt, und Jessie stößt sich ab, schießt mit rudernden Armen und Beinen durchs Wasser. Jeannie feuert sie lautstark an und die Kamera schwankt wie wild.

Jessie gewinnt nicht, aber Jeannie jubelt trotzdem weiter. »Super, Jessie! Das war spitze!«

Jessie klettert aus dem Becken. Wasser trieft an ihrem schwarzen Badeanzug herunter. Sie strahlt übers ganze Gesicht und zieht sich die Badekappe vom Kopf.

Die Szene bricht ab. Wieder schwarz-weißes Geflimmer.

Dann folgt eine neue Aufnahme.

Jeannie und Jessie sitzen im Park und essen Eis.

Jeannie guckt in die Kamera und bläst die Backen auf. Einen Moment später stupst sie Jessie ihre Eistüte auf die Nase. Ein Mann lacht. Das ist Rich. Er ist derjenige, der filmt.

Hinter meinen Schläfen flammt Schmerz auf und ich nehme den Kopf zwischen die Hände.

Das kann nicht sein.

Ich erinnere mich doch ganz genau an den Tag. An Mutter und ihre Eistüte.

Das kann nicht sein!

Ich rolle mich auf dem Boden zusammen. DIE müssen mir irgendwie eine Gehirnwäsche verpasst und meine Erinnerungen manipuliert haben. Was für eine Erklärung könnte es sonst für das alles geben?

Wie lange ich so daliege, weiß ich nicht. Mit einem Mal rebelliert mein Magen.

Ich rappele mich hastig hoch, reiße das Fenster auf – zum Glück ist gerade dieses ausnahmsweise mal nicht verriegelt – und übergebe mich in die Hortensien.

Keuchend wische ich mir den Mund ab.

Ich muss hier weg.

Ich stolpere ins Erdgeschoss und durch die Garage nach draußen. Noch immer ringe ich um Atem, aber mein Brustkorb fühlt sich an wie mit Beton ausgegossen.

Mittlerweile haben wir fast Winter und die Luft ist unbarmherzig kalt. Mein Blickfeld verengt sich zu einem schmalen Tunnel und meine Ohren sind wie mit Watte gefüllt. Ich grapsche nach meinem Hals, taste nach meiner Kette, aber sie ist nicht da.

Von Hollidays Grundstück dringt Gelächter herüber. Ich suche nach irgendetwas zum Draufklettern und finde einen Gartentisch. Hastig zerre ich ihn zum Zaun.

Jeannie darf nicht wissen, dass ich mich nachts hier draußen rumtreibe.

Vater darf nicht wissen, dass ich mich mit Leuten aus der Außenwelt abgebe.

Aber die beiden sind nun mal nicht ich. Und vor allem sind sie nicht hier.

Endlich füllt sich meine Lunge mit Luft, und ich kann es kaum erwarten, den frischen Sauerstoff durch mein Blut rauschen zu fühlen.

Kann es kaum erwarten, mich von den Ansprüchen anderer zu befreien.

Ich hieve mich auf den Tisch. Er wackelt, kippt aber nicht um, und ich spähe über den Zaun. Auf der anderen Seite sitzt Holliday mit zwei Jungs am Feuer.

»Hallo«, rufe ich.

Alle drehen sich um und gucken zu mir hoch. »Piper?«, fragt Holliday. »Mein Gott! Was machst du denn da? Ist alles okay?«

Die Sterne über ihr verfärben sich von Schiefergrau zu Edelsteinbunt, ich höre den Wind rauschen, und in dem Moment wird mir klar, dass ich nicht sterben muss.

Und dass Holliday möglicherweise mein neuer Lieblingsmensch ist.

»Ich muss einfach nur raus hier«, sage ich, während mein Gehirn noch immer fieberhaft versucht zu verstehen, was ich in dem Video gesehen habe. »Kann mir mal einer rüberhelfen?«

Der größere der beiden Jungs trägt eine Leiter zum Zaun und klettert zu mir hoch. »Hi, ich bin Dev«, stellt er sich vor. Seine Haut ist dunkel, seine Stimme tief und voll. Er streckt mir die Hand hin – so eine schlichte und doch bedeutsame Geste.

Ich denke daran, wie ich am See Vaters Hand genommen habe.

Danach ist nichts so geworden, wie es hätte sein sollen.

Trotzdem lasse ich mir von dem Jungen über den Zaun und die Leiter hinunter helfen. Es ist höher, als ich dachte, und meine Knie zittern.

Beim Blick nach unten stelle ich mir vor, Cas würde dort stehen und mir Mut machen.

Dann habe ich wieder festen Boden unter den Füßen.

»Leute«, sagt Holliday, als ich bei ihr ankomme. »Das hier ist Piper, das Mädchen, von dem ich euch erzählt habe.«

»Ich bin Jakob«, meldet sich der andere Junge zu Wort. Er hat helle Haut, wuscheliges blondes Haar und trägt enge Jeans zu knöchelhohen weißen Turnschuhen. Und er erinnert mich an Henry.

»Genau, *der* Jakob Easton – der doppelte Schwimmrekordhalter aus unserer Schulmannschaft«, stichelt Holliday augenzwinkernd. »Nur falls du dich mal fragen solltest, warum er sich für so was Besonderes hält.«

Jakob schiebt sich die Ärmel hoch. »Ich wäre auch so was Besonderes, das weißt du ganz genau.« Dann wendet er sich wieder mir zu. »Sie ist bloß neidisch, weil sie noch nie irgendeinen Rekord aufgestellt hat. Außer wahrscheinlich darin, so viele Kippen wie möglich vor dem achtzehnten Geburtstag zu rauchen.«

Holliday schnaubt. »Schon klar. Na egal, und das da ist jedenfalls Dev, mein Freund, aber ihr habt euch ja schon kennengelernt.«

Dev ist genauso hochgewachsen wie Vater, was mich zum Lächeln bringt. Er trägt eine löchrige Hose und eine Jeansjacke, die auf einer Seite schwarz und auf der anderen blau ist. »Gestatten, Dharamdev Bansal.« Er vollführt eine übertriebene Verbeugung und küsst mir die Hand. Als er sich wieder aufrichtet, streicht er sich eine schwarze Locke aus der Stirn.

»Alter«, stöhnt Jakob und verdreht die Augen.

»Wir hängen hier einfach nur ein bisschen rum«, erklärt Holliday an mich gewandt. »Meine Eltern sind nicht da.«

Am liebsten würde ich fragen, warum sie mich nicht noch mal besuchen gekommen ist, aber dann traue ich mich doch nicht. Stattdessen stehe ich da wie bestellt und nicht abgeholt.

»Willst du dich nicht dazusetzen?«, lädt sie mich ein.

»Logo«, antworte ich. »Das wäre echt dufte.«

Die Jungs wechseln einen Blick, den ich mir nicht ganz erklären kann.

»Okay, dann mach ich uns mal was zu trinken«, sagt Jakob schließlich, und wir folgen ihm in ein großes Esszimmer. Auf dem Tisch stehen Flaschen und Becher und ein Eimer mit Eis. »Was darf's denn sein?«, wendet er sich an mich.

»Ich trinke keinen Alkohol«, gebe ich zu.

»Echt jetzt?« Er starrt mich an, als wäre mir gerade ein zweites Paar Arme gewachsen, und zwar mitten aus dem Gesicht.

»Das ist schlecht für die Gesundheit. Ich muss fit und bei Kräften bleiben. Damit ich vorbereitet bin, wenn die Endzeit anbricht.«

Jetzt werfen sich alle drei Blicke zu, und Jakob fängt an, irgendwas in einem roten Plastikbecher zu mixen. »Da, Wodka-O. Heute geht die Welt schon nicht mehr unter.«

Ich nehme den Becher, trinke aber nichts.

»Und für Lord und Lady Lotterleben hier je ein Whiskey pur.« Er schenkt eine braune Flüssigkeit in zwei Gläser. Holliday und Dev trinken sie auf einen Zug aus und fangen gleich darauf an zu husten.

»Jetzt brauch ich erst mal ’ne Kippe«, verkündet Holliday, sobald sie sich wieder gefasst hat. Wir gehen zurück nach draußen.

Die drei haben Gartenmöbel um die Feuerstelle arrangiert und die Glut darin knistert und knackt. Ich setze mich auf einen der Stühle, während Holliday eine neue Packung Zigaretten öffnet.

»Mit Menthol«, sagt sie, als sie meinen neugierigen Blick bemerkt. »Angenehm kühl im Hals. Und tausendmal besser als die Camels, die ich vorher immer meinem Cousin geklaut hab.«

Sie zündet eine an und will sie mir reichen, aber ich schüttele den Kopf. »Zigaretten schaden der Lunge und dem Herzen. Da könntest du genauso gut pures Gift schlucken.«

Wie kann es sein, dass sie das nicht weiß? Keiner von ihnen? Ich wünschte, Vater wäre hier, um es ihnen zu erklären.

Eine Weile gucken wir einfach nur schweigend ins Feuer. Jakob flüstert Holliday etwas ins Ohr, und ich tue so, als würde ich es nicht mitbekommen. Jedes Mal, wenn sie ihren Zigarettenrauch auspustet, halte ich die Luft an.

Mit einem Mal beugt Dev sich vor und fängt an, tief ein- und auszuatmen.

»Scheiße, du musst doch wohl nicht kotzen, oder?«, fragt Jakob.

»Nee. Alles gut.« Aber Dev ist aschfahl im Gesicht.

»Von wegen«, murmelt Holliday und wendet sich dann mir zu. »Ich bringe ihn lieber mal rein. Bin gleich wieder da, okay?«

»Klar«, antworte ich, obwohl Vater sicher etwas dagegen hätte, dass ich mit einem fremden Jungen allein bin.

Holliday wirft Jakob einen eindringlichen Blick zu. »Schön lieb sein, klar?«, warnt sie.

Er hebt ergeben die Hände. »Ich bin der perfekte Gentleman.«

Ich starre in meinen noch immer vollen Becher und stelle ihn auf den Boden.

Wehmütig denke ich an unsere Lagerfeuerabende zu Hause am See. Wie wir mit den Kleinen Marshmallows geröstet haben. Wie ich Beverly Jean die Haare geflochten und die ganze Zeit Cas' Blick auf mir gespürt habe.

Jakob drückt auf seinem Handy rum und kurz darauf dudelt ein Lied los. Irgendein Typ trägt im Rhythmus der Musik eine Art Gedicht vor über Leute, die anderen Liebe vortäuschen. Er klingt traurig dabei. »Wer ist das?«, frage ich.

»Drake. Schon mal gehört?«

»Nein, aber das Lied ist echt groovy.«

Vorgetäuschte Liebe. Das zwischen Cas und mir war wahre Liebe.

Ich schließe die Augen und schlucke meine eigene Traurigkeit hinunter.

Ich darf mich nicht mehr davon überwältigen lassen.

»Ja … Drake ist der Hammer.« Jakob mustert mich skeptisch. »Wann bist du eigentlich zurückgekommen – äh, ich meine, nebenan eingezogen?«

»Vor ein paar Monaten, glaube ich. Ich kann mich nicht genau erinnern.«

»Und wie gefällt's dir so bei Rich und Jeannie?«

Wieso kennt eigentlich jeder die beiden beim Vornamen?

»Warum willst du das wissen?«, frage ich zurück. »Keiner interessiert sich dafür, wie es mir geht.«

Er zuckt mit den Schultern und lehnt sich zurück. »Schon gut. Wollte bloß höflich sein.«

Mein Kopf tut weh und ich massiere mir die Schläfen. »Wie hältst du diese ganze EMF-Strahlung eigentlich aus?«, frage ich.

»Diese ganze was?«

»Die elektromagnetische Strahlung, die von Mobiltelefonen ausgeht. Machen sich deine Eltern denn keine Sorgen deswegen?«

»Keiner macht sich deswegen Sorgen«, antwortet er langsam. »Dafür gibt's doch gar keine wissenschaftlichen Beweise und überhaupt –« Er verstummt.

»Doch natürlich«, erwidere ich. »Aber die hält die Regierung unter Verschluss. Schließlich wollen die ja, dass wir alle krank und schwach werden. Damit sie uns leichter manipulieren können.«

Er wirkt nicht überzeugt. »Äh, okay. Ist ja auch egal.«

Unser Gespräch gerät ins Stocken und wir starren schweigend ins Feuer. Wieder denke ich daran, wie ich nach dem Schwimmen mit Mutter im Park Eis essen war. Aber diesmal platzen Jessie und Jeannie in die Erinnerung und machen alles kaputt.

»Sollen wir mal nach Dev und Holliday gucken gehen?«, fragt Jakob und erhebt sich schon, ohne auf meine Antwort zu warten.

Dev liegt bäuchlings auf dem Sofa im Wohnzimmer. Bis auf ein bisschen Licht aus dem angrenzenden Badezimmer ist es dunkel. Holliday kniet neben ihm auf dem Boden und wischt eine Pfütze Erbrochenes auf. Es stinkt, darum öffne ich ein Fenster. Eine Digitaluhr zeigt Mitternacht an.

Jakob fährt sich durchs Haar. »Ich hab ihm ja gesagt, er soll die Finger von dem scheiß Tequila lassen. Davon muss er jedes Mal reihern.«

»Tja, ganz offensichtlich hat er aber nicht auf dich gehört. Öfter mal was Neues, ich weiß.« Holliday lässt sich zurück auf die Fersen sinken. »Tut mir echt leid, Piper. So hast du dir den Abend wahrscheinlich nicht vorgestellt.«

»Schon gut.« Ich winke ab, dabei hat sie recht.

»Jakob«, wendet sie sich an ihn, »kommst du kurz allein mit ihm klar?«

Jakob versetzt Dev einen Klaps auf den Rücken. »Das krieg ich gerade noch hin.«

Dev stöhnt auf und lallt: »Nie wieder Alkohol.«

»Dasselbe hast du neulich schon gesagt, als du nach dem Bandcontest 'n halbes Fass Bier intus hattest«, entgegnet Jakob. »Das glaubt dir kein Mensch mehr.«

Devs glasiger Blick richtet sich auf mich. »Hab dich im Fernsehen gesehen. Krass, du bist das echt.«

»Halt die Klappe, Dev! Sch!« Holliday zieht mich raus auf die Veranda. Dev murmelt noch irgendwas, aber Jakob schiebt schon die Tür hinter uns zu.

Draußen zündet sie sich wieder eine Zigarette an. »Du musst einfach mal bei mir übernachten und wir zwei machen uns 'nen netten Mädelsabend, okay? Ich meine, mit den Jungs ist es ja lustig, aber es endet halt doch meistens damit, dass einer kotzend über der Kloschüssel hängt. Wird irgendwann ganz schön langweilig.«

Ihre Zigarette glüht rot auf, als sie daran zieht.

Das Haus liegt dunkel vor uns.

»Wieso hat Dev gesagt, ich wäre im Fernsehen gewesen?«,

frage ich mit zittriger Stimme. Kann er das Video von dem Schwimmwettkampf meinen?

»Ach, der redet immer nur Mist, wenn er getankt hat. Vergiss es einfach.«

Sie weicht meinem Blick aus.

Vater sagt, Lügner vermeiden Augenkontakt.

»Wieso bist du eigentlich überhaupt nicht mehr rübergekommen?«, platzt es aus mir heraus. »Ich dachte, wir wären jetzt Freundinnen oder was auch immer.«

»Ich wollte ja.«

Meine Ohren werden heiß.

Wenn DIE Holliday daran gehindert haben, mich zu besuchen, dann war sie vielleicht nicht die Einzige.

Ob Vater etwa versucht hat, mich zurückzuholen? Kann das sein?

Ich fasse sie bei den Schultern. »Hast du sonst noch irgendwen zum Haus kommen sehen? Einen Mann mit hellbraunen Haaren? Oder eine blonde Frau?«

»Piper –«, stammelt sie. »Nein, hab ich nicht. Alles in Ordnung?«

Ich lasse sie los. »Nein. Nichts ist in Ordnung.«

In Jeannies Haus geht ein Licht an. Wahrscheinlich beobachten sie mich schon die ganze Zeit.

»Hör mal, ich brauche deine Hilfe«, plappere ich drauflos. »Hast du vielleicht ein Auto, das du mir leihen könntest, und ein bisschen Geld?«

Ihre Augen werden schmal. »Wozu das denn?«

»Ich muss hier weg«, raune ich und deute dann nach drüben. »Aber die lassen mich nicht raus.«

»Nee, kann man doch auch verstehen, wo du dir gerade erst

den Fuß gebrochen hast und so. Mütter machen sich nun mal Sorgen, das ist total normal.«

»Sie *ist* aber nicht meine Mutter. Kapierst du das nicht?«

Sie starrt vor sich hin. »Langsam krieg ich ein bisschen Angst, Piper.«

»Aber ein Handy hast du doch«, bedränge ich sie erneut. »Damit könnten wir wenigstens jemanden anrufen, damit sie wissen, wo ich bin.«

»Jemanden anrufen? Wen denn bitte, die Polizei? Die war doch schon so oft hier.« Jetzt legt sie mir die Hände auf die Schultern. »Piper, jetzt ist doch alles gut.«

Also haben sie Holliday auch auf ihre Seite geholt.

Verdammt.

Sie ist eine von DENEN.

Ich schubse sie weg. Die Verandatür öffnet sich, und Jakob und Dev, dem es etwas besser zu gehen scheint, kommen raus.

»Alles klar bei euch?«, fragt Jakob.

Ich renne los und schnappe mir die Leiter.

»Komm mir nicht zu nah!«, warne ich Holliday, während ich die Leiter zu einer Stelle trage, wo der Zaun nicht an Jeannies Garten grenzt. Ich muss hier weg. Und zwar schnell.

Jetzt oder nie.

»Wir können sie nicht einfach so abhauen lassen«, flüstert Holliday.

»Komm mal lieber da weg«, sagt Dev und greift nach der Leiter. Ich versuche, sie festzuhalten, aber er entwindet sie mir mühelos und mir steigen heiße Tränen in die Augen.

»Bitte«, schluchze ich und sinke zu Boden. »Bitte.«

Als ich aufwache, liege ich im Bett, die Decke bis zum Kinn hochgezogen.

Ich kann mich nicht daran erinnern, wie ich aus Hollidays Garten hierhergekommen bin.

Verwirrt schlage ich die Decke zurück, setze mich auf und strecke mich. Von unten höre ich den Ton eines Zeichentrickfilms und Amys Lachen.

Es gibt so vieles, worüber ich gründlich nachdenken müsste, aber mein Kopf tut einfach zu weh. Jedes Mal, wenn ich an den Tag mit Mutter beim Eisessen denke, grätschen mir die Bilder von Jeannie und Jessie dazwischen.

Ich weiß nicht mehr, wer ich bin. Vielleicht werde ich wirklich langsam zu dem Zombie, den DIE aus mir machen wollen.

Am Abend meiner Initiation ist Vater mir unbesiegbar erschienen, wie eine mächtige Himmelsgestalt. Da müsste er doch wissen, dass ich hier bin. Er müsste den Gesetzen von Zeit und Raum trotzen und mir zur Rettung eilen.

Aber er kommt nicht.

Als ich irgendwann am Vormittag rausgehe, sagt Jeannie nichts. Ich streife durch den Garten, schlendere die Auffahrt runter und träume wieder von Flucht. Aber wie, ohne Geld und ohne etwas Warmes zum Anziehen?

Ich weiß nicht mal mehr, ob ich wirklich existiere.

Ich kehre um und laufe auf die Bäume zu. Am liebsten würde ich in der Erde darunter versinken.

Plötzlich bewegt sich etwas in der Nähe der Vogeltränke.

Ein Mann, glaube ich. Vielleicht wird er mich jetzt töten, weil DIE es ihm aufgetragen haben. Ich schließe die Augen und ergebe mich in mein Schicksal.

Ich bin zu erschöpft, um weiterzukämpfen.

»Piper«, sagt eine Stimme.

Es ist Caspian.

38.

DAVOR

Meine Kopfschmerzen bringen mich um.

Durchs Fenster fällt grelles Licht und ich rolle mich auf den Bauch.

Thomas ist weg und an seiner Stelle ist Caspian aufgetaucht.

»Piper«, sagt er. »Willst du noch was trinken?« Er riecht nach Schweiß und Kiefernnadeln und ich muss beinahe würgen.

Stöhnend ziehe ich mir ein Kissen über den Kopf. »Zu hell«, jammere ich.

Ein Rascheln. Ich spüre, dass es dunkler wird. Dann hebt Cas das Kissen ein Stück an. »Alles in Ordnung? Thomas hat gesagt, ich soll bei dir bleiben. Er musste was erledigen.«

»Mir geht's gut«, antworte ich. »Bin nur ein bisschen neben der Spur.«

Er legt die Hand auf meine und das Prickeln der Berührung tut fast schon weh. »Er meinte, du wärst vielleicht auf Drogen oder so.«

Ich versuche, mich zu erinnern, was am Seeufer passiert ist. Wieder sehe ich Vater aus dem Nebel auf mich zukommen … Was genau er zu mir gesagt hat, weiß ich nicht mehr. Irgendwas darüber, dass er ein Gesandter sei. »Die Initiation, Cas. Die war so unglaublich und verrückt und erschreckend … und *schön*. Schwer zu erklären.«

Cas gibt mir noch mehr Wasser zu trinken. »Kann ich mir vorstellen.«

Er küsst mich auf die Wange, ganz zart. »Versuch, nicht zu viel zu reden, okay? Du musst dich erst mal ausruhen.«

»Cas«, platzt es aus mir heraus. »Das bei deiner Läuterung tut mir so leid. Ich hätte für dich einstehen sollen.«

»Mach dir darüber jetzt keine Gedanken.«

Von draußen ertönt ein Krachen. Die Männer müssen wieder Schalsteine stapeln. Irgendjemand ruft etwas.

Plötzlich stürzt Tante Joan ins Zimmer. »Bleibt hier drin!«, blafft sie uns an und verschwindet wieder. Draußen knallen Türen.

»Was ist denn da los?«, frage ich.

Cas tritt ans Fenster und zieht den Vorhang zurück. »Scheiße.«

»Was denn?«

In einem der anderen Zimmer rumst es. »Bin gleich wieder da. Warte kurz«, sagt Cas.

Übelkeit erfasst mich und ich drehe mich auf die Seite. Ich stürze den Rest meines Wassers hinunter, bis das Gefühl wieder abklingt. Draußen vor meiner Tür sind leise Stimmen zu hören, wahrscheinlich Cas und Thomas.

So ein spirituelles Erwachen scheint ziemlich starke körperliche Folgen zu haben. Ich wünschte, Thomas würde endlich zurückkommen, damit wir Erfahrungen austauschen können.

Mit einem Mal zerreißt Millies Weinen die Stille und Beverly Jean fängt an zu schreien.

»Sie kommen uns holen!«, brüllt sie. »Sie kommen uns holen, genau wie Vater gesagt hat! Pip! Pip!«

Ich will aufstehen, verheddere mich jedoch in der Bettdecke und lande auf den Knien. Alles um mich dreht sich. Eine weibliche Stimme ruft etwas, aber ich erkenne sie nicht. Ich krabbele zur Tür, öffne sie und robbe weiter in den Flur; meine Beine sind vollkommen unbrauchbar.

Beverly Jean steht mit dem Rücken zu mir, ihr gegenüber eine Frau mit kurzen grauen Haaren. »Ich weiß, das alles macht euch sicher große Angst«, sagt die Frau. »Bitte lasst mich euch rasch erklären, wie es jetzt weitergeht.«

Ich strecke die Arme nach Beverly Jean aus, doch die Frau reißt sie von mir weg und mustert mich voller Entsetzen. »Geht es dir gut?«, fragt sie mich. »Soll ich einen Arzt rufen?«

Ihre Stimme hat ein seltsames Echo. Die Welt verschwimmt vor meinen Augen. Beverly Jean schluchzt.

Cas kniet sich neben mich. »Ich glaube, sie wurde unter Drogen gesetzt«, sagt er leise zu der Frau.

Ein Mann kommt die Treppe hoch, noch ein Fremder. Weiteres Geschrei von draußen. »Komm, schnell«, sagt er und zieht mich auf die Füße. »Ich helfe dir nach unten.«

Ein weiterer Mann – er hat eine Uniform an – informiert die anderen darüber, dass oben alle Zimmer überprüft seien.

Überprüft auf was?

Cas und der erste Mann tragen mich mehr oder weniger die Treppe runter. Unten geben meine Beine komplett nach und sie laden mich auf dem Sofa ab. Eine weitere Frau hat Millie auf dem Arm, die versucht, sich ihr zu entwinden. An der Tür sehe ich Carla, die mit verschränkten Armen das Geschehen beobachtet; neben ihr steht die erste Frau.

Kaum dass ich sitze, springen Samuel und Henry auf meinen Schoß, und ich drücke sie an mich, so fest ich kann. Ihre Gesichter sind verzerrt, ihre Augen größer, als erlaubt sein dürfte. Ich küsse sie auf die Köpfe, die sich heiß und verschwitzt anfühlen.

»Nehmen die uns jetzt mit?«, fragt Samuel und schlingt die Arme um Henry.

Schließlich ergreift die erste Frau das Wort. »So, alle bitte mal tief durchatmen. Ihr braucht keine Angst vor uns zu haben.«

»Wo ist Vater?«, ist das Einzige, was ich rausbringe.

Der erste Mann flüstert Caspian etwas ins Ohr. »Macht euch keine Sorgen«, sagt er dann laut. »Wir sind vom Jugendamt. Ihr bekommt keinen Ärger und ihr habt auch nichts falsch gemacht. Wir werden euch nichts tun. Aber wir müssen jetzt alle zusammen hier weg.«

Die Regierung. Wie haben sie uns bloß gefunden?

Er redet weiter, aber seine Worte purzeln durcheinander, bis sie keinerlei Sinn mehr ergeben. Millie beißt die Frau in die Hand und streckt verzweifelt die Ärmchen nach mir aus.

»Lassn S' sie los«, lalle ich.

Vater würde wollen, dass ich die Kleinen beschütze.

Caspian befühlt meine Stirn. »Sie wird ohnmächtig!«

Draußen knallt etwas, es klingt wie Feuerwerk, und Carla versteckt sich kreischend hinter dem Sofa.

»Alle runter!«, schreit jemand, und Cas wirft sich über mich. Ich bekomme keine Luft.

Lautes Klirren. Ein Luftzug weht mir ins Gesicht, kühlt meine glühenden Wangen. Mit brennenden Augen starre ich aus dem plötzlich zerbrochenen Fenster in den Garten. Zwei von Vaters Männern liegen mit den Gesichtern nach unten auf der Wiese, jeder in seiner eigenen roten Lache. Ein Mann in einer blauen Uniform richtet eine Waffe auf jemanden, aber es ist zu verraucht, um mehr zu erkennen, und außerdem dreht sich noch immer alles um mich.

Ein weiterer von Vaters Männern hat die Hände auf dem Rücken gefesselt. Er sieht mich. »Sag nichts!«, schleudert er mir entgegen, als wären die Worte Steine.

Unsere Auffahrt ist voller Polizeiwagen, fremder Leute, angeleinter Hunde. Vaters Limousine ist mit Löchern durchsiebt. Ein Stück weiter steht ein großer weißer Kastenwagen mit offener Hecktür. Darin sitzt ein uniformierter Mann mit einem blutigen Striemen im Gesicht. Wo kommen bloß all diese Leute her?

Auf dem Rücksitz eines der Polizeiwagen schlägt jemand um sich.

Blonde Haare. Blaue Augen. Mutter.

Als sie mich sieht, trommelt sie mit den Fäusten ans Fenster. »Die Welt ist schlecht!«, schreit sie, und ihre Stimme überschlägt sich. »Ihr dürft niemandem trauen! Nur mir und eurem Vater. Vergesst das nicht!«

Jemand zieht mich hoch, führt mich ab. Ein Rücksitz, eine zuschlagende Autotür. Ein Funkgerät wird ausgeschaltet und der Wagen setzt sich rumpelnd in Bewegung.

Sie bringen mich weg.

39.

DANACH

Cas und ich sind ineinander verschlungen, Haut an Haut, Mund auf Mund, verzweifelt auf der Suche nach Halt.

Zum ersten Mal, seit ich aus meinem Zuhause gerissen wurde, fühle ich mich wieder wie ich selbst.

»Piper«, murmelt er an meinen Lippen, streichelt mir über die Wangen und wischt meine Tränen ab.

»Ich bin so froh, dass du hier bist.« Ich vergrabe den Kopf an seiner Schulter. »Cas, ich verstehe nicht, was passiert ist.«

Seine Hand fährt über meinen Rücken, ganz sanft, und seine starken Arme halten mich aufrecht.

»Bist das wirklich du?«, fragt er.

Ich berühre das Grübchen in seiner Wange. »Ja, ich bin's.«

Er küsst die Innenseite meines Handgelenks. »Ich dachte, ich würde dich nie wiedersehen.«

»Was ist passiert, Caspian? Wo warst du?«

Er streichelt mir übers Haar. »Ich war bei meinen Eltern. Meinen echten Eltern.«

»Es war Thomas, oder?«, flüstere ich. »Er hat der Regierung verraten, wo wir sind. Darum haben DIE uns geholt. Er war als Einziger nicht dabei, als die Polizei gekommen ist.«

Cas senkt den Blick. »Ja.«

»Wusstest du davon? Dass er so was vorhatte?«

»Nein, Piper. Er hat nur immer lauter seltsames Zeug über die Kolonie erzählt. Aber ich hatte keine Ahnung, dass er die Polizei rufen würde.«

Meine Gedanken zerfasern und ich sacke zu Boden. »Wie hast du mich denn gefunden?«

Cas setzt sich neben mich, ohne mich loszulassen. »Tja, Curtis hatte recht mit dem, was er über das Internet gesagt hat. Damit kann man so ziemlich jeden ausfindig machen.«

»Wo sind die anderen? Wo ist Millie? Hat sie ihre Giraffe? Diese Leute, wo haben die sie hingebracht? Sie muss doch krank vor Heimweh sein, Cas. Und Beverly Jean! Oh Gott, sie hat sicher solche Angst!« Mein Magen verkrampft sich.

»Keine Sorge, die Kleinen sind in Sicherheit, das verspreche ich dir. Sie wurden in Pflegefamilien untergebracht.« Er schluckt. »Tut mir leid, dass ich so lange gebraucht hab, um dich zu finden.«

»Wo sind Mutter und Vater?«

»Weg.«

»Weg? Was soll das heißen?« Ich stelle mir vor, wie eine Bombe unser Haus am See trifft und die beiden bei lebendigem Leib verbrennen.

Er streicht mir eine Haarsträhne hinters Ohr. »Curtis ist seit Monaten verschwunden.«

»Und was ist mit Tante Barb und Tante Joan?«

Cas wird blass. »Die sind auch weg.«

Ich grapsche hektisch nach seinem Arm. Im Haus fängt Daisy an zu bellen.

»Ich kann hier nicht bleiben, Cas. Ich muss nach Hause.«

»Wir können sofort fahren, wenn du willst. Ich hab ein Auto. Du kannst mir vertrauen, Piper.«

»Nein!« Ich stehe auf und ziehe ihn mit hoch. »Nein. Komm lieber später wieder. Wenn die dadrin schlafen.«

»Okay«, sagt er. »Dann um Mitternacht. Draußen am Tor.«

Ich gebe ihm einen letzten Kuss. »Hau lieber ab, bevor sie dich sehen. Daisy bellt bestimmt so lange weiter, bis ich reingehe.«

»Ich warte auf dich.«

40.

DANACH

Auf dem Tisch warten ein Teller Hühnchen und meine Tablette auf mich. Gerade als ich die Pille von der Serviette klaube und in der Hosentasche verschwinden lasse, kommt Jeannie zurück in die Küche. Sie wirkt irgendwie verändert. Resigniert.

»Greif zu«, sagt sie. »Du isst zu wenig.«

»Darf ich den Teller mit in mein Zimmer nehmen?«

Caspian erwähnt sie mit keinem Wort. Vielleicht hat sie ihn ja nicht gesehen.

»Von mir aus«, sagt sie, schlurft in Jogginghose und Schlappen an mir vorbei in ihr Schlafzimmer und schließt die Tür hinter sich.

Ich ziehe mich mit dem Essen in mein Zimmer zurück. Mein ganzer Körper schreit nach Flucht, danach, einfach loszurennen und nie mehr zurückzukommen. Ich verstecke die Tabletten bei den anderen unter meiner Matratze und setze mich auf die Bettkante.

Das Hühnchen schmeckt gut und ich schlinge die ganze Portion hinunter. Ich muss schließlich Kräfte sammeln.

Bald bin ich wieder zu Hause.

Mein Knöchel ist verheilt. Caspian ist hier. Jetzt kann nichts mehr schiefgehen.

Stundenlang sitze ich einfach bloß da, wie eine gespannte Sprungfeder. Gegen neun Uhr kommt Daisy in mein Zimmer getappt, legt sich wie immer auf mein Bett und döst ein.

Ich hätte damals ahnen müssen, dass Thomas irgendwas im

Schilde geführt hat. Denn eigentlich war es ihm ja deutlich anzumerken – wenn auch weniger durch das, was er gesagt, sondern eher durch das, was er *verschwiegen* hat, und seinen plötzlichen Hass auf alles und jeden. Irgendwas hatte sich in ihm angestaut, etwas Finsteres, aber ich habe es einfach ignoriert.

Um elf Uhr fange ich an, ein paar Sachen zu packen. Viel nehme ich nicht mit, bloß eine Garnitur Wechselklamotten und meine Zahnbürste. Wenn ich könnte, würde ich den Rest verbrennen.

Vielleicht bin ich morgen früh schon wieder bei Mutter und Vater. Die beiden wissen, dass ich alles tun würde, um zurück nach Hause zu kommen. Vielleicht warten sie ja dort auf mich.

Ein Blutstropfen landet auf meiner Jeans. Ich habe meinen Daumennagel bis aufs Fleisch heruntergekaut. Schnell wische ich mir die Wunde an einem Taschentuch ab.

Kurz vor Mitternacht drücke ich Daisy einen Kuss auf den Kopf und schleiche mich rüber in Amys Zimmer.

Sie liegt im Bett und schläft. Ich schalte das Licht ein und rüttele sie sanft wach. »Piper?«, murmelt sie verschlafen. »Was ist denn?«

»Komm, wir müssen hier weg. Hast du eine Tasche, die wir packen können? Na los, schnell.«

Sie reibt sich die Augen und setzt sich auf. »Wieso müssen wir weg?«

Ich öffne ihren Schrank. Auf einem der oberen Regale liegt ein rosa Rucksack und ich hole ihn vorsichtig herunter.

»Weil es hier gefährlich ist.«

Amy fängt an zu weinen. »Aber ich will nicht.«

Ich knie mich neben sie. »Schhh, nicht weinen. Ich helfe dir dabei, deine echten Eltern zu finden. Lass uns erst mal packen.« Noch bevor die Worte ganz raus sind, regt sich in mir der Verdacht, dass irgendwas daran nicht stimmt. Aber ich habe jetzt keine Zeit, darüber nachzudenken.

Sie schüttelt den Kopf. »Ich will nicht weg von Mama.«

»Verstehst du denn nicht, dass DIE dir eine Gehirnwäsche verpasst haben?« Am liebsten würde ich sie schütteln, damit sie zur Vernunft kommt. Aber sie ist ja noch so klein, so jung. Kein Wunder, dass sie völlig durcheinander ist. Genau darum muss ich ja die Verantwortung für uns beide übernehmen.

Ich packe eine Hose und Unterwäsche aus ihrer Kommode ein. »Willst du sonst noch was mitnehmen?«

Sie hält mir einen Plüschhund hin. Er ist rosa und weiß und eins seiner Ohren hängt nur noch am seidenen Faden. Ich stecke ihn ebenfalls ein. Amys Lippe zittert, und Schnodder läuft ihr aus der Nase, während ich weiter wahllos Sachen in den Rucksack stopfe.

»Komm«, sage ich dann.

Sie steht auf und schüttelt den Kopf. »Ich will aber nicht!«, heult sie.

»Verdammt noch mal, Amy. Wenn wir jetzt nicht gehen, klappt es vielleicht nie!« Ich zerre sie mit zur Tür. Endlich hört sie auf, sich zu widersetzen, und wir schleichen die Treppe hinunter.

Für jeden meiner Schritte braucht sie zwei. Außerdem wimmert sie ununterbrochen vor sich hin, und ich rechne jeden Moment damit, dass Jeannie aufwacht.

Unten angekommen stoße ich gegen etwas Großes, das vorher ganz sicher noch nicht da war. Wahrscheinlich hat sich wieder eine Wand verschoben. Irgendwas kracht zu Boden und zerspringt in tausend Scherben.

Amy schreit auf und ich halte ihr den Mund zu. »Leise!«, zische ich.

Als das Klicken von Jeannies Türknauf durchs Haus hallt, hebe ich Amy hoch und renne mit ihr durch die Garage raus in den Garten.

Vater konnte mich nicht beschützen.

Aber ich werde Amy beschützen.

»Es ist nur zu ihrem Besten«, höre ich Vaters Stimme in meinem Kopf. *»Sie wird schon bald begreifen, wer sie wirklich liebt.«*

In der Auffahrt setze ich sie ab und nehme sie fest bei der Hand. »Komm jetzt, Amy«, rufe ich. »Lauf! Wir müssen uns beeilen!«

Ein paar Schritte kann ich sie mitschleifen, aber dann fällt sie auf die Knie. Ich stelle meine Tasche hin. Amy sitzt da wie ein Häufchen Elend und schluchzt aus vollem Hals.

Die Haustür geht auf und im Rahmen erscheint Jeannies Silhouette.

»Piper!«, schreit sie und stürzt auf uns zu. »Was machst du denn da?«

Mir bleiben zwei Möglichkeiten: wegrennen oder dableiben und Amy beschützen.

Amys Knie sind blutüberströmt. »Mama!«, brüllt sie und starrt mich an, als wäre ich ein Monster.

Als Jeannie uns erreicht, weiche ich zurück. Sie hockt sich zu Amy auf den Boden, gibt ihr einen Kuss auf den Scheitel und wiegt sie beruhigend hin und her.

Jetzt kommt auch Rich aus dem Haus. Ich drehe mich um und renne los. Meine Tasche lasse ich liegen.

»Piper!«, brüllt Rich.

Das Donnern seiner Schritte fährt mir bis in die Knochen und nähert sich mit jeder Sekunde.

Doch dann taucht auf der anderen Seite des Tors Cas auf. Er ist hier, genau wie er es versprochen hatte.

Ich wusste, dass ich ihm vertrauen kann.

»Cas!«, schreie ich.

Er hat direkt vor dem Tor geparkt und klettert aufs Dach des Wagens. Ich springe auf einen dicken Stein auf meiner Seite, doch bis zum oberen Ende des Tors fehlt noch immer ein knapper halber Meter. Ich packe die Eisenstäbe und stemme mich mit den Füßen daran hoch. Jeder meiner Muskeln brennt. Als ich fast oben bin, versuche ich, mich mit Schwung rüberzuhieven.

»Piper, bitte, komm da runter!« Rich packt mich bei meinem gesunden Knöchel und ich rutsche wieder ein Stück nach unten. Ich trete mit aller Kraft nach ihm. Als mein Fuß ihn ins Gesicht trifft, lässt er los und stolpert ein paar Schritte rückwärts. »Verdammt noch mal!«, flucht er.

»Cas!« Ich klettere zurück nach oben. Cas umfasst meine Unterarme und zieht, bis ich sicher neben ihm auf dem Autodach stehe.

Jeannie schreit meinen Namen.

»Schnell!«, kreische ich.

Wir lassen uns vom Dach rutschen und landen unsanft auf dem Asphalt. Ich bilde mir ein, Jeannies Atem im Nacken zu spüren, ihre Hände, die sich in den Stoff meines T-Shirts krallen und mich zurückzerren. Aber wir schaffen es ins Auto und knallen die Türen hinter uns zu.

Cas klappt die Sonnenblende runter und ein Schlüsselbund

fällt ihm in den Schoß. »Ich hab uns ein Motelzimmer gebucht«, sagt er zu mir. »Da können wir schlafen, okay?«

Der Wagen springt knatternd an.

»Ist gut«, entgegne ich außer Atem. »Jetzt erst mal nichts wie weg hier!«

41.

DANACH

Cas tritt das Gaspedal durch, und der Motor heult auf, aber trotzdem kriechen wir nur quälend langsam voran. Es stinkt nach Abgasen.

Immer wieder sehe ich mich um. Niemand folgt uns.

Keine Spur von Jeannie. Keine Spur von Rich. Keine Blaulichter.

Doch das ist sicher nur eine Frage der Zeit. »Fahr schneller, Cas!«

Das Motel liegt etwa dreißig Kilometer entfernt direkt am Highway. Das eine Gebäude beherbergt den Empfang, über das zweite sind Türen verteilt wie Schießscharten.

Cas schließt Zimmer Nummer 105 auf.

Drinnen steht ein breites Doppelbett. Der Teppich ist erbsensuppengrün. Ich sehe einen verstaubten Fernseher und eine Kommode mit nicht zueinanderpassenden Schubladengriffen. »Nichts Besonderes, ich weiß«, sagt Cas. »Aber was Besseres konnte ich mir nicht leisten. Ich hab bar bezahlt, das ist sicherer.«

Ich ziehe die Vorhänge zu und stürze mich Cas in die Arme, vergrabe mein Gesicht an seiner Brust und atme seinen Geruch ein. Seine Kleidung duftet nach einem fremden Waschmittel, aber darunter riecht er immer noch vertraut. Er zieht mich an sich und küsst mich auf den Scheitel, wieder und wieder.

»Ist dir kalt?«, fragt er. »Wir können die Heizung aufdrehen.«

»Mir geht's gut.« Ich lehne mich ein Stückchen zurück.

»Was ist an dem Tag passiert, als sie uns geholt haben? Ich will endlich alles wissen.«

»Was hat Jeannie dir denn erzählt?«

»Nicht viel, und außerdem ist das doch sowieso alles gelogen. Darum frage ich sie erst gar nicht mehr.«

Er mustert mich aufmerksam. »Willst du das wirklich hören? Auch wenn es vielleicht wehtut?«

Ich atme tief ein und wieder aus. »Ich weiß nicht. Ich weiß gar nichts mehr.«

Ich lasse mich von ihm zum Bett führen und rolle mich darauf zusammen. »Steh doch nicht so da rum. Komm lieber her.« Fast klinge ich wieder wie mein altes Ich.

Die Bettfedern quietschen, als Cas sich zu mir legt und sich an mich schmiegt. Ich verschränke meine Finger mit seinen und ziehe seine Hand an meine Brust. Mein Herz flattert wie die Spatzen im Gebüsch am See.

»Bist du wirklich bei mir?«, flüstere ich.

Seine warmen, weichen Lippen küssen mir die Antwort in den Nacken.

»Ich dachte, ich hätte dich verloren«, sage ich. »Bitte lass mich nie wieder allein.«

»Versprochen.«

Ich löse meine Hand von seiner und drehe mich zu ihm um. Streiche ihm die Haare aus der Stirn. So etwas Alltägliches, von dem ich jedoch dachte, ich würde es nie wieder tun, eine Erinnerung an etwas längst verloren Geglaubtes. Eine Träne rinnt ihm über die Wange und ich wische sie weg. »Ich liebe dich«, flüstere ich.

»Ich liebe dich auch«, erwidert er, bevor unsere Lippen sich treffen.

Sein Kuss schmeckt salzig, und ich fühle mich geborgen vor allem, was geschehen ist, allem, was uns vielleicht noch bevorsteht.

Caspian ist mein wahres Zuhause, das ich niemals verlassen will.

»Wo sind Mutter und Vater?«, frage ich nach einer Weile, als nicht mal mehr Cas' Küsse meine Angst vertreiben können.

Er fährt mir mit den Fingern über die Wange, das Kinn, den Hals hinunter. Als ich merke, wie er zögert, fange ich an zu zittern. »Du hast gesagt, du bist nicht sicher, ob du das hören willst«, murmelt er.

»Ich muss es aber wissen.«

»Curtis … Curtis und einige seiner Männer sind direkt nach deiner Initiation untergetaucht«, sagt er. »Angela ist im Gefängnis, Piper. Man hat sie wegen Kindesmisshandlung und einer ganzen Menge anderer Sachen angeklagt. Und die Tanten genauso.«

Ich bin wie erstarrt.

Vater ist weg. Vater, der versprochen hat, uns immer zu beschützen.

Vater, der stärkste Mensch, den ich je gekannt habe. Ein Gesandter, ein Wesen aus einer anderen Welt, verloren im Nebel.

Ich springe auf und renne ins Badezimmer, schaffe es gerade noch rechtzeitig zur Toilette und übergebe mich.

Cas folgt mir mit einer Flasche Wasser.

»Danke«, sage ich und trinke einen Schluck. »Tut mir leid, dass du das mit ansehen musstest. Und riechen.«

»Ich hab dir eine Zahnbürste mitgebracht«, bietet er mir an.

Nachdem ich mich wieder ein wenig gesammelt habe, putze ich mir hastig die Zähne und lege mich zurück zu Cas aufs

Bett. Er lässt die Fingerspitzen über meinen Arm gleiten. »Das kitzelt«, murmele ich schläfrig.

Jetzt streicht er mir übers Haar. »Wie war es, bei Jeannie zu wohnen?«

»Ist schwer zu erklären.«

Er küsst mich. »Versuch's trotzdem.«

»Zuerst war ich immer nur im Haus eingesperrt. Aber mittlerweile ist sie ein bisschen lockerer geworden.« Ich starre an die Decke, die voller brauner Flecken ist. »Cas, ich hab ständig so merkwürdige Erinnerungen, als hätte ich sie schon vorher gekannt. Aber ich weiß, dass das nicht stimmt. Es *kann* nicht stimmen. Keine Ahnung.« Ich schließe einen Moment die Augen. »Und du wohnst jetzt tatsächlich wieder bei deinen Eltern?«

»Ja, die haben eine Wohnung direkt neben meiner Highschool.«

»Du … du gehst zur Schule?« Kälte legt sich um mein Herz. Ich würde gern mehr über seine Eltern wissen, aber ich bringe es nicht über mich, ihn danach zu fragen. Es ist alles zu viel.

»Komisch, ich weiß, aber da ist es echt super. Ich bin zwar mit dem Stoff ziemlich hinterher, aber die Leute sind total nett und helfen mir, wo sie können.«

Ich rolle mich auf den Rücken.

»Was hast du?« Cas stemmt sich auf einen Ellenbogen hoch.

»Ich hab irgendwie das Gefühl, du hast mich komplett abgehängt. Als würde ich gar nicht mehr reinpassen in dein neues Leben.« Ich schlucke. »Als würdest du es hier in der Außenwelt mögen.«

Er beugt sich über mich und küsst mich. »Ich mag *dich*, Piper.«

»Das sagst du jetzt. Aber irgendwann lernst du bestimmt jemand anders kennen. Jemand … jemand, der mehr ist wie du.«

Caspian setzt sich auf. »Guck mal.« Er krempelt seinen Ärmel hoch und hält mir die Innenseite seines Handgelenks hin. Dort eintätowiert ist mein Name, in geschwungenen Buchstaben. »Das hier hab ich mir vor einem Monat stechen lassen. So bist du immer bei mir.«

Ich will etwas sagen, aber meine blöde Kehle zieht sich schon wieder zusammen, und alles, was mir übrig bleibt, ist, ihn zu küssen, bis mir schwindlig wird und unsere Klamotten Stück für Stück auf dem Boden landen.

Später liegen wir eng umschlungen da, und ich sehe zu, wie Cas einschläft. Seine Lider schließen sich und sein Atem wird langsamer.

Die Minuten auf dem Wecker ticken dahin, aber meine Gedanken kommen nicht zur Ruhe.

Vorsichtig befreie ich mich aus seinen Armen und setze mich in Unterwäsche und T-Shirt an den Tisch am Fenster. Alle erwarten immer von mir, dass ich nach vorne schaue und einfach weitermache, als wäre meine Familie nichts als ein Haufen Plüschtiere, die ich durch neue ersetzen kann.

Aber Menschen sind nun mal nicht austauschbar.

Irgendwann geht die Sonne auf und Cas' leises Schnarchen verstummt. Er streckt sich und setzt sich auf. Die Decke rutscht von seinen nackten Schultern und ich werde rot. »Hast du überhaupt geschlafen?«, fragt er.

»Nein.«

»Vielleicht solltest du dich dann noch mal ein bisschen hinlegen. Du musst dich ausruhen.«

»Ausruhen kann ich mich, wenn ich tot bin. Jetzt muss ich zum Haus.«

Wir ziehen die schwarzen Kapuzenpullis über, die Cas besorgt hat. Ich zupfe mir auch noch die Haare in die Stirn, damit weniger von meinem Gesicht zu sehen ist. Cas hat gesagt, DIE suchen nach uns.

Dann geben wir unseren Zimmerschlüssel ab und Cas fährt uns zu einem Diner in der Nähe. »Iss wenigstens was«, fordert er mich auf. »Wir haben zwei Stunden Fahrt vor uns.«

»Das heißt, ich war die ganze Zeit nur etwas mehr als zwei Stunden von zu Hause entfernt? Hat sich eher angefühlt wie eine Million.«

Ich wähle eine Sitznische neben einem Wandbild mit Fischen. Eine Frau in einem blauen Kleid mit weißer Schürze begrüßt uns mit einem »Na, was darf's denn sein?« und zieht einen Bleistift hinter ihrem Ohr hervor, um unsere Bestellung aufzunehmen.

Cas klappt die riesige Plastikspeisekarte auseinander. »Ich hätte gern die Waffeln mit Speck und einen Orangensaft.«

Die Frau schreibt sich alles auf. »Und für dich, Liebes?«

»Blaubeerpfannkuchen.«

Ich lächele bei der Erinnerung an Mutters Blaubeerpfannkuchen. Dazu gab es sogar selbst gekochten Sirup, für den wir den Ahornbäumen am Haus eimerweise Saft abgezapft haben.

Langsam füllt sich das Diner und das Besteckklappern und Stimmengewirr um uns werden lauter. Dann kommt unser Essen, das richtig gut schmeckt. Cas beobachtet mich.

Ich lege die Gabel hin. »Hörst du jetzt mal bitte auf, mich so anzustarren?«

Die Sonne lässt seine Augen blauer leuchten als je zuvor.

»Tut mir leid. Ich kann einfach immer noch nicht glauben, dass du wirklich hier bei mir bist. Dass du immer noch *du* bist.«

»Aber das bin ich eben nicht, Cas. Nicht mehr. Auch wenn das irgendwie keiner versteht.«

Cas hat offenbar keine Ahnung, dass er einem Geist gegenübersitzt.

»Natürlich bist du du, Piper. Und ich bin ich. Das ist das Einzige, was ich sicher weiß.« Er greift über den Tisch hinweg nach meinen Händen.

»Lass uns einfach zum Haus fahren, ja?«, sage ich.

Cas legt Geld auf den Tisch und hält mir beim Rausgehen die Tür auf. Ein Glöckchen klimpert zum Abschied.

»Du hast gesagt, die Kleinen sind jetzt in Pflegefamilien. Was heißt das eigentlich genau?«, frage ich, während ich mich auf den Beifahrersitz des Autos sinken lasse. Da er nicht antwortet, nachdem er eingestiegen ist, wiederhole ich meine Frage.

»Das sind Familien, die elternlose Kinder aufnehmen. Leute, die sich als Ersatzeltern zur Verfügung stellen.«

»Aber wir haben doch Eltern.«

Er schweigt.

42.

DANACH

Irgendwann liegt unsere Auffahrt mit den Bäumen vor uns, vertraut und doch fremd. Das Laub erstrahlt leuchtend gelb in der Vormittagssonne.

Ich atme auf.

Es ist, als hätte ich seit dem Tag, an dem DIE mich von hier fortgebracht haben, die Luft angehalten. Seit sie mich eingesperrt haben. Mir meine Erinnerungen genommen haben.

Ich bin wieder zu Hause. In Sicherheit. Endlich wieder ich.

Doch dann stürzt alles auf mich ein. Der Geruch nach Kupfer und Schießpulver, das Knallen.

Die Männer, bäuchlings auf dem Rasen.

Ich kaue an den Nägeln.

Cas parkt den Wagen am Ende der Auffahrt und dreht den Zündschlüssel um. Als der Motor erstirbt, klingt es wie ein leises Niesen.

»Nanu, wohnt da etwa ein Kobold unter der Motorhaube?«, witzele ich.

Er lächelt. Wie ich dieses Lächeln vermisst habe. »Wenn dann ein ziemlich fauler. Alle zwei Wochen geht irgendwas kaputt. Aber ein Auto zu haben, ist schon toll.«

Wir starren durch die Windschutzscheibe auf die Überreste unseres früheren Lebens. Die alte Achterbahn, die Bäume, den Garten.

Eine Erinnerung keimt in mir auf, von der ich bislang noch gar nicht wusste, dass ich sie überhaupt habe – an den Tag, an dem wir hierhergezogen sind. Daran, wie ich mich an Mutter geklammert habe, aus Angst vor den verfallenen Fahrgeschäften, den Graffiti überall.

»Das ist genau richtig für uns«, sagte Vater und schritt wie ein Eroberer zwischen den Ruinen auf und ab. *»Hier sind wir in Sicherheit.«*

Und dann machte er sich an die Arbeit, um uns ein Leben wie aus dem Bilderbuch aufzubauen.

Das Grundstück wirkt wie ausgestorben und dennoch tausendmal lebendiger als Jeannies und Richs steriles Haus. Dort war ich von Anfang an fehl am Platz, aber jetzt bin ich es auch hier.

Am Rand des ungemähten Rasens bleiben wir stehen und starren hoch zum Haus.

Ich habe Angst.

Cas scheint es wohl zu spüren, denn er greift nach meiner Hand und küsst meine Fingerknöchel. Ich streiche langsam über sein Tattoo, das sich leicht von seiner warmen Haut abhebt.

»Und du hast wirklich von keinem der anderen etwas gehört?«, frage ich.

»Du hast mir so gefehlt, Piper«, sagt er. »Ich hab fast jede Nacht von dir geträumt. Aber meine Therapeutin meint, das ist ganz normal.«

»Du bist auch in Therapie?« Er hat meine Frage nicht beantwortet und ich dränge ihn nicht dazu. Noch nicht.

»Ja, schon seit Monaten. Am Anfang war es total krampfig. Und bei dir?«

Ich lächele. »Meiner ist ganz nett. Auch wenn er immer die hässlichsten Pullover der Welt trägt … Aber ich glaube, mittlerweile vertraue ich ihm. Vater würde wahrscheinlich ausrasten, wenn er davon wüsste.«

Cas küsst mich auf die Wange und macht eine Geste Richtung Haus. »Bist du bereit?«

Ich schließe kurz die Augen und denke an unsere Nacht am Autoscooter. Daran, wie wir uns im Flur vor unseren Schlafzimmern geküsst haben, obwohl uns klar war, dass wir jederzeit erwischt werden könnten. Das alles wirkt unendlich weit entfernt.

»So bereit, wie man sein kann.«

Abgesehen von dem gelben Absperrband vor der Tür wirkt das Haus genau wie früher. Ich reiße es ab und werfe es ins Gras. Die Tür steht einen Spalt offen, und als wir reingehen, schnappe ich nach Luft.

Der Esstisch ist verschwunden und die Stühle sind umgekippt oder kaputt.

»Piper«, sagt Cas, aber ich beachte ihn nicht und bin kurz darauf in der Küche. Dort auf dem Boden liegen die Scherben von Mutters Einmachgläsern. Die Türen des Vorratsschranks hängen schief in den Angeln. Unser ganzes Geschirr ist zerbrochen.

Ich unterdrücke einen Schluchzer und mache mich auf den Weg nach oben. Die Tür zum Mädchenzimmer ist zu und Cas legt mir die Hand auf die Schulter. »Bist du sicher, dass du das sehen willst?«

»Ja.«

Ich betrete mein früheres Zimmer. Meinen geliebten Schlupfwinkel.

Drinnen ist nichts mehr, wie es war.

Alle Möbel sind weg. Die Betten, der Schreibtisch, der

Teppich, den ich zusammen mit Mutter geflochten habe. An mehreren Stellen sind Löcher in die Wand geschlagen. Das Fenster ist zersplittert und der Boden liegt voller Scherben. Von Millies Giraffe, Carlas Skizzenbuch, Beverly Jeans Papierpuppen ist keine Spur.

»Unsere Sachen.« Meine Stimme klingt erstickt.

»Die Polizei hat alles mitgenommen.«

»Warum?«

Cas tritt ans Fenster. »Als Beweismittel für den Prozess gegen Angela und die Tanten. Und gegen Curtis, wenn sie ihn denn jemals schnappen.«

Auch das Zimmer der Jungs ist leer. Henrys Cowboyhut, Samuels Super Nintendo – alles weg. Es ist, als hätte niemand von uns je existiert.

Als Nächstes lockt mich Vaters Arbeitszimmer. Seine Schreibmaschine und seine Akten sind verschwunden, genauso wie der Druck des »Abendmahls« an der Wand.

Ich frage mich, ob ich wohl sein Judas bin. Immerhin war ich mir im Klaren über Thomas' Zweifel, aber ich habe Vater nichts davon gesagt. Vielleicht wären wir sonst noch alle zusammen, wer weiß.

Aber du wärst dann wahrscheinlich auch verheiratet, flüstert ein Stimmchen in meinem Kopf. *Und das hättest du nicht gewollt. Du weißt, dass es falsch gewesen wäre.*

»Bitte lass uns wieder fahren«, flüstere ich.

»Da ist noch etwas, was du sehen solltest, Piper.«

»Und wenn ich nicht will?«

Caspian verschränkt seine Finger mit meinen und führt mich zurück zur Haustür. »Du musst.«

Ich versuche, nicht zum Sofa hinüberzublicken, dessen

Polster feucht und angemodert und mit Scherben bedeckt sind. Ich versuche, nicht an meine Fernsehabende mit Thomas zu denken, den sonntäglichen Frühstückstisch, die unbändige Freude, wenn Mutter und Vater zu Besuch kamen.

Ich wünschte, ich könnte das alles vergessen.

Schweigend gehen wir nach draußen und in den Wald, denselben Pfad hinunter, auf dem Vater seine Vision davon hatte, wie ich in die Gemeinschaft aufgenommen werde und Seite an Seite mit ihm arbeite. Wie glücklich ich damals war.

Cas sagt nichts, als wir am Autoscooter vorbeilaufen, und auch ich schmiege mich nur kurz schweigend an ihn. Wir gelangen an eine Stelle, an der ein Stück Zaun fehlt. Der Wald auf der anderen Seite raschelt im Wind, ohne irgendetwas, das uns vor ihm schützt.

Vor der Außenwelt.

Ich kann regelrecht spüren, wie ihre finstere Macht in meine Haut eindringt, all das Gift, die schädliche Strahlung.

Caspian legt den Arm um mich. »Keine Sorge. Uns passiert nichts.«

Ich halte den Atem an, als wir durch das Loch im Zaun die Außenwelt betreten. Hier im Wald ist die Luft kühler und riecht nach feuchtem Lehm. Wir bahnen uns einen Weg zwischen Steinen und umgestürzten Bäumen hindurch.

Nach einer Weile taucht vor uns ein riesiger Clownskopf auf, halb unter Erde und Gestrüpp verborgen, ein Überbleibsel eines weiteren Fahrgeschäfts. Ich bleibe stehen.

»Wo gehen wir denn hin?« Eigentlich habe ich genug gesehen und will nur noch zurück.

Zurück in die Zeit, in der ich noch wusste, wie die Welt funktioniert.

»Zur Kolonie«, antwortet Cas.

»Aber das ist doch Stunden von hier entfernt.«

Cas schüttelt den Kopf. »Nein, ist es nicht. Komm.«

Ich weiche einen Schritt zurück. »Aber Mutter und Vater mussten doch immer so weit reisen, um uns zu besuchen. Darum waren sie ja nur so selten da.«

»Ich weiß, dass du das nicht gerne hörst, aber es ist nun mal die Wahrheit. Die Kolonie ist hier.«

»Ich glaub dir kein Wort!«

»Du wirst es gleich selbst sehen.«

Ich folge ihm weiter und Angst breitet sich in mir aus. Caspian würde mich niemals derart anlügen. Aber Vater auch nicht.

Vor uns beginnt sich der Wald zu lichten und die Sonne dringt wieder bis auf den Boden. Ich senke den Kopf.

»Wir sind da«, verkündet Cas, und ich mache einen Schritt auf eine kleine Wiesenfläche.

43.

DAVOR

Äste huschen vor dem Fenster vorbei. Mein Blick versucht, sich daran festzuhalten, aber sie sind zu schnell, wie die Blätter eines Deckenventilators.

Ich lege mich wieder hin.

»Ich will zu meinem Vater«, flüstere ich benommen.

»Weißt du, wo er sein könnte?«, fragt die Frau vom Jugendamt und dreht sich auf dem Beifahrersitz zu mir um.

Ich schüttele den Kopf; das Polster ist rau unter meiner Wange. Ich schließe die Augen und versuche, alles um mich herum auszublenden.

Mit einem Mal verkrampft sich mein Magen und ich kämpfe mich mühevoll hoch ins Sitzen. »Mir ist schlecht«, japse ich.

Das Auto hält ruckartig an.

Eine Tür geht auf und Hände ziehen mich nach draußen.

Ich falle auf die Knie und übergebe mich ins hohe Gras am Rand einer fremden Straße.

Der Krieg hat begonnen.

44.

DANACH

Irgendwie klingt hier alles seltsam.

Als könnte ich aus Leibeskräften schreien und die Luft würde den Laut dennoch verschlucken.

Vor mir erheben sich vier lang gezogene Holzgebäude, weiß getüncht und mit Blechdächern. »Das da waren die Schlafquartiere der Mitglieder«, erklärt Cas. »Die vorderen beiden für Männer und die hinteren beiden für Frauen und Kinder.«

Er führt mich zwischen den mittleren zwei Häusern hindurch. Hier wächst kein Gras. Stattdessen knirscht Kies unter unseren Schuhen.

Ich sehe eine Art Käfig am Ende des einen Gebäudes. Er hat kein Dach und drinnen liegt haufenweise vergammeltes Essen auf dem Boden. Hinter ein paar offen stehenden Fenstern flattern Vorhänge und Schweißgeruch weht zu uns raus.

Cas bleibt vor einer Holztür stehen und drückt sie mit der Schulter auf. Dann holt er sein Handy aus der Tasche und tippt darauf herum. Er hat ein Handy? Kurz darauf fängt es an zu leuchten. »Taschenlampe«, erklärt er.

Die Holzdielen knarren unter unseren Füßen. Irgendetwas huscht vor uns weg. »Ich zeige dir, wo meine Mom geschlafen hat«, sagt er.

»Aber Vater hat deine Eltern doch rausgeworfen«, entgegne ich. »Die waren gar nicht mehr hier.«

Cas schüttelt den Kopf. »Das hat er behauptet, Piper, aber es war gelogen. Sie waren die ganze Zeit hier.« Ich halte mich dicht bei ihm, als er den Lichtstrahl über ungemachte Betten, Tische und umgekippte Kommoden wandern lässt. Durch die abgestandene Luft flirrt Staub und Fotos von Vater zieren die ansonsten kahlen Wände.

Cas bleibt vor einem der Betten stehen. »Das hier war ihres. Die Polizei hat ein Kinderfoto von Thomas und mir unter dem Kopfkissen gefunden. Sie hat gesagt, sie hätte jeden Tag an uns gedacht und sich damit getröstet, dass wir es in Curtis' Privathaus viel besser hätten. Die Mitglieder hier mussten häufig fasten, angeblich um Körper und Geist zu reinigen. Darum war sie es gewohnt zu hungern. Aber sie hatte keine Ahnung, dass es bei uns auch nicht genug zu essen gab.«

Er richtet das Licht auf das nächste Bett. »Und das da ist Angelas.«

Ich starre ihn an. »Sie hat nicht bei Vater geschlafen?«

»Curtis hatte sein eigenes Haus ein Stückchen abseits. Manchmal war Angela bei ihm und manchmal irgendeine der anderen Frauen. Wie es ihm gerade gepasst hat.«

Seine Worte treffen mich mit der Wucht eines Vorschlaghammers und ich taumele einen Schritt rückwärts. »Vater hatte noch andere Frauen?«

»Also, verheiratet war er nur mit Angela. Aber ich glaube, Sex hatte er mit etlichen der weiblichen Mitglieder.«

Ich gehe zu Mutters Bett. Es riecht schwach nach der Bodylotion, die sie auch bei uns zu Hause benutzt hat, und ich muss mich auf die Kante setzen, aus Angst, ohnmächtig zu werden. Mutter, die in so traurigen, primitiven Verhältnissen lebt, das kann ich mir einfach nicht vorstellen. »Wo sind ihre ganzen schicken Kleider? Ihre Schuhe?«

Cas zuckt mit den Schultern. »Vielleicht in Curtis' Haus?«

»Sie hat doch so oft von den ganzen Unternehmen erzählt, die sie geleitet hat. War das auch alles gelogen?«

Caspian setzt sich neben mich. »Ja. Tut mir leid, Piper. Angela hat von ihren Eltern einen Haufen Geld geerbt, aber das hat sie alles Curtis gegeben. So wie die meisten Mitglieder, meine Eltern auch. Als sie jetzt eine Wohnung für uns mieten wollten, musste meine Tante ihnen aushelfen.«

Langsam stehe ich wieder auf. All die Jahre habe ich mir vorgestellt, wie Mutter um die Welt jettet und hinter einem riesigen Schreibtisch mit Ideen jongliert. Wie Vater auf einer Ranch inmitten grüner Hügel arbeitet und zusammen mit seinen Leuten für eine bessere Welt kämpft. Eine Fliege summt mir ums Gesicht und ich schlage nach ihr.

»Lass uns gehen«, sage ich. Ich muss weg aus der Hitze hier drin, weg von der Wahrheit, die sich mir unter die Haut brennt.

Cas leuchtet mir den Weg und ich stürze nach draußen. Wir laufen zwischen den Häusern hindurch und landen auf einem offenen Platz. In seinem Zentrum steht ein großer Holzturm, ebenfalls weiß getüncht. Vorne auf der Fassade steht in großen schwarzen Buchstaben:

Die Gemeinschaft ist Wahrheit.
Die Gemeinschaft ist Treue.
Die Gemeinschaft bietet uns Schutz.

In dieser Größe wirken die Worte überwältigend. Sie führen mir all das vor Augen, was ich verloren habe. All das, was hätte werden können.

»Das hier war der Wachturm«, erklärt Cas. »Die Mitglieder

mussten in Schichten da oben Ausschau halten, so wie wir auf der Achterbahn.« Er wendet sich mir zu, aber ich weiche seinem Blick aus.

Rechts von uns erhebt sich eine Art Bühne, vor der ein paar Bankreihen stehen. »Da hat Curtis seine Predigten gehalten. Eine von den Anwältinnen hat mir erzählt, dass sein Vater Priester war. Wahrscheinlich hat er das von ihm gelernt.«

»Anwältinnen?« Ich höre mich selbst kaum.

Während ich mich auf eine der Bänke sinken lasse, klettert Cas auf das Podest, läuft ein paarmal auf und ab und guckt auf ein nicht vorhandenes Publikum hinunter. »Eine von denen, die Angela vertreten. Und die Tanten. Curtis konnten sie ja noch nicht dingfest machen, aber angeklagt wird er trotzdem.«

»Aber Mutter hat doch gar nichts falsch gemacht.«

Cas springt von der Bühne und setzt sich neben mich. »Piper, sie hat jede Menge falsch gemacht. Sie hat Curtis dabei unterstützt, seinen Anhängern eine Gehirnwäsche zu verpassen. *Uns*. Sie hat uns genauso in dem Haus am See eingesperrt wie er. Sie hat dich unter Drogen gesetzt.« Er starrt mich an und seine blauen Augen bohren sich in meine. »Und außerdem haben sie und Curtis anderen Leuten ihre Kinder weggenommen. Darum ist Thomas auch zur Polizei gegangen. Er hat die Tanten dabei belauscht, wie sie sich darüber unterhalten haben, dass die beiden noch ein Kind aufnehmen wollten. Und das konnte er nicht zulassen.«

Mein Kopf ruckt hoch. »Nein. Cas, nein, bitte. Wie kannst du so was sagen?« Meine Stimme zittert. »Sie lieben mich. Lieben *uns*. Sie haben das alles nur gemacht, weil sie uns lieben.«

»Kann sein. Aber das ist trotzdem keine Entschuldigung.«

Ich falte die Hände im Schoß und starre darauf.

Alles um mich herum dreht sich.

Ich denke an meine wirren Kindheitserinnerungen, an das Video von Jeannie und Jessie, und mit einem Mal kommt mir ein entsetzlicher Gedanke.

»Caspian … haben sie mich auch jemandem weggenommen?«, frage ich so kläglich, dass meine Stimme fast klingt wie die von Beverly Jean.

In meinen Ohren rauscht das Blut, und ich höre kaum, wie Cas »Ja« sagt.

Nein.

Ich weigere mich, ihm zu glauben.

»Gehen wir.« Ich springe auf.

Es muss eine Erklärung für all das geben, was passiert ist. Vater muss gute Gründe dafür gehabt haben. Ich muss ihm einfach vertrauen.

Wahrheit.

Treue.

Schutz.

Hinter der Bühne erstreckt sich ein umzäunter Garten mit ordentlich angelegten Beeten, doch das ganze Obst und Gemüse darin liegt auf dem Boden und verrottet. In einem kleinen Unterstand entdecke ich Rechen und Hacken, genau wie die, die wir in unserem Garten am See benutzt haben. Am anderen Ende des Ackers befindet sich eine windschiefe Scheune.

Cas führt mich zu einem weiteren kleinen Gebäude. Es hat keine Fenster und nur eine einzige Tür. Drinnen schaltet er wieder seine Handytaschenlampe ein. »Hier hat die Gemeinschaft ihre Versammlungen abgehalten und an ihren Projekten gearbeitet oder was auch immer. Mit Strom haben sie sich über ein paar alte Generatoren versorgt, so wie wir. Und Solarenergie.«

»Warum gibt es hier keine Fenster?«, will ich wissen.

»Weil das Gebäude als Schutzbunker dienen sollte, solange der am See noch nicht fertig war.«

An ein paar Nägeln in der Wand hängen seltsame Masken. Ich nehme eine herunter. Sie ist schwer, hat große verglaste Augenlöcher und ein röhrenartiges Stück Plastik über der Mundpartie.

»Das ist eine Gasmaske.« Caspian nimmt sie mir ab und setzt sie kurz auf. »So was benutzt man bei Angriffen mit Giftgas oder irgendwelcher Strahlung. Die sollen die Atemluft filtern oder so.«

»Woher weißt du das alles?«

»Über die Kolonie? Haben meine Eltern mir erzählt. Und alles andere hab ich mir angelesen. Ich hab eine ganze Menge recherchiert.«

Ich nehme ihm die Maske ab und hänge sie zurück. Wenn Vater zurückkommt, soll alles so sein, wie er es hinterlassen hat. So würde er es wollen. »Kann ich jetzt Vaters Haus sehen?«

Caspian nimmt wieder meine Hand, aber ich merke es kaum.

Wir treten erneut ins Freie und ich kann Vaters Präsenz immer stärker spüren. Sein Haus steht ungefähr hundert Meter weit entfernt. Klein und schlicht, und doch anders als die übrigen Gebäude, wohnlicher. Es hat schwarze Fensterläden und ein ziegelgedecktes Dach. Vor dem Eingang wachsen ein paar Büsche und Sukkulenten. Ein schmaler, gepflasterter Weg führt zur Tür, die nur angelehnt ist, und wir gehen hinein.

Eine Wand des großen, offenen Raums wird von einer Küchenzeile eingenommen und vor der anderen stehen eine Couch und ein paar Sessel. Eine Tür auf der Rückseite führt ins Schlafzimmer. Das große Bett mit der weißen Tagesdecke ist ordentlich gemacht. An einem Garderobenständer in der Ecke hängt einer von Mutters Sonnenhüten, und ich muss lächeln. Wusste ich's doch, dass sie hier bei Vater gewohnt hat. Caspians Mom hat gelogen.

Der Schrank ist leer bis auf einen großen Pappkarton und einige von Vaters Leinenhosen und -hemden.

»Ich glaube, die Polizei hat die meisten von seinen Sachen beschlagnahmt«, sagt Cas hinter mir. »Das Ganze hier gilt wohl als ein einziger riesiger Tatort.«

Ich ignoriere ihn und ziehe den Karton hervor. Als ich die Laschen zurückklappe, kommt eine mottenzerfressene Decke zum Vorschein.

Die ist von mir. Die letzte, die ich gehäkelt habe, nachdem Mutter mir das gelbe und grüne Garn mitgebracht hatte.

Ich lege sie aufs Bett und ziehe die nächste heraus.

Und noch eine.

All die Decken, die ich an Obdachlosenheime spenden wollte, modern hier in einem Pappkarton vor sich hin. Ich breite sie auf Vaters Bett aus wie eine Landkarte meiner Vergangenheit.

Eine Landkarte ins Nirgendwo.

»Also hat er sie gar nicht ins Obdachlosenheim gebracht«, merke ich völlig nüchtern an.

»Curtis hat die Kolonie nur ganz selten verlassen. Und andere durften es überhaupt nicht.« Cas' Worte dringen seltsam verzerrt an mein Ohr.

Ich sammele die Decken ein und stopfe sie in den Karton, ohne sie vorher wieder zusammenzufalten. Dann sehe ich mich um, auf der Suche nach irgendetwas zum Kaputtmachen. Schließlich nehme ich mir eine Haarbürste von seinem Nachttisch und schleudere sie Richtung Fenster. Die Scheibe zersplittert.

Cas legt mir die Hand auf die Schulter. »Alles okay?«

Ich schüttele ihn ab und sinke auf die Knie. Der Raum um mich beginnt zu schwanken und ich kneife die Augen zu. Vielleicht ist das hier ja bloß ein Traum, und wenn ich aufwache, wird alles wieder so, wie es sein sollte.

So, wie Vater es uns immer versprochen hat.

Ich hole tief Luft und lasse den Blick erneut durchs Zimmer schweifen. »Er hat uns nach Strich und Faden belogen, oder?«

»Ja.«

»Aber warum? Was hatte er für einen Grund, uns so was anzutun?«

Cas setzt sich neben mich und nimmt mich in den Arm. Ich klammere mich an ihn. »Gar keinen oder zumindest keinen guten. Meine Mom sagt, Curtis hat bloß gerne Macht über andere Menschen.«

Wieder schließe ich die Augen, so fest ich kann, aber auch so lassen sich die Tränen nicht zurückhalten, und sie durchtränken Cas' T-Shirt. Ich weine, bis ich Magenkrämpfe bekomme und mich vollkommen leer fühle.

Meine gesamte Welt ist in sich zusammengebrochen, und ich bin wütend auf die Sonne, weil sie einfach weiterscheint, als wäre nichts passiert.

Ich bin wütend auf Cas, weil er ohne mich ein neues Leben angefangen hat.

Ich bin wütend auf mich selbst, weil ich meine Geschwister im Stich gelassen habe, weil ich sie nicht beschützt habe, so wie ich es ihnen immer versprochen habe.

Aber am wütendsten bin ich auf Mutter und Vater.

Ich löse mich von Cas und wische mir mit dem Handrücken die Nase ab. »Ich will sie sehen.«

»Wen?«, fragt er.

Ich hole tief Luft. »Mutter.«

45.

Wir stehen an Cas' Auto und warten. Die Sonne versinkt zwischen den Bäumen, hinter denen unser altes Zuhause liegt. Irgendwann taucht Jeannies Wagen am Horizont auf und Cas strafft die Schultern.

»Keine Sorge, Piper. Wir erklären es ihnen einfach, wie es ist. Das werden sie schon verstehen. Und wenn sie doch sauer sind, dann auf mich, nicht auf dich.«

DANACH

Ich sage nichts. Ich kann mir nicht vorstellen, dass die beiden irgendwas von alldem verstehen.

Aber andererseits habe ich mich auch jahrelang in Mutter und Vater getäuscht.

Ich weiß gar nichts mehr.

Reifen knirschen auf Schotter, Türen knallen und dann kommen Jeannie und Rich herbeigestürzt.

Jeannie drückt mich so fest an sich, dass ich mich nicht mal dann hätte losmachen können, wenn ich gewollt hätte. Sie streichelt mir weinend über den Kopf. »Du kannst doch nicht einfach so weglaufen.« Ihre Stimme klingt erstickt, als steckte ihr ein Wattebausch in der Kehle. »Weißt du, was ich für Sorgen ausgestanden habe?«

»Was *wir beide* für Sorgen ausgestanden haben«, betont Rich hinter ihr. Seine Augen glänzen feucht. »Mein Gott, wir haben sogar die Polizei verständigt.«

»Tut mir leid.« Es ist das erste Mal, dass ich diese Worte an Jeannie richte, an Jeannie und Rich. Und in dem Moment bricht etwas in mir auf.

»Mir tut es auch leid. So furchtbar leid«, erwidert Jeannie leise. Dann lässt sie mich los, wischt sich übers Gesicht und wendet sich Cas zu. »Du musst Caspian Hunt sein«, sagt sie tonlos. Rich steht bloß schweigend da.

»Ja, das ist Cas«, antworte ich. »Bitte, er kann nichts dafür. Ich musste einfach ein letztes Mal hierher. Das war meine Idee, Cas hat mich bloß gefahren. Und ich wusste, dass ihr mir das nie erlauben würdet.«

Caspian tritt vor und streckt die Hand aus. »Freut mich, Sie beide kennenzulernen.«

Jeannie zögert kurz, aber dann ergreift sie sie.

»Was zum Teufel hast du dir dabei gedacht, einfach so mit ihr abzuhauen?«, bricht es aus Rich hervor. »Noch dazu mitten in der Nacht!«

Cas zuckt zurück. »Tut mir leid«, beteuert er. »Wir wollten wirklich nicht ausreißen oder – oder hierbleiben oder so.«

»Das stimmt«, bekräftige ich. »Ich hab einfach nicht nachgedacht. Aber uns ist ja nichts passiert, und es kommt auch nicht wieder vor, versprochen.«

Jeannie blickt sich um, holt tief Luft und stößt sie wieder aus. »Also hier habt ihr gewohnt.«

Rich schließt die Augen und massiert sich die Nasenwurzel. Er sieht aus, als bereite ihm die ganze Situation körperliche Schmerzen.

Ich nicke. »Die Kolonie ist da hinter den Bäumen. Caspian hat mich hergebracht, damit ich sie mal mit eigenen Augen sehe.«

»Was? Die Kolonie?«, fragt Jeannie.

»Ja, ich bin hier nie gewesen.« Meine Stimme droht zu versagen. »Vater und Mutter haben uns immer erzählt, die Kolonie wäre ganz weit weg. Dass sie jedes Mal Stunden fahren mussten, wenn sie uns besuchen wollten.«

Rich marschiert langsam im Kreis, blickt hoch zu den Bäumen, zum Himmel. »Nicht zu fassen«, murmelt er vor sich hin.

»Jeannie, ich habe eine Bitte«, wende ich mich an sie. »Auch wenn du vermutlich nicht begeistert sein wirst.«

Sie legt mir die Hände auf die Schultern. »Was denn?«

Ich atme tief durch. »Ich möchte meine Mutter besuchen.«

Jeannies Augen weiten sich. »Angela? Im Gefängnis?«

»Ja. Sobald wie möglich. Und Cas soll mitkommen.«

»Auf gar keinen Fall«, blafft Rich. »Diese Frau wird dich nie wiedersehen und mit *dem* da lassen wir dich bestimmt nirgendwo mehr hin.«

Jeannie schweigt eine Weile. »Das hier war ihr Leben, Rich«, sagt sie schließlich. »Wir können nicht einfach so tun, als wäre das alles nie passiert.« Dann dreht sie sich wieder zu mir um. »Bist du dir ganz sicher, dass du sie sehen willst?«

»Ja. Ich habe so viele Fragen, und sie ist die Einzige, der ich sie stellen kann. Bitte, könnt ihr das nicht verstehen?«

Ich halte die Luft an, während ich auf ihre Entscheidung warte.

»Ich werde mal mit der Polizei und unserer Anwältin darüber sprechen. Vielleicht können wir dich auf ihre Besucherliste setzen lassen«, sagt sie dann. »Aber bitte lauf nie wieder weg, hast du das verstanden?« Sie ergreift meine Hände. »Ich hätte dich genauso hergefahren. Du musst solche Dinge nicht vor uns geheim halten. Du musst überhaupt nichts mehr geheim halten.«

Meine Augen fangen an zu brennen. »Danke«, flüstere ich.

Jeannie bemüht sich zu lächeln. »Dann lass uns jetzt nach Hause fahren.«

46.

DANACH

Letzte Warnung. Nicht aufstehen.

Cas holt mich bei Jeannie ab und fährt mich zum Gefängnis. Das lang gestreckte Backsteingebäude ist von einem hohen Stacheldrahtzaun umgeben.

Als ich meinen Gurt löse, schnellt er von mir weg und zurück an seinen Platz.

Jeannie hat mir eine ganze Liste von Regeln für meinen Besuch mitgegeben. Kein schulterfreies Top, keine zu kurzen Shorts. Kein Rocksaum oberhalb des Knies. Nichts Enganliegendes. Nichts, was man als Waffe gebrauchen könnte. Nichts Brennbares.

Also sitze ich hier mit leeren Taschen und einem ausgebeulten Sweatshirt und mache mir trotzdem Sorgen, dass im letzten Moment noch irgendwas schiefgehen könnte. Dass ich sie doch nicht sehen darf.

Als wir über den Parkplatz gehen, drückt Cas sanft meine Hand.

»Du musst da nicht rein, wenn du nicht willst. Wir können auch einfach ein andermal wiederkommen.«

Ich schlucke. »Doch, ich muss sie sehen. Sie ist mir ein paar Antworten schuldig.«

Wir betreten die Lobby und ein Mann in Uniform fragt nach meinem Ausweis.

Jeannies Anwältin hat mir provisorische Papiere auf den Namen Piper Haggerty besorgt. Die Zettel sind schweißfeucht, weil ich sie in die hintere Tasche meiner Jeans gestopft habe, und ich wende mich ab, als ich sie dem Mann reiche. Er winkt mich durch. Alle starren mich an, als würden sie mich kennen.

Cas steht nicht auf der Besucherliste und darf nicht weiter. »Du schaffst das schon«, flüstert er mir zu. »Bis später.«

»Soll ich ihr sagen, dass du auch hier bist?«

Er senkt den Blick. »Besser nicht.«

Der Mann führt mich in einen Raum voller Tische und Stühle. Überall sitzen Häftlinge in Overalls ihren Familienmitgliedern gegenüber und unterhalten sich gedämpft.

Aber der Mann bleibt nicht stehen. »Ihr Treffen findet woanders statt«, informiert er mich.

Wir gehen tiefer hinein ins Gefängnis, bis in ein Zimmer mit olivgrünen Backsteinwänden. Eine Glaswand teilt den Raum in zwei Hälften, davor befindet sich jeweils ein fest mit dem Boden verschraubter Metallhocker. Zwei Anwältinnen stellen sich mir vor – eine vertritt Mutter, die andere Jeannie. Ich beachte sie nicht.

Denn da ist sie.

Auf dem Hocker hinter der Scheibe.

In einem orangefarbenen Overall.

Ihr Haar wirkt stumpf und sie ist ungeschminkt. Sie kommt mir kleiner vor, als ich sie in Erinnerung hatte, irgendwie zusammengesunken.

Aber sie ist es wirklich.

»Mutter«, flüstere ich.

Als sie mich sieht, keucht sie auf. »Piper!«, ruft sie. Die Gefängniswärterin neben ihr ermahnt sie, leiser zu sprechen.

Ich stürze nach vorn und presse die Hände gegen die Scheibe, will ihr so nahe wie möglich sein. Das Entsetzen, das mich in der Kolonie ergriffen hat, als ich meine Häkeldecken gefunden habe, zieht sich in den hintersten Winkel meines Bewusstseins zurück und verblasst.

Sie legt die Hände von der anderen Seite an meine. Fünf Zentimeter Glas können uns nicht voneinander trennen. »Meine Kleine«, sagt sie, und Tränen strömen ihr über die Wangen. »Ich hab dich so vermisst.«

Ich schlucke, krampfhaft bemüht, nicht vor all diesen Fremden zu weinen. »Ich dich auch.« Ich lehne die Stirn an die Scheibe, und Mutter fängt an, das alte Wiegenlied zu summen, das sie mir so oft in meinen Träumen vorgesungen hat. Am liebsten würde ich das Glas zertrümmern und mich in ihre Arme stürzen.

»Warum haben sie dich hier reingesteckt, Mutter? Wo ist Vater?«, platzt es aus mir heraus. »Wann ist das alles endlich vorbei?«

»Es tut mir so leid, Piper. Ich wollte dich nicht im Stich lassen. Ich wollte nichts von dem, was passiert ist. Das weißt du, oder?«

»Natürlich.«

»Gut. Gut.« Sie blickt sich um. »Ich bin mir nie sicher, wer mich hier belauscht«, flüstert sie dann.

»Wer sollte dich denn belauschen?«, frage ich. *»Wer?«*

Eine Neonröhre über ihr flackert und ich sehe ihren dunklen Scheitel.

Ihre Haare sind gefärbt. Die ganze Zeit hat sie uns allen bloß etwas vorgemacht.

»Die Regierung, die Polizei. Die Ungläubigen. Ich würde dir so gern alles erzählen, mein Schatz. Aber das geht nicht. Dein Vater –« Sie unterbricht sich. »Hast du ihn gesehen?«

»Nein. Keiner weiß, wo er ist.«

Sie schüttelt den Kopf. »Weil er untergetaucht ist. Aber er wird zurückkommen, wenn er es für richtig hält, und dann wird er dich und die anderen zu sich holen.«

»Und was soll ich bis dahin machen?«, frage ich. »Ich habe das Gefühl, ich weiß gar nicht mehr, wer ich bin.«

»Du musst stark bleiben und an deinem Glauben festhalten. Das hier ist eine Prüfung, mein Schatz. Für uns alle.«

»Cas war mit mir in der Kolonie.«

Jetzt weicht ihr jegliche Farbe aus dem Gesicht.

»Du und Vater, ihr wart die ganze Zeit direkt nebenan«, rede ich tapfer weiter, auch wenn meine Stimme zu versagen droht. »Warum habt ihr immer so getan, als hättet ihr stundenlang fahren müssen?«

»Wir wollten euch nicht anlügen, Piper, das war eine rein strategische Entscheidung – nah beieinander, aber dennoch räumlich getrennt.« Ihre Augen funkeln zu hell. »Es war einfach besser, unsere Kinder vom Rest der Gemeinschaft fernzuhalten. Sicherer für euch. Ihr wart einfach zu hübsch und zu unschuldig, um von all diesen erwachsenen Männern umgeben zu sein. Die haben sich manchmal leider nicht unter Kontrolle.«

»Aber das hättest du uns doch erzählen können. Du hättest uns öfter besuchen können. Wir hätten dich so gebraucht.« Ich seufze. »*Ich* hätte dich gebraucht. Weißt du eigentlich, dass ich ganz allein war, als ich zum ersten Mal meine Periode bekommen habe? Ich dachte, ich muss sterben. Und die Tanten haben mich bloß ausgelacht.«

»Aber sieh dich doch jetzt nur an, Piper. Wir haben dich zu einer starken Frau erzogen.«

Mir ist plötzlich eiskalt und ich bekomme eine Gänsehaut.

»Stark? So fühle ich mich aber nicht, Mutter. Sondern einfach nur einsam. Vater und du, ihr habt uns jahrelang belogen und dann im Stich gelassen.«

»Das ist nicht wahr!«

»Ach nein? Guck dich doch mal um! Du sitzt im Gefängnis!«

»Ja, und zwar zu Unrecht! Eine Mutter sollte nicht dafür bestraft werden, dass sie ihr Kind liebt!«

»Caspian hat mir etwas anderes erzählt.«

Die Worte prickeln mir auf der Zunge. Ich könnte sie einfach hinunterschlucken, um des lieben Friedens willen, so wie ich es immer getan habe.

Aber ich bringe es nicht fertig.

Diesmal nicht.

»Er hat gesagt, ihr hättet mich meinen leiblichen Eltern weggenommen. *Bin* ich deine Tochter?«

»Wie kannst du es wagen, mir diese Frage auch nur zu stellen?«, faucht sie und nimmt ihre Hände von der Scheibe, fort von mir. »Wie kommst du überhaupt auf solche Ideen?«

»Das ist keine Antwort auf meine Frage, Mutter«, entgegne ich durch zusammengebissene Zähne.

An der Wand tickt eine Uhr, die Zeit rinnt mir durch die Finger wie Wasser.

Ich fahre mir nervös durchs Haar und versuche, den Mut für die nächste Frage aufzubringen.

Der Gedanke, dass auf der anderen Seite dieser Scheibe meine Zukunft sitzen könnte, macht mir Angst.

»Hast du mir meine rosa Badekappe gekauft oder war das Jeannie? Nicht die mit den Blumen drauf, sondern die andere, die war einfarbig rosa.« Jeder meiner Muskeln spannt sich an.

»Warst du mit mir beim Schwimmen? Und danach Eis essen im Park? *Oder war das Jeannie?*«

Ihre Lippen beben, aber sie antwortet nicht. Sie weicht meinem Blick aus.

»Sag es mir!«, verlange ich.

Sie schüttelt den Kopf. »Das weiß ich nicht mehr, Piper. Lass dir doch von denen nichts einreden. Wir sind eine Familie. Du, ich, dein Vater und deine Brüder und Schwestern. Ich liebe euch mehr als mein Leben. Ich würde alles tun, um euch zu beschützen.«

»Aber ich kann mich an sie erinnern. An Jeannie und Rich. Wie erklärst du dir das?«

»Das bildest du dir bloß ein«, entgegnet sie. »Die Krankenhäuser und Psychopharmaka, die sind nur dazu da, den Menschen den Verstand zu vernebeln. Hast du denn Vaters Lektionen völlig vergessen?«

Die Uhr tickt immer lauter und dazu kommen die schweren Schritte des Wärters, der hinter mir auf und ab geht. »Cas hat mir die Wahrheit gesagt, Mutter. Er hat mich noch nie angelogen. Kein einziges Mal.«

Sie beugt sich vor. Ihre Pupillen sind groß und schwarz, das Blau ringsum kaum mehr zu sehen. »Du bist unser Kind im Geiste, Piper. Das ist das Einzige, was zählt. Wir wollten dich nur beschützen.«

»Wovor?«, frage ich atemlos.

»Vor den Gefahren der Außenwelt, dem drohenden Krieg. Vor *allem.*« Sie massiert sich die Schläfen. »Das musst du mir glauben!«

Ich starre ihr ins Gesicht: auf ihre aufgesprungenen Lippen, die strähnigen Haare. Ohne ihr Make-up und die teuren

Kleider wirkt sie so … gewöhnlich. »Ich glaube nur eins: dass alles, was ich über Vater und dich gehört habe, wahr ist. Dass ihr Lügner und Betrüger seid.«

»Nein. Nein, Liebes. Bitte wende dich nicht von uns ab!«, fleht sie mit zittriger Stimme. Sie legt die Hand zurück an die Scheibe, und das kleine Mädchen, das ich einmal war, will nichts mehr, als die Geste zu erwidern, als die perfekte Tochter zu sein.

Doch der Mensch, der ich heute bin, bringt es nicht über sich.

»Ich soll mich nicht von euch abwenden?«, frage ich. »Wieso, etwa weil ihr immer so *zugewandte* Eltern wart?« Ich lache, doch meine Verbitterung verwandelt den Laut in Stein. »Ihr habt uns eure Liebe vorenthalten und oft sogar genug Essen. Da ist nichts, wovon ich mich abwenden könnte!«

»Du wirst viele hässliche Dinge über mich und deinen Vater hören, aber die darfst du nicht glauben. Wir lieben euch. Alles, was wir getan haben, war aus Liebe.«

»Noch fünf Minuten«, meldet sich der Wärter hinter mir zu Wort, und seine Stimme trifft mich wie ein Schlag in den Rücken, dringt unter meine Haut und in all meine offenen Wunden. Schweiß läuft mir den Nacken hinunter und mein Magen krampft sich zusammen. Ich höre die Anwältinnen untereinander murmeln.

»Ich musste *hungern*, Mutter. Und daran wart ihr schuld. Du und Vater. Nicht die Außenwelt. Nicht die Regierung. Sondern ihr!« Sie schüttelt den Kopf und hält sich die Ohren zu. »Hör mir zu, verdammt noch mal!« Als ich mit der Faust an die Scheibe schlage, legt mir der Wärter die Hand auf die Schulter.

»Noch so ein Ausraster und hier ist Schluss«, warnt er.

»Ich bin sowieso fertig«, antworte ich und stehe von meinem Hocker auf. Mutter lässt die Hände sinken und starrt mich an, ihre Augen so groß und rund wie Millies, als könnte sie schlicht nicht glauben, dass ich sie verlassen will. Als wäre ich die Böse hier. Aber mir ist jetzt klar, dass sie mich schon vor langer Zeit verlassen hat.

In meiner Brust erhebt sich ein stechender Schmerz. Denn ich weiß, dass ich sie nie wiedersehen will.

Ab heute gibt es nur noch ein

Davor

und ein

Danach.

»Wag es nicht, einfach zu gehen!«, ruft sie mir nach, als ich mich wegdrehe. Auf keinen Fall soll sie mich weinen sehen. »Piper! Komm zurück, Liebes! Piper! Piper, bitte, ich rede mit dir! Ich bin deine Mutter. Ich bin deine wahre Mutter! *Piper!*«

Cas steht auf, als ich zurück in den Wartebereich komme.

»Wie ist es gelaufen?«, erkundigt er sich ernst. »Was hat sie gesagt?«

»Nicht viel.«

»Bist du froh, dass du sie besucht hast?« Er wischt über meine Wangen, ohne dass ich gemerkt hätte, dass sie feucht sind.

»Frag mich später noch mal«, erwidere ich und sinke auf einen der Stühle. Er setzt sich neben mich. Eine Weile lassen wir uns von unserem Schweigen umspülen. »Cas, sie wollten, dass ich Thomas heirate«, gestehe ich schließlich.

»Ich weiß.«

Ich sehe ihn an. »Ja? Woher?«

»Thomas hat es mir erzählt. Nachher. Als wir wieder bei unseren Eltern waren.« Er legt den Arm um mich. »Er meinte, er hätte gewusst, dass es nicht richtig gewesen wäre, Piper. Dass er dich nie dazu gezwungen hätte. Dass Vater diese Entscheidung nicht zustand.«

»Wirklich?«

Cas nickt.

Thomas ist so ein guter Mensch.

»Ich wünschte, ich könnte einfach mit dir nach Hause gehen«, sage ich dann. »Du und Thomas fehlt mir so.«

»Piper, du hast doch selbst ein Zuhause. Du solltest versuchen, das Beste daraus zu machen.«

»Nein, hab ich nicht. Das hier ist nicht mein Leben.« Jetzt wische ich mir die frischen Tränen ab. »Ich habe kein Leben mehr. Ich bin ganz allein.«

»Hey. Das stimmt doch gar nicht. Ich wohne bloß ein paar Stunden weit weg. Wir können uns jedes Wochenende treffen. Vielleicht bekommst du ja jetzt auch ein Handy. Dann schreiben wir uns. Ein paar von den Leuten aus der Schule haben mir was gezeigt, Snapchat. Das können wir auch benutzen.«

»Das ist doch nicht dasselbe. Früher haben wir uns jeden Tag gesehen. Jetzt hab ich niemanden mehr.«

»Du hast Jeannie und Rich und Amy. Und mich. Für immer und ewig.«

»Ich hab Angst, Cas.«

»Ich auch.«

Er zieht mich an sich und unsere Körper fügen sich nahtlos aneinander.

Er gehört mir und ich ihm.

Draußen vor dem Gefängnis wartet Jeannie. Sie hat darauf bestanden, mich abholen zu kommen, und ich hatte einfach nicht die Energie zu widersprechen. Sie bedankt sich bei Cas dafür, dass er mich hergefahren hat, und ich verabschiede mich von ihm.

Dann hakt sie sich bei mir ein und führt mich zu ihrem Auto. Meine Beine fühlen sich an wie aus Gummi, also lasse ich es zu. »Ich hab Saft mitgebracht«, sagt sie. »Möchtest du Apfel oder Orange?«

»Apfel.« Sie holt eine Flasche aus dem Kofferraum. Ich stürze den Saft hinunter, und der vertraute Geschmack hilft mir, wieder einen klaren Kopf zu kriegen. »Danke übrigens. Dass ich meine Mutter besuchen durfte. Ich meine … Angela.«

»Wie war es denn?«, fragt sie, als wir einsteigen.

Es gibt Antworten, die sich unmöglich in ein paar Worte und Silben zwängen lassen.

»Ganz okay.«

»Hast du Hunger? Wir könnten Pizza bestellen, wenn wir zu Hause sind. Oder irgendwo essen gehen. Wie du möchtest.«

»Pizza klingt gut.«

Sobald wir nach Hause kommen, ruft sie beim Lieferservice an und bestellt Pizza mit grünen Oliven und Pilzen.

Meine Lieblingssorte.

Plötzlich bin ich wieder sechs Jahre alt, habe es mir auf der Couch gemütlich gemacht und beiße in ein Stück Pizza. Jeannie und Rich sitzen neben mir.

Wenn sie die ganze Zeit da waren, wie kann es sein, dass ich sie nicht mitgenommen habe? Wie konnte ich sie einfach vergessen?

Als die Pizza kommt, teilt Jeannie Teller aus, und wir schauen beim Essen einen Film. Amy kuschelt sich neben mich. Als ihr eine Olive übers T-Shirt kullert, lacht sie sich schlapp. Wir anderen schmunzeln und essen dann in schweigendem Einvernehmen weiter. In dem Film geht es um zwei Hunde und eine Katze, die ihre Familie verlieren und sich auf die Suche nach ihr machen.

Ich weiß jetzt schon, wie er enden wird.

Man findet nie wirklich zurück nach Hause.

47.

DAVOR

»Piper.«

Meine Augen tun weh. Sie zu öffnen, fühlt sich an, als würden die Lider ein Stück meiner Netzhaut mit abreißen, und ich bin mir sicher, dass ich blind bin.

»Piper.«

Ich lecke mir über die trockenen Lippen und blinzele, bis ein Raum um mich Gestalt annimmt. Fleckige Deckenplatten. Summende Neonröhren.

Ein Mann in einem weißen Kittel beugt sich über mich. Er lächelt und berührt mich am Arm, ganz sanft, als könnte ich unter dem leichtesten Druck zerbrechen.

»Piper, ich bin Dr. Okonkwo. Können Sie mich hören?«

Ich lasse die Finger über das Laken gleiten, mit dem ich zugedeckt bin. Es ist dünn und rau, kein bisschen wie meine weiche Bettdecke zu Hause. Als ich die Hand heben will, komme ich nicht weiter.

»Das ist der Infusionsschlauch«, erklärt der Mann. »Wir haben Sie an einen Tropf angeschlossen.«

Langsam fängt der Raum an, mit mir zu sprechen und seine Geheimnisse preiszugeben. Die piepsenden Geräte. Der schwarze Fernsehbildschirm an der Wand gegenüber.

Eine Träne rollt mir übers Gesicht. Dann noch eine. Ich unterdrücke einen Schluchzer, als ich an Vaters weises Gesicht und Mutters liebevolle Hände denke.

Der Arzt horcht mich ab und misst meine Temperatur.

»Ihre Vitalfunktionen sind einwandfrei.«

Ich will etwas erwidern, aber es kommt kein Laut aus meinem Mund.

»Versuchen Sie erst mal, nicht zu sprechen. Ruhen Sie sich einfach ein bisschen aus.«

Meine Umgebung verblasst. Eine Frau steht in der Zimmerecke und weint lautlos vor sich hin.

Warum hilft mir denn niemand?

Flüsternde Stimmen.

»Wie lange muss sie hierbleiben?«

»Das können sie noch nicht sagen.«

»Es ist alles meine Schuld. Ich hätte sie damals nicht allein lassen dürfen.«

»Niemand ist schuld.«

»Ich liebe sie doch so sehr.«

»Ich weiß.«

Vater beugt sich über mich und schirmt das Licht ab.

»Es ist nur zu ihrem Besten«, sagt er. Dann schüttet er einen Eimer eisiges Wasser durch die Luke über mir.

Ich zittere.

Mutters Gesicht flackert vor mir auf und für einen Moment höre ich auf zu frieren.

Vater blickt unbewegt auf mich herab, während ich triefnass vor ihm auf dem Boden liege.

48.

Ich lehne die Stirn ans Autofenster. Jeannie sitzt am Steuer, und wir sind unterwegs zu dem Ort, an den Vater und Mutter mich gebracht haben, nachdem sie mich entführt hatten.

DANACH

Entführt. Ich kann es noch immer kaum glauben.

Die Straße saust an uns vorbei, und mein Blick hüpft von einem Fetzen Müll zum nächsten auf dem Grünstreifen neben uns, während ich Vater und seine Lektionen immer weiter hinter mir zurücklasse. Ich kann seine Missbilligung förmlich spüren.

»Wie lange noch?«, frage ich Jeannie.

»Wir sind fast da«, antwortet sie nach einem Blick aufs Navi.

Wie kannst du nur so schwach sein?, höre ich Vaters Stimme.

Ich fahre mein Fenster hinunter und Wind weht mir ins Gesicht. Gedankenversunken strecke ich die Hand nach draußen und lasse sie auf dem Luftstrom surfen.

Vater wird nie wieder Entscheidungen für mich treffen.

Eine Kleinstadt nach der anderen ist an uns vorbeigezogen, alle kaum voneinander zu unterscheiden. Ich habe bereits jegliche Orientierung verloren und keine Ahnung, wo wir sind, als wir schließlich in eine lange Zufahrt einbiegen, die inmitten einer kleinen Baumgruppe verschwindet.

Jeannie wird langsamer.

Vor uns steht ein schmutzig weißes Mobilheim, so schief, als wäre es kurz davor, nach hinten zu kippen.

»Wohnt da noch jemand?«, frage ich atemlos.

»Nein, schon seit Jahren nicht mehr.« Sie zieht den Zündschlüssel ab. »Ich habe Süßigkeiten, Müsliriegel und Wasser dabei. Sag Bescheid, falls dir schwindlig wird. Bist du bereit?«

»Glaube schon.« Wir steigen aus.

Das Mobilheim ist total verrostet, Fenster und Türen sind aber noch intakt.

»Bist du auch ganz sicher, dass du da reinwillst?«, vergewissert sich Jeannie leise. »Es wäre völlig in Ordnung, wenn du es dir anders überlegt hast. Allein hierherzukommen, war schon ein riesengroßer Schritt.«

»Nein, ich muss es sehen«, entgegne ich. »Sonst lässt es mir keine Ruhe.«

Die Tür ist abgeschlossen, also tritt Jeannie kurzerhand die Scheibe ein. Eine Hitzewelle schlägt uns entgegen, als hätten wir einen Ofen geöffnet, und ich zögere.

Dann gebe ich mir einen Ruck und gehe rein.

Drinnen ist es eng und dunkel. Alles ist braun, die Wände wie auch der wenig vertrauenerweckende Teppichboden. Es stinkt nach Schimmel und Verwahrlosung. Möbel gibt es keine.

Durch die staubverkrusteten Fenster dringt kaum Licht herein. Jeannie hält sich angewidert die Nase zu.

Links von mir ist die Küche und ich öffne einen der Schränke. Als ich die Hand über die Regalböden wandern lasse, ertaste ich nichts als Staub und Spinnweben und ein paar vertrocknete Kakerlaken. Keine Nachricht von meinen Eltern. Kein Geschirr, das einst ihnen gehört hat. Kein Garnichts. Aber etwas anderes hatte ich auch nicht erwartet.

Ein schmaler Durchgang am anderen Ende des Hauptraums führt zu zwei Schlafzimmern, ebenfalls leer. Ich frage mich, welches davon meins war.

Wo immer Vater jetzt sein mag, hier war er nicht. Das beweisen die toten Kellerasseln und der Mäusedreck in allen Ecken.

»Lass uns wieder rausgehen«, sage ich. »Man kriegt ja kaum Luft hier drin.«

Draußen weht eine leichte Brise, die den Schweiß auf meiner Haut trocknet und mich erschaudern lässt.

Der Santa-Ana-Wind erinnert mich an das kühle Seewasser zu Hause. Ich sehe mich nach Hinweisen um, dass ich jemals hier gewesen bin. Eine Schaukel, einen Sandkasten, so was. Aber ich finde nichts als eine unkrautüberwucherte kleine Rasenfläche.

»Bist du sicher, dass ich mal hier gewohnt habe?« Jeannie steht neben mir, die Lippen zu einem schmalen Strich zusammengepresst.

»Ja. Angela hat der Polizei diese Adresse genannt und deine Eltern haben nachweislich Miete für das Mobilheim gezahlt. Die Polizei und das FBI waren schon hier.«

Die Polizei.

»Der Polizei kann man nicht trauen«, wende ich ein.

»Hast du das von Curtis?«

»Ja.«

»Ein paar faule Eier gibt es da schon, da hat er recht. Aber vielen Polizisten kann man durchaus trauen. Leider hängt das ziemlich stark davon ab, wie man aussieht. Das erkläre ich dir ein andermal genauer.«

Unterhalb einer Reihe von Bäumen rottet ein Haufen Holz vor sich hin. Ich frage mich, ob Vater es gehackt hat, ob wir damals hier draußen Marshmallows oder Hotdogs geröstet haben, ob wir viel gelacht haben.

An die Rückseite des Häuschens schließt sich eine abgesackte Terrasse an.

Ich streiche über die Dielen, deren rote Lasur durch den Baumschatten konserviert wurde. Ob ich mich einmal mit meinen kleinen Händen an diesem Geländer festgehalten habe? Ob Mutter mir hier unter dem Sternenhimmel Gutenachtgeschichten vorgelesen hat?

Ich spähe unter die Plattform, auf der Suche nach altem Spielzeug, einem kaputten Dreirad, egal, was.

Dann wühle ich eine Weile im Gestrüpp daneben und werde endlich fündig: ein verrostetes Türscharnier, befestigt an einer Sperrholzplatte.

Letzte Warnung. Nicht aufstehen.

Ich hieve die Klappe hoch.

»Piper«, versucht Jeannie, mich zurückzuhalten.

Ein Zimmer.

Ein weiß verputzter, knapp zweimal zwei Meter großer Verschlag.

Wasser klatscht mir ins Gesicht.

Das letzte bisschen Sonnenlicht wird ausgesperrt, als Vater die Tür hinter sich schließt.

Ich will schreien, aber meine Stimme gehorcht mir nicht.

Erinnerungen stürzen auf mich ein, umzingeln mich.

Sie reißen mich in die Tiefe.

Meine Wange schrammt über den schmutzigen Boden, als ich falle.

Immer weiter.

In die Vergangenheit.

Das Mobilheim, die Terrasse, die Tür – alles beginnt, sich zu drehen.

Ich kneife die Augen zu, damit es aufhört.

Und plötzlich weiß ich alles wieder.

49.

DAVOR

Als ich zu mir komme, finde ich mich in einem schmalen Bett mit Gittern an den Seiten wieder.

Jemand hat mich mit einem Laken zugedeckt. An der Wand gegenüber ist ein Fernseher montiert. Ein durchsichtiger Plastikschlauch klebt auf meinem rechten Handrücken, darunter steckt eine Nadel in meiner Haut.

Neben mir piepst etwas, irgendein Gerät. Es ist über ein Kabel mit dem Zeigefinger meiner linken Hand verbunden, an dem eine Art Plastikklammer hängt. Ich streife sie ab.

Draußen ist es dunkel. In meinem Zimmer brennt kein Licht, und die Tür ist zu, aber darin ist ein kleines Fenster, das den Blick auf einen hell erleuchteten Flur freigibt. Jemand geht vorbei und ich kneife die Augen zu.

»Vater«, flüstere ich, als könnte er mich hören und im nächsten Moment an meinem Bett auftauchen.

Ich erinnere mich an die Autofahrt, die fremden Leute in unserem Haus, und überlege, ob das alles nur ein Traum war, aber allein die Tatsache, dass ich hier bin, spricht dagegen.

Wo sind die anderen?

Ich stemme mich auf die Ellenbogen hoch und mache mich auf einen Schwindelanfall gefasst, doch er bleibt aus. Vorsichtig schiebe ich das Laken zurück und stelle die Füße auf den Boden. Meine Kleidung ist verschwunden und ich trage nur ein dünnes Nachthemd.

Als ich aufstehen will, hält mich die Nadel unter meiner Haut schmerzhaft zurück. Wer weiß, womit sie mich hier vergiften? *NaCl* steht auf dem Beutel, keine Ahnung, was das bedeutet. Ich reiße das Pflaster ab und ziehe die Nadel raus.

Blut quillt aus der Wunde und ich drücke mit meiner anderen Hand darauf.

Dann öffne ich die Tür und stecke den Kopf hinaus in den Flur.

Die Wände sind beige gestrichen und es riecht schwach nach Bleichmittel. Ein Stück weiter rechts steht ein Polizist und unterhält sich mit jemandem.

Also gehe ich nach links, vorbei an ein paar geschlossenen Türen zu einer Gruppe von Sofas. Dort sitzt ein Mann im Sweatshirt mit dem Gesicht zu mir, doch er guckt nicht hoch, sondern drückt konzentriert auf einem kleinen grauen Plastikkästchen herum.

Vor ihm läuft ein Fernseher. Darauf ist eine redende Frau zu sehen, aber der Ton ist ausgeschaltet. Dann wechselt plötzlich das Bild.

Ein Gesicht starrt mir entgegen. Es ist eine Zeichnung, die ein kleines Mädchen zeigt, und ich erkenne es auf den ersten Blick.

Das bin ich.

Ich gehe näher ran. Die Zeichnung verschwindet und kurz sind ein Mann und eine Frau zu sehen. Sie halten einander in den Armen. Die Frau weint.

»Ich kann nichts hören«, wende ich mich an den Mann. Er hebt den Kopf und zuckt mit den Schultern.

Ich stelle mich auf die Zehenspitzen und suche den Fernseher nach einem Lautstärkeregler ab, hämmere ungeduldig an die Seitenwand des Geräts. »Mach schon«, schimpfe ich. Auf meiner Stirn bilden sich Schweißperlen.

Eine Frau in weißer Uniform taucht neben mir auf. »Na los, ich bringe Sie zurück in Ihr Zimmer.«

Ich weiche vor ihr zurück. »Fassen Sie mich nicht an.«

Der Mann ist verschwunden.

»Ganz ruhig. Ich will Ihnen nichts tun.«

»Wo ist der Mann?« Ich zeige auf die Couch. »Der saß doch vor einer Sekunde noch da.«

Sie streckt mir die Hände entgegen. »Kommen Sie, Piper. Sie sollten lieber wieder ins Bett.«

»Woher kennen Sie meinen Namen? Und wo sind Vater und Mutter?«

Die Frau winkt einen Mann herbei, der genauso gekleidet ist wie sie. Ich versuche zu entkommen, aber er hält mich fest und drückt mir die Arme an die Seiten. Die Frau sticht mich mit irgendwas und kurz darauf kann ich mich nicht mehr wehren.

50.

DANACH

Ich war mit Jeannie in einem Geschäft.

Mit Mama, wie ich damals noch zu ihr gesagt habe.

Sie war in einer Umkleidekabine verschwunden und ich sollte auf sie warten. Ich lutschte einen Erdbeerlolli, den ich zuvor von der netten Tante hinter dem Bankschalter bekommen hatte. Glücklich und zufrieden schlenderte ich zwischen den Kleiderständern umher, schaute mir die bunten Sachen an und hing meinen Tagträumen nach.

Und plötzlich war da Angela und winkte mich näher. Flüsterte mir zu, dass sie Mama kennen würde. Dass sie alte Freundinnen seien. Darum könne ich ruhig mit ihr nach draußen auf den Parkplatz kommen.

Sie behauptete, Mama habe ihr erlaubt, mir ein Eis zu kaufen. Und ganz sicher hätte sie nichts dagegen, wenn ich in ihr Auto steigen würde.

Das Eis bekam ich nie.

»Piper? Schätzchen?«

Ich schlage die Augen auf. Jeannie kniet neben mir und streicht mir die Haare aus dem Gesicht.

»Ich erinnere mich wieder«, flüstere ich. Sand und vertrocknete Grasfetzen kleben mir auf der Zunge.

Sie schweigt.

»Ich erinnere mich wieder«, wiederhole ich.

»Es ist nur zu ihrem Besten.«

Ich liege auf dem Boden des weißen Verschlags und Vater sieht auf mich herunter. Ich kann nicht aufhören, zu zittern und zu weinen und zu fragen, wo meine Mom und mein Dad sind. Vor lauter Angst habe ich mir in die Hose gemacht.

Vater schließt die Tür.

Ich sinke auf die Knie, krümme mich zusammen auf diesem Schlachtfeld eines Kriegs, den ich niemals führen wollte.

»Sie haben mich dir weggenommen«, keuche ich. »Es stimmt wirklich.«

Jeannie setzt sich neben mir auf den Boden und zieht mich an sich, wiegt mich sachte und streichelt mir über den Rücken. »Ja. Damals warst du sechs.« Ihre Stimme versagt kurz und sie gibt mir einen Kuss auf den Scheitel. »Wir haben nie aufgehört, nach dir zu suchen, Piper. Wir haben nie aufgegeben.«

Und ich weiß, dass das die Wahrheit ist.

Manchmal hat Mutter die Falltür geöffnet und ist zu mir runtergeklettert. Hat mir Essen gebracht und mich getröstet, wenn ich geweint habe. Immer wieder hat sie gesagt, bald würde alles besser werden, ich würde schon sehen. Und auch das war die Wahrheit.

Wir wurden zu einer Familie. Sie liebten mich. Versprachen, immer für mich zu sorgen. Mich zu beschützen. »Bei DENEN bist du nicht sicher«, sagte Vater oft, bevor er mich wieder einschloss. »Das hier haben DIE dir angetan. Sie hätten dich in der Außenwelt festgehalten, bis du irgendwann an all dem Gift gestorben wärst.«

Mein Gehirn steht in Flammen.

»Piper?« Jeannies Stimme dringt wie von fern zu mir durch. Aber ich kann nicht antworten.

Irgendwie schafft sie es, mich zurück zum Auto zu bringen, und hilft mir hinein.

Ich sehe nicht zurück.

Ich kann nicht.

Tage vergehen oder zumindest kommt es mir so vor. Die meiste Zeit schlafe ich. Jeannie bringt mir Suppe und Sandwiches, und ich esse, so viel ich kann.

»Wird es irgendwann besser?«, frage ich sie eines Nachmittags.

Sie setzt sich an mein Bett und streicht mir übers Haar. »Ganz bestimmt. Wenn du dazu bereit bist.«

»Ich wäre aber gern schon jetzt bereit.«

»Ich weiß. Und es dauert sicher auch nicht mehr lange.«

»Woher willst du das wissen?«

Sie lächelt. »Weil du schon so viel durchgestanden hast, darum.«

»Ist es denn in Ordnung, wenn ich die beiden noch nicht hasse?«

»Piper, du brauchst sie überhaupt nicht zu hassen.«

Diese Worte müssen sie einiges an Überwindung gekostet haben. Sie sammelt etwas Wäsche und ein leeres Glas vom Boden auf.

»Die Kleinen sind auch alle entführt worden, oder?« Ich muss es einfach wissen.

Sie nickt. »Ein paar der Sektenmitglieder haben den beiden freiwillig ihre Kinder überlassen. Aber Carla und Millie wurden entführt, ja. Die Polizei ist noch auf der Suche nach ihren Eltern. Henry ist ihr einziges leibliches Kind.«

»Wann darf ich zu ihnen?«

»Ich habe schon mit ihren Sozialarbeitern darüber gesprochen, wann und in welchem Rahmen so ein Treffen stattfinden könnte. Ich weiß nicht, wie lange es dauern wird, Piper, aber du wirst deine Geschwister bald wiedersehen, das verspreche ich dir. Ihr seid eine Familie, daran hat sich nichts geändert.«

Ich denke an die fröhliche Millie, die sensible Beverly Jean, die mürrische und insgeheim so unsichere Carla. An Caspians liebenswürdige Art, Samuels unerschütterliche Gelassenheit und Henrys unschuldiges Lachen. Ich denke an Thomas, der den Mut aufgebracht hat, sich zu widersetzen. Manchmal mache ich mir Sorgen, ich könnte wieder hinab in die Dunkelheit gerissen werden, wenn ich zu viel an sie denke.

»Mama?«, frage ich.

»Ja?« Ihre Stimme ist ganz leise.

»Es tut mir leid, dass ich dich vergessen habe.«

Sie ergreift meine Hände. »Dafür musst du dich nicht entschuldigen, Piper. Niemals. Du hast getan, was nötig war, um zu überleben. Verstehst du, was ich damit meine? Du bist eine Kämpferin.«

Ich setze mich auf und werfe mich in ihre ausgebreiteten Arme. Am liebsten würde ich ihr all das sagen, was ich noch nicht aussprechen kann, all das, was ich selbst noch nicht vollends verstehe, aber ich kann bloß weinen.

Und ich liebe sie dafür, dass sie das akzeptiert.

»Können wir vielleicht Pizza bestellen?«, frage ich, als ich mich wieder ein wenig beruhigt habe. »Ich hab immer noch Hunger.«

Ihr Grinsen reicht von einem Ohr bis zum anderen. »Superidee.«

»Mit Pilzen …«

»… und grünen Oliven.« Sie lacht. »Die hast du damals schon gemümmelt, als dir gerade mal die ersten Zähnchen gewachsen waren.«

Nachdem sie gegangen ist, steige ich aus dem Bett, strecke mich und schlüpfe in Jeans und ein sauberes T-Shirt. Es scharrt an der Tür und dann stupst Daisy sie auf. Ich hocke mich zu ihr auf den Boden, kraule ihr den Rücken und gebe ihr einen Schmatzer auf die Nase.

Das Bett.

Der Fenstersitz.

Der verkratzte Schreibtisch mit den Blümchenstickern auf den Schubladen.

Das hier war einmal mein Zimmer und dann war es das für lange Zeit nicht.

Vater ist irgendwo da draußen, den Wind im Rücken, die Sonne im Gesicht. Wahrscheinlich sammelt er bereits neue Anhänger um sich, denen er eine Gehirnwäsche verpassen kann, damit sie sich ihm bedingungslos unterwerfen. Ihn bewundern, ihn anbeten.

Er ist frei und ich bin es nicht.

Ich bin noch immer das Mädchen, das seine Bahnen im See schwimmt, das auf der alten Achterbahn Wache hält und Zahnschmerzen mit Nelkenöl behandelt.

Ich bin noch immer das Mädchen, das sich nicht traut, einen Blick auf die andere Seite des Zauns zu werfen.

Selbst Hunderttausende Kilometer von ihm entfernt wäre ich noch immer die Tochter des Lügners.

Ich hole die Tabletten unter meiner Matratze hervor und lege sie in einer Reihe auf den Boden. Sie reicht einmal quer durchs Zimmer – von der Tür bis zum Fenster.

Da liegen sie, harmlos und unschuldig wie Bonbons.

Ich denke an die Hütten und den Karton mit meinen Häkeldecken in der Kolonie.

Dann sammele ich die Tabletten wieder ein und lege sie als Häufchen auf mein Bett. Wie viele davon müsste ich wohl nehmen, um das alles zu vergessen?

Um einzuschlafen und nie wieder aufzuwachen?

Die Tabletten und ich liefern uns ein Starrduell.

Aber das würde ich meinen Eltern niemals antun. Oder Cas oder Amy.

Dr. Lundhagen hat mich erkennen lassen, dass auch solche Gefühle in Ordnung sind. Dass meine Gefühle mir gehören. Und jetzt habe ich endlich Zeit, mir über sie klar zu werden.

Ich will nicht sterben.

Es ist, als würde ich die Welt zum ersten Mal durch meine eigenen Augen sehen anstatt durch Mutters oder Vaters.

Ich fege alle Tabletten bis auf eine einzige in den Mülleimer und gehe damit ins Badezimmer. Sie strudeln kurz in der Toilettenschüssel und sind gleich darauf verschwunden.

Dann schlucke ich die verbliebene Tablette, die neueste, die Jeannie mir heute Morgen gegeben hat.

Vielleicht sollte ich langsam mal selbst dafür sorgen, dass es mir besser geht.

51.

DANACH

Jeannie hat mir die Zahlenkombination für das Schloss draußen am Schuppen gegeben. Drinnen steht eine Plastikkiste mit Papierkram und Zeitungsausschnitten über mein Leben und meine Entführung, hat sie gesagt und mir angeboten, sich die Sachen mit mir gemeinsam anzusehen. Aber das ist etwas, was ich allein hinter mich bringen muss.

Und heute bin ich dafür bereit.

Die anderen sind schon vor einer Stunde ins Bett gegangen, ich jedoch bin hellwach. Also ziehe ich mir ein Sweatshirt über, schnappe mir eine Taschenlampe, mache mich auf den Weg zum Schuppen und stelle die Kombination ein. Es ist ein ganz normaler Gartenschuppen. Auf einem Holztisch liegt Werkzeug. Neben einem Rasenmäher lehnen Säcke mit Blumenerde und Mulch an der Wand. Irgendetwas huscht an meinem Fuß vorbei.

Eine Maus. Plötzlich muss ich an zu Hause denken, und Heimweh packt mich mit solcher Wucht, dass ich fast ins Taumeln gerate.

Als ich mich vorsichtshalber hinsetze, entdecke ich, dass unter dem Tisch noch ein Regalbrett angebracht ist. Ich richte die Taschenlampe darauf und kann nur hoffen, dass das Licht alles weitere Viehzeug verscheucht, das dort haust. Hauptsächlich sehe ich Farbeimer und Gläser mit Nägeln.

Und eine Plastikkiste von derselben Art, wie ich sie in Jeannies Schrank aufgestöbert habe.

Ich nehme sie mit nach draußen, hebe den Deckel herunter und finde eine dicke Fächermappe.

In meinen Gedanken kniet Vater sich neben mich, aber ich beachte ihn nicht.

Ich löse den Bindfaden, der die Mappe verschließt, greife ins erste Fach und ziehe ein rechteckiges Blatt Papier hervor.

Es ist eine Geburtsurkunde.

Jessica Lynn Haggerty, 3289 Gramm. Geboren am 22. Oktober um 17:59 Uhr.

Ich habe meinen Geburtstag jedes Jahr am ersten Januar gefeiert. Mutter hat gesagt, ich wäre ein Neujahrsbaby gewesen, ein Zeichen für Glück und Freude im kommenden Jahr.

Aber das stimmt nicht.

Auf der Urkunde sind zwei winzige schwarze Fußabdrücke. Ich streiche mit dem Finger darüber. Zehn Zehen, unvorstellbar klein.

Ich lege das Blatt ins Gras.

Im nächsten Fach finde ich Entlassungspapiere für Jessica Haggerty, zwei Monate alt. Operation wegen Pylorusstenose.

Ich taste nach der Narbe an meinem Bauch. Irgendwie habe ich immer gewusst, dass ich nie einen Blinddarmdurchbruch hatte.

Beim Blättern durch die Krankenhausakten erfahre ich, dass es sich dabei um eine Verengung des Magenausgangs handelt, durch die Nahrung nicht weiter in den Zwölffingerdarm gelangen kann. Es gibt so vieles, was ich noch nicht über mich weiß.

Der Rest der Mappe ist voller Zeitungsartikel, die ich alle vor mir auf dem Rasen ausbreite. Langsam lasse ich den Strahl meiner Taschenlampe darüberwandern, und beim Gedanken daran, sie zu lesen, klopft mein Herz schneller als bei meiner Begegnung mit der Maus kurz zuvor im Schuppen.

Die Schlagzeilen kommen mir so unwirklich vor, als würden sie die Lebensgeschichte von jemand anderem erzählen. Aber das hier ist mein Leben. Oder zumindest wäre es das gewesen, wenn man es mich hätte leben lassen.

Ein Jahr später noch immer keine Spur von Jessica Haggerty
Mahnwache für verschwundene Jessie Haggerty
»Heute wäre sie sechzehn geworden« – Mutter trauert um entführte Jessica Haggerty

Der letzte Artikel ist ungefähr ein Jahr alt und enthält einen Brief von Jeannie an mich. Darin schreibt sie, sie hofft, dass ich noch am Leben und irgendwo in Sicherheit bin. Dass ich an diesem besonderen Tag meine Lieblingspizza mit Pilzen und grünen Oliven zu essen bekomme. Dass ich noch immer wie ein Schwimmchampion meine Bahnen ziehe. Dass wir uns eines Tages wiedersehen.

Hastig knipse ich die Taschenlampe aus.

Ich weiß nicht, wie ich die echte Piper mit dem Geist von Jessica unter einen Hut bringen soll. Ich weiß nicht, wie ich die beiden zu einer einzigen stimmigen Person zusammenfügen soll.

Nachdem ich alles zurück in die Mappe geräumt habe, lege ich sie auf die Veranda. Wegschließen muss ich sie nicht mehr.

Dann gehe ich zum Tor und starre auf das Zahlenfeld. Versuchsweise gebe ich das Datum von der Geburtsurkunde ein, meinen echten Geburtstag, und das Schloss öffnet sich mit einem Klicken.

Mitten auf der Straße steht Vater, von Kopf bis Fuß weiß gekleidet. Er breitet erwartungsvoll die Arme aus.

»Du warst nie wirklich da «, flüstere ich und kehre ihm den Rücken zu.

Ich drehe mich kein einziges Mal zu ihm um und er folgt mir nicht.

Als ich an Hollidays Haus ankomme, setze ich mich auf die Eingangsstufen. In ihrem Zimmer brennt kein Licht und ich will sie nicht wecken. Ich bin ja nicht mal ganz sicher, warum ich überhaupt hier bin – vielleicht weil sie die einzige Freundin ist, die ich habe.

Irgendwann stehe ich doch auf und werfe Steinchen an ihr Fenster. Was, wenn sie nicht aufmacht?

Wirklich übel nehmen könnte ich es ihr nicht.

In ihrem Zimmer geht das Licht an. Als sie mich sieht, reißt sie die Augen auf und öffnet das Fenster. »Piper?«, schreiflüstert sie zu mir runter. »Was ist los?«

»Darf ich reinkommen?« Meine Stimme bebt und mir ist schwindlig.

»Klar! Gib mir 'ne Sekunde.«

Zitternd warte ich im Dunkeln, bis Holliday die Verandatür öffnet und mich ins Haus zieht. »Du bist ja eiskalt.« Sie führt mich nach oben in ihr Zimmer. Drinnen ist es so hell, dass ich blinzeln muss. Überall an der Decke und an den Wänden schlängeln sich Lichterketten und vor dem Fenster hängen auf Schnüre gefädelte Silberscheiben.

»Holliday«, sage ich erstickt. »Ich weiß wieder alles.«

Sie zieht mich an sich und hält mich ganz fest.

»Tut mir so, so leid«, murmelt sie. »Du musstest echt 'ne Menge Scheiß durchmachen.«

Zuerst stehe ich einfach da, aber dann überschwemmen mich die Erinnerungen und sämtliche Puzzleteile meines Lebens rücken an ihren Platz.

Ich klammere mich an Holliday und schluchze in ihr Schlafshirt. Sie weint auch.

»An das Zimmer hier kann ich mich erinnern«, flüstere ich, als die Tränen ein wenig nachlassen. »War das früher mal rosa gestrichen?«

»Damals wollte ich unbedingt Ballerina werden. Leider hat sich rausgestellt, dass ich ein ziemlicher Tollpatsch bin. Jetzt träume ich von einer Karriere als Dichterin. Oder Anthropologin. Vielleicht auch beides.«

Ich setze mich auf ihr Bett und wische mir das Gesicht ab. »Wir waren befreundet, oder?«

»Warte, ich zeig dir mal was.« Sie kramt eine Weile in einem Regal und legt mir kurz darauf ein Buch in den Schoß. »Das ist unser Jahrbuch aus der ersten Klasse. Schlag mal Seite sieben auf.«

Auf der Seite sind Schwarz-Weiß-Fotos in Reihen arrangiert und nach einem Moment entdecke ich Jessica Haggerty.

Aber sie ist nicht allein auf dem Bild. Mein jüngeres Ich steht Wange an Wange mit einer jüngeren Holliday. Sie hat zwei dunkle Haarknäuel auf dem Kopf, während mein Haar lang und gelb ist. Genauso flaumig-fein wie Amys.

»Wir haben uns zusammen fotografieren lassen? Vielleicht kann ich mich ganz vage daran erinnern.«

»Unsere Moms fanden, das wäre eine nette Idee, und die Schule hatte nichts dagegen. Wir waren damals so gut wie siamesische Zwillinge.« Sie zeigt auf ein weiteres Foto. »Und das da ist Jakob.«

Ich erkenne den Jungen aus dem Schwimmvideo wieder, der der Kamera die Zunge rausgestreckt hat.

Vorsichtig streiche ich über unser Foto. Dieses breite Grinsen. Wie glücklich ich – oder Jessica – damals aussah.

»Das hier kommt mir immer noch nicht so richtig vor, als wäre es mein Leben. Dafür fehlen mir einfach zu große Teile meiner Vergangenheit.«

»Glaube ich sofort. Ich versuche schon die ganze Zeit, mir vorzustellen, wie du dich fühlen musst, Piper. Das muss alles so was von verwirrend und beängstigend sein.«

»Das kannst du laut sagen«, stimme ich ihr zu.

Ich will ihr das Jahrbuch zurückgeben, aber sie schiebt es wieder rüber. »Behalt du es«, sagt sie. »Schau dir die Fotos an, wenn du dich verloren fühlst. Du bist immer noch Jessica, aber du bist auch immer noch Piper. Vielleicht solltest du anfangen, dich Pessica zu nennen!«

»Pessica«, wiederhole ich, und es klingt so albern, dass ich loslache.

»Dann wäre dein neuer Spitzname Pessie!« Sie senkt die Stimme. »Warum ist Pessie bloß immer so pessimistisch?«

»Pessie!«, pruste ich, und wir lachen, bis uns schon wieder Tränen übers Gesicht laufen.

Aber diesmal sind es gute Tränen.

Tränen, die mit der Zeit etwas reparieren können, von dem ich immer wusste, dass es kaputt war, obwohl ich das niemals zugegeben hätte, schon gar nicht mir selbst gegenüber.

»Was ist mit dir?«, frage ich schließlich. »Wie war das damals für dich?«

Sie mustert mich. »Willst du das wirklich wissen?«

»Ja.«

Sie stößt die Luft aus. »Schlimm. Auf einmal war ich für alle nur noch ›das Mädchen mit der verschwundenen Freundin‹. Ich hätte mich umbenennen lassen können. Und dann bist du plötzlich wie durch ein Wunder wieder aufgetaucht, aber du warst ein vollkommen anderer Mensch. Ich wollte dich so gerne neu kennenlernen, Piper. Ich hab dich all die Jahre so vermisst. Wir hätten zusammen aufwachsen sollen. Manchmal hab ich ewig auf dein Zimmerfenster gestarrt und überlegt, wo du wohl bist und ob du jemals zurückkommst.« Wieder atmet sie aus. »Irgendwie hing das wie so eine dunkle Wolke über meinem Leben. Tut mir leid, ich weiß, ich dürfte mich eigentlich echt nicht beklagen.«

Ich lege ihr die Hand auf den Arm. »Klar darfst du. Und ich weiß, was du meinst … glaube ich zumindest.«

»Lass uns einfach versuchen, diesen Mist zusammen hinter uns zu bringen.« Sie streckt mir ihren kleinen Finger hin und ich hake meinen darum. »Abgemacht?«

»Abgemacht.«

Am nächsten Morgen liegt die Fächermappe neben Bergen aus Blaubeerpfannkuchen und Speck auf dem Küchentisch. Als ich reinkomme, stellt Jeannie gerade eine Karaffe Apfelsaft auf den Tisch.

»Du hast die Unterlagen gefunden«, sagt sie.

»Warum hast du mir denn nicht gleich nach meiner Rückkehr erzählt, was passiert ist?«

Sie deutet auf einen Stuhl und setzt sich dann ebenfalls hin. »Ein paar Tage nach deiner Rettung haben Dr. Lundhagen und ich dir im Krankenhaus alles erzählt. Kannst du dich daran erinnern?«

Als ich es versuche, sehe ich immer nur Jeannie vor mir, die in einer Ecke des Krankenzimmers steht und weint. Sonst nichts. »Nein.«

»Danach bist du in eine Art Schockzustand verfallen. Dr. Lundhagen meinte, das wäre ein Schutzmechanismus, mit dem dein Bewusstsein sich von dem Trauma abschotten will. Du hast tagelang nur im Bett gelegen und ins Leere gestarrt, nichts mehr gegessen oder getrunken.« Sie ergreift meine Hände. »Das war grauenhaft. Ich hatte schon Angst, ich würde dich gleich wieder verlieren. Darum haben wir beschlossen, dich nur Schritt für Schritt mit der Wahrheit zu konfrontieren. Tut mir leid, wenn das die falsche Entscheidung war. Ich wusste mir einfach nicht anders zu helfen.«

»Nein, das kann ich nachvollziehen«, versichere ich ihr.

Eine Träne rollt Jeannie über die Wange. »Ich hab mir solche Vorwürfe gemacht, dass ich an dem Tag damals nicht besser auf dich aufgepasst habe. Wenn ich nicht in der Umkleide gewesen wäre, um diese Sachen anzuprobieren, wäre das alles nicht passiert. Es war ganz allein meine Schuld.«

»War es nicht.« Ich schlucke. »Und außerdem ging es mir ja nicht immer schlecht.«

Sie wischt sich übers Gesicht. »Darf ich dich mal in den Arm nehmen?«

Ich mustere sie, die Fältchen, die sich um ihre Augen bilden, wenn sie beunruhigt ist. Auch an ihr hat das, was passiert ist, Spuren hinterlassen.

So wie an uns allen.

»Ja«, antworte ich, und kaum dass das Wort über meine

Lippen ist, springt sie auf und schlingt die Arme um mich. Ihr ganzer Körper bebt, und in dem Moment erinnere ich mich an ihre Umarmungen, daran, wie sie sich angefühlt haben. Unwillkürlich drücke ich sie an mich. Sie ist meine Mutter. Das spüre ich jetzt, zum ersten Mal seit meiner Rückkehr.

»Mama«, flüstere ich.

Aber dann denke ich an Mutters Umarmungen und das schlechte Gewissen senkt sich über mich wie eine dunkle Wolke.

»Ich muss mal an die Luft«, sage ich und löse mich von ihr. Draußen setze ich mich auf die Verandastufen.

Kurz darauf geht hinter mir die Tür auf, und ich rechne damit, dass Jeannie mir nachkommt, aber es ist Amy mit einem Korb voller Puppen. Daisy, die ihr gefolgt ist, wetzt sofort los und jagt ein Eichhörnchen auf den nächsten Baum. »Spielst du mit mir Barbie?«, fragt Amy mich, während Daisy am Baumstamm hochspringt. »Wir können Grashäuser für sie bauen.«

»Grashäuser?«

Sie nimmt eine Schere aus dem Korb. »Wenn das Gras so lang ist wie jetzt, kann man da kleine Zimmer reinschneiden. Manchmal mache ich auch Straßen. Komm.« Sie schlendert raus auf die Wiese und dann schneiden wir zusammen Vierecke für ein Schlafzimmer, ein Wohnzimmer, ein Badezimmer und eine Küche ins Gras. Amy pflückt ein paar Blätter von den Bäumen und bastelt daraus Betten und ein Sofa.

»Sieht gemütlich aus«, befinde ich, als sie einen großen Stein in eine Ecke der Küche legt.

Als Nächstes streuselt sie ein paar klein geschnippelte Grashalme auf den Stein und erklärt, dass das der Barbie-Esstisch samt Essen sei. Sie setzt eine Puppe im rosa Ballkleid neben eine andere, die einen Pelzmantel und untenrum gar nichts anhat.

Als sie fertig ist, blinzelt sie gegen die Sonne zu mir hoch. »Weißt du, was? Wir sind Schwestern.«

»Stimmt.«

»Das find ich gut.« Sie lächelt.

»Ich auch.« Amys Fröhlichkeit ist ansteckend. Möglicherweise ist sie das Beste, was diese ganze Sache hervorgebracht hat.

»Mama hat gesagt, jetzt darf ich drüber reden, dass wir Schwestern sind. Zuerst durfte ich nämlich nicht. Weil dir das Angst gemacht hat.«

»Ja, das stimmt. Manchmal macht es das immer noch.«

»Ich hab auch manchmal Angst. Aber dann gehe ich in mein Geheimversteck im Schrank. Du darfst ruhig auch da rein, wenn es dir mal nicht so gut geht.«

»Danke, ich komm drauf zurück«, entgegne ich lächelnd, und im nächsten Moment wirft sie sich in meine Arme.

»Ich hab dich lieb, Piper.« Sie schmiegt ihre Wange an meine.

»Ich hab dich auch lieb, Amy«, antworte ich, und es fühlt sich nicht nach einer Lüge an.

Trotzdem habe ich noch immer ein kompliziertes Verhältnis zur Wahrheit – dank Vater. Ich bin mir nicht sicher, ob ich jemals wieder irgendwem vertrauen kann, besonders mir selbst.

Und dafür hasse ich ihn.

Ich mustere Amy, mit ihrem unbeschwerten Lächeln und den blauen Augen, die meinen eigenen so ähnlich sind.

»Soll ich dir die Haare flechten?«, schlage ich vor.

»Au ja!« Sie setzt sich vor mich ins Gras, und während die weichen blonden Strähnen durch meine Finger gleiten, nimmt ganz langsam eine neue Wahrheit in mir Gestalt an – Amys und meine.

Ihre schmalen Schultern, die Puppenzimmer im Gras. Ein pfirsichrosa Abendhimmel und ein Hund, der Eichhörnchen jagt.

Vielleicht ist das eine Wahrheit, an die ich tatsächlich glauben kann.

52.

DANACH

Drei Monate später

»Wie weit ist es denn noch?«, fragt Holliday.

Wir sitzen im Auto ihrer Mutter, und Holliday fährt – ich habe ja keinen Führerschein. Rich hat zwar versucht, mir Fahrstunden zu geben, aber nachdem ich den Wagen in einen Rosenbusch gesetzt habe, haben wir es erst mal lieber sein lassen.

»Wir sind fast da.«

»Du bist echt tapfer, weißt du das eigentlich?«

»Quatsch.«

Sie grinst mich an. »Außerdem musst du langsam echt lernen, Komplimente anzunehmen.«

»Ach ja? Okay, dann zeig mir doch mal, wie das geht: Du bist wahrscheinlich das hübscheste Mädchen, das mir jemals im wirklichen Leben begegnet ist. Und definitiv das schlaueste, immerhin gehst du bald nach Stanford«, erwidere ich. »Und außerdem bist du mindestens genauso tapfer wie ich.«

Sie verdreht die Augen und antwortet nicht.

»Aha. *Wer* von uns beiden kann jetzt keine Komplimente annehmen?«, necke ich sie.

Sie lacht.

Vor uns erscheint die Auffahrt mit dem offenen Tor, als hätte ich sie mir herbeifantasiert.

Obwohl ich eins zugeben muss: In letzter Zeit habe ich mein altes Leben am See kaum noch vermisst.

Die Welt ist einfach so viel größer, als Vater uns glauben lassen wollte.

Curtis. Ich muss mich daran gewöhnen, ihn Curtis zu nennen.

Aber alte Gewohnheiten sind nun mal schwer loszuwerden.

Am Wegrand steht ein »Zu verkaufen«-Schild. Quer darüber klebt ein großer »Verkauft«-Sticker.

Nach so langer Zeit findet man nicht einfach zurück nach Hause.

Aber manchmal, für einen winzig kleinen Moment, klappt es trotzdem.

Holliday fährt langsam weiter bis zu der Stelle, an der einmal unser Haus stand.

Es ist abgerissen worden, nachdem die Polizei und das FBI ihre Ermittlungen abgeschlossen hatten. Jetzt ist nur noch ein riesiges Rechteck aus nackter Erde davon übrig, wie ein frisch eingeebnetes Grab. Daneben steht Caspian und starrt ins Nichts.

Als er mich entdeckt, kommt er uns entgegengelaufen und streicht mir mit beiden Händen durchs Haar, das ich mir vor ein paar Tagen auf Schulterlänge habe abschneiden lassen. Wir waren vor gerade mal einer Woche zusammen mit Holliday und Dev im Kino, aber es ist trotzdem, als hätten wir uns eine Ewigkeit nicht gesehen.

»Du bist echt sexy mit kürzeren Haaren«, murmelt er mir zu, bevor er mich küsst.

»Leute, beherrscht euch mal«, stöhnt Holliday scherzhaft, während sie auf ihrem Handy herumtippt. Vermutlich schreibt sie Dev.

»Haha«, sagt Cas und nimmt meine Hand. Ich merke ihm an, dass er genauso nervös ist wie ich.

»Thomas wollte nicht kommen?«, frage ich enttäuscht. Ich habe ihn seit dem Tag, an dem unsere Familie auseinandergerissen wurde, nicht mehr gesehen.

Von Jeannies Anwältin habe ich erfahren, dass die Tanten jahrelang versucht haben, Thomas und mich zu verkuppeln. Das war auch der Grund, warum Cas nie bei unseren Fernsehabenden dabei sein durfte.

Natürlich hatte Vater ihnen das aufgetragen.

Wie krank.

»Er meinte, er wäre noch nicht bereit dafür. Aber er würde uns gerne morgen zum Frühstück treffen, wenn du Lust hast. Er vermisst dich.«

Ich lächele. »Das wäre toll.« Dann drehe ich mich zu der planierten Fläche um. »Schon verrückt, dass das Haus einfach weg ist. Als hätte unser Leben hier nie existiert. Oder als würde es einfach nicht zählen.«

»Doch, es zählt«, entgegnet Cas ernst. »Ist mir egal, was andere sagen. Für mich zählt es.«

Das hier war einmal Curtis' Königreich.

Der König ist geflohen. Die Polizei hat ihn noch immer nicht geschnappt, aber irgendwie habe ich das Gefühl, dass sie es eines Tages werden.

Wie oft hat er mir eingebläut, auf meinen Glauben zu vertrauen.

Und das tue ich.

Ich glaube fest daran, dass er seine gerechte Strafe erhalten wird.

»Ich hasse die beiden so«, flüstere ich Cas zu, und er drückt meine Hand. »Aber gleichzeitig fehlen sie mir. Wie verkorkst ist das denn?«

»Was würdest du heute am liebsten zu ihnen sagen, wenn du die Chance dazu hättest? Wenn sie jetzt hier wären?«

Ich sehe die beiden vor mir, Angela in einem ihrer vornehmen Kleider und Curtis barfuß und mit sorgfältig auf ungezähmt gemachten Haaren. Alles bloß Fassade. Die beiden waren nichts als zwei schlechte Schauspieler auf einer stümperhaft hingezimmerten Bühne.

Und trotzdem war ihre kleine Inszenierung meine ganze Welt, bevor sie für mich zusammengebrochen ist. Manchmal weiß ich immer noch nicht, wo ich hingehöre.

»Ich würde gar nichts sagen«, antworte ich. »Um ihnen nie mehr solche Macht über mich zu geben.«

Die beiden verblassen, aber sie verschwinden nicht ganz.

Vielleicht werden sie das nie.

»Ich kann verstehen, dass es euch hier gefallen hat.« Holliday legt den Kopf in den Nacken und dreht sich langsam im Kreis. »Hat irgendwie was Verwunschenes an sich. Mit dem Wald. Und dem See.«

Mein Herz bekommt einen Riss.

Bald wird etwas Neues aus diesen Ruinen erwachsen. Vielleicht zieht ja eine Familie hierher und den Rest des Grundstücks erobert sich die Natur zurück. An diesem Ort ist so viel Schlimmes passiert, nachzulesen in Zeitungen und in den Aufzeichnungen von Ärzten und Anwälten. Bei Angelas Gerichtsverhandlung wurden Fotos von Carlas blauen Flecken gezeigt, von den Brandwunden an Thomas' Armen, meinem abgebrochenen Schneidezahn – alles Verletzungen, die uns die Tanten zugefügt haben. Samuel und Henry hatten starkes

Untergewicht. Und Beverly Jeans Kopfhaut wird sich wohl nie vollständig erholen.

Aber es gab auch Gutes. Cas und mich. Uns Geschwister. All unsere Träume. Wie wir zusammen gelacht haben, füreinander eingestanden sind, einander bedingungslos beschützt haben.

Und Liebe. Es gab so viel Liebe.

All das werde ich mit mir nehmen.

Ich pflücke ein paar Wildblumen und lege sie an die Stelle, wo früher unsere Haustür war.

Blumen für Millie, Henry, Samuel, Beverly Jean und Carla.

Blumen für Thomas und Caspian.

Für Piper. Für Jessica.

Blumen für mich.

»Lasst uns nach Hause fahren«, sage ich zu meinen Freunden.

Und das tun wir.

ANMERKUNG DER AUTORIN

Als ich klein war, war Religion in meiner Familie nie ein großes Thema. Wir feierten Weihnachten und Ostern und gingen ein paarmal im Jahr zum Gottesdienst in eine Methodistenkirche, aber zu meinem Unterricht in der Sonntagsschule kamen nur so wenige Kinder, dass die Lehrer uns schon mit Süßigkeiten und Limonade bestechen mussten.

Das änderte sich, als ich in die Junior Highschool kam. An dem Tag, als ein paar adrett gekleidete Leute an unsere Tür klopften und meine Familie und mich einluden, mit ihnen Andacht zu halten.

Diese Leute und ihr Glaube waren anders als alles, was ich je kennengelernt hatte. Sie nahmen sich ausgiebig Zeit für ein Gespräch und versorgten uns mit haufenweise Prospekten, Zeitschriften und Büchern, die wir aufmerksam lesen sollten.

Sie hielten uns dazu an, nur noch mit Mitgliedern unserer neuen Gemeinde Kontakt zu pflegen. Außenstehende sollten wir meiden. »Schlechter Umgang verdirbt gute Angewohnheiten«, hieß es.

Die Andachten dauerten Stunden und zusätzlich gab es noch jede Menge weiterer Treffen pro Woche. Wir waren kaum noch allein.

Alles drehte sich um das Ende der Welt. Gottes heiliger Krieg, schärften sie uns ein, stehe unmittelbar bevor. All jene, die keine Vorkehrungen getroffen hätten, würden sterben, wenn sich Gottes entfesselter Zorn über die gesamte Menschheit senke.

Wir glaubten ihnen.

Ich hatte Angst, um mich selbst, um meine Eltern und um meine Schwester. Was, wenn meine Familie in diesem Krieg umkam? Was sollte ich ohne sie anfangen?

Und was, wenn ich selbst starb? Würde es wehtun? Würde ich lange leiden müssen?

Aber andererseits war ich auch erleichtert. Es war, als wären wir dazu *auserwählt* worden, gerettet zu werden. Wir waren etwas Besonderes. Und ich empfand Mitleid mit allen, die nicht so viel Glück gehabt hatten.

Bewaffnet mit diesem Gefühl von Überlegenheit stürzte ich mich kopfüber in das aufregende Leben einer Auserwählten Gottes. Entsprechend schlug ich an meiner neuen Schule zahlreiche Freundschaftsangebote aus. Ich lebte nach strengen Regeln: Dates ohne eine Aufsichtsperson waren verboten. Sport war verboten. Feiertage waren verboten – dazu zählte auch mein dreizehnter Geburtstag. Ein bisschen enttäuscht war ich natürlich, aber es ließ sich eben nichts daran ändern.

Schließlich wollte ich nicht sterben.

Einmal, als an einem Wintermorgen unser Schulbus liegen blieb, war ich tatsächlich überzeugt, dass das Ende der Welt vor der Tür stand. Diese Panne, erzählte ich den anderen Schülern im Bus, musste ein Zeichen dafür sein, dass Gottes Krieg ausgebrochen war.

Von da an betrachtete ich jedes Ereignis durch diese Schablone. Schon ein beunruhigender Beitrag in den Nachrichten konnte mich in Panik versetzen. War dies nun der Tag, an dem es Feuer vom Himmel regnen würde?

Ich weiß nicht mehr, wann genau ich anfing, unser Glaubenssystem zu hinterfragen. Vielleicht war es der Tag, an dem man mir davon abriet, aufs College zu gehen, weil zu viel Bildung mich lediglich von meinem Streben nach Errettung ablenken würde. Oder der, an dem die Mentorin meiner Familie sich zu meiner neuen Großmutter erklärte, weil meine echte Großmutter nicht zur Gemeinschaft gehörte. Oder der, an dem mir auffiel, dass alle Machtpositionen in der Gemeinschaft von Männern besetzt waren. Nur Männer besaßen das Recht zum Predigen, nur Männer konnten Regeln aufstellen und durchsetzen, nur Männer konnten das Oberhaupt einer Familie sein.

An der Gemeinschaft zu zweifeln, sei, als lausche man dem Flüstern des Teufels, hieß es.

Und doch bekam ich Zweifel. Langsam. Schleichend.

Am Ende der Junior Highschool war ich wütend und frustriert. (Und hörte jede Menge Green Day.) Ich bin meinen Eltern unglaublich dankbar dafür, dass sie – anders als Pipers Eltern – mir erlaubten, die Gemeinschaft zu verlassen.

Nicht lange danach traten sie selbst aus. Auch sie hatten die sektenhafte Abkapselung und die permanente Einschüchterung satt. Auch sie hatten es satt, auf das Ende der Welt zu warten.

Als ich mit »Lügentochter« anfing, hatte ich eigentlich gar nicht vor, ein Sektenbuch zu schreiben. Doch nachdem ich mich von einem Entwurf zum anderen gearbeitet hatte, kam trotzdem eins dabei heraus. Ich konnte mich selbst in Piper wiedererkennen, in ihrem Streben danach, anderen zu gefallen und »folgsam« zu sein, darin, wie sie versuchte, das Beste aus einer Situation zu machen, in der sie schuldlos gelandet war.

Ihre Geschichte niederzuschreiben, war für mich wie ein Befreiungsschlag.

Darüber hinaus habe ich viele Berichte von Menschen gelesen, die echten Sekten entkommen waren – Scientology, Peoples Temple, Buddhafield und sogar der Manson Family. Ich habe Memoiren von und Interviews mit ehemaligen Sektenmitgliedern verschlungen. Es war eine herzzerreißende Recherche.

Nun könnte man sich fragen: Wieso lässt man sich überhaupt in eine so offensichtlich gefährliche Gruppe hineinziehen?

Darauf kann ich nur eins antworten: Niemand ist davor sicher. Sekten sprechen Menschen aller Altersklassen, Geschlechter, Einkommensverhältnisse und Bildungsschichten an und machen sich dabei unser menschliches Bedürfnis nach Zugehörigkeit und Geborgenheit zunutze. Diese Anziehungskraft darf man auf keinen Fall unterschätzen.

Obwohl es mittlerweile über zwanzig Jahre her ist, dass ich die Gemeinschaft, der meine Familie geradezu hörig war, verlassen habe, wirkt sich diese Zeit noch immer negativ auf mein spirituelles Leben aus. Ich habe ein zutiefst gestörtes Verhältnis zu Gott und jeder Form von Religiosität, und es fällt mir schwer, Vertrauen zu Kirchen und Glaubensgemeinschaften im Allgemeinen zu fassen.

Etwas Gutes hat diese seltsame und schmerzhafte Erfahrung aber dennoch hervorgebracht: nämlich das Bewusstsein, dass man Menschen in Machtpositionen niemals leichtfertig vertrauen sollte. Sie müssen es sich erst erarbeiten. Diese Erkenntnis steht in starkem Kontrast zu dem, was vielen von uns als Kindern beigebracht wurde – höre auf deine Eltern und deine Lehrer, gehorche denen, die älter sind als du –, aber mir hat sie seither gute Dienste geleistet.

Heute hinterfrage ich alles. Wenn mir etwas nicht richtig vorkommt, höre ich auf mein Bauchgefühl. Stelle unbequeme Fragen. Bohre nach. Und, was am allerwichtigsten ist, ich respektiere Meinungen, die von meiner eigenen abweichen.

Als Kind kann es beängstigend sein, wenn man feststellt, dass man den Glauben und die Weltsicht seiner Freunde, Familie oder auch Kirchengemeinde nicht teilt. Doch zu zweifeln, ist kein Verrat – weder an der eigenen Familie noch an Gott.

Verrat wäre es einzig und allein, nicht auf die eigene innere Stimme zu hören, die einem sagt:

»Da stimmt was nicht.«

DANKSAGUNG

Ein Buch zu schreiben, ist oft ein sehr einsames Unterfangen, und dennoch sind viele, viele verschiedene Menschen an dem Prozess beteiligt. Die Zusammenarbeit mit meiner Lektorin Mora Couch war eine absolut wundervolle Erfahrung. Ihre Liebe zu diesem Buch und seinen Figuren und ihr geschulter Lektorinnenblick waren von unschätzbarem Wert für mich. Danke auch an den Rest des Teams von Holiday House für eure unermüdliche Arbeit an diesem Projekt. Ich hätte mir keine bessere Verlagscrew wünschen können. Außerdem danke ich Margaret Sutherland Brown und der ganzen Belegschaft der Emma Sweeney Agency.

Ich bin in der glücklichen Lage, viele Autorinnenfreundinnen zu haben, die mir über die Jahre stets mit Rat und Tat zur Seite standen: Cheyenne Campbell, meine liebe Freundin und Kritikpartnerin, die alles gelesen hat, was ich je zu Papier gebracht habe, sogar die schlimmsten Erstentwürfe; Megan La Croix, die immer Zeit für ein paar Seiten hat, wenn ich dringend einen frischen Blick von außen brauche; und Fiona McLaren und Dionne McCulloch, meine Pitch-Wars-Mentorinnen. Ihr Feedback und ihre Anleitung haben mich bei meiner schriftstellerischen Entwicklung enorm vorangebracht.

Danke an Katy Clay, Mandy Robbins und Erika Shores, die die allerersten Zeilen dieser Geschichte gelesen haben. Die beiden haben mir versichert, dass ich etwas Besonderes habe und unbedingt weitermachen soll. Danke an Jess Ehrgott, die alles liest, was ich ihr schicke – selbst meine unterirdischen

Shortstorys über unsere gemeinsame Collegezeit. Danke an alle meine Freunde, die mich bei der Erfüllung dieses verrückten Traums unterstützt haben.

Ohne meine Familie würde es dieses Buch nicht geben. Meine Eltern, Randy und Lori, waren die Ersten, die es zu lesen bekommen haben, und sie haben mich von Anfang an darin bestärkt, dass ich das Zeug zur Schriftstellerin habe. Danke, Mom und Dad. Ich bin so stolz, dass ich diesen Moment mit euch teilen darf! Danke an meine Schwester Adrien dafür, dass du immer an mich geglaubt und jedem, der es wagen sollte, mein Manuskript abzulehnen, körperlichen Schaden angedroht hast. Du bist die beste Schwester der Welt! Danke an meine Tochter Molly, die mich immer wieder dazu motiviert, die beste Version meiner selbst zu sein.

Und zu guter Letzt danke an meinen Mann Dale. Danke, dass du unerschütterlich an mich geglaubt hast, besonders wenn ich es selbst nicht konnte. Danke, dass du so oft die Wäsche gemacht hast und einkaufen gegangen bist, damit ich ungestört schreiben konnte. Ich liebe dich.

Natürlich magellan©

Hergestellt in Deutschland
CO_2-Ersparnis durch kurze Lieferwege
Gedruckt auf FSC®-zertifiziertem Papier
Lösungsmittelfreier Klebstoff
Drucklack auf Wasserbasis

1. Auflage 2023

Published by arrangement with Holiday House Publishing, Inc., New York.

Die Originalausgabe erschien 2019 unter dem Titel
»The Liar's Daughter« bei Holiday House Publishing, Inc.
Aus dem Englischen von Sandra Knuffinke und Jessika Komina
Umschlaggestaltung: Christian Keller unter Verwendung von Motiven
von shutterstock / Aleshyn_Andrei / Digiselector / RODINA OLENA
Druck: Westermann Druck Zwickau GmbH
ISBN 978-3-7348-8226-5

www.magellanverlag.de